특급 길드에 어서 오세요!

~사랑받는 마스코트 엘프는
모두의 마음을 치유한다~

8

지은이 **아이 리이아**

일러스트 **니모시**

리히토

마왕성에서 살며 수행하는 일본인 차원이동자. 인간이기 때문에 주변 사람들보다 성장이 빠르다. 주위를 잘 살피며 목표를 향해 똑바로 전진하는 성격.

로나우드

통칭 로니. 오르투스 소속이 되어 매일 열심히 단련하고 있다. 언젠가 전세계를 자신의 다리로 여행하는 게 꿈.

룬

애눌러스 헤드의 딸. 밝고 씩씩한 성격이며 향상심이 넘친다. 붙임성이 좋다. 금방 메구와 친구가 되었다. 구트와는 쌍둥이.

구트

애눌러스 헤드의 아들. 기가 약한 부분이 있긴 하지만 지는 걸 싫어한다. 메구에게 첫눈에 반한다. 룬과는 쌍둥이.

세르멜호른

강력한 자연 마법과 타인의 생각을 읽는 특수 체질을 지닌 하이 엘프 족장. 비원을 이루고자 암약했었으나, 이미 그 의욕도 사라졌고 마을에서 은거 생활을 보내고 있다.

피르쥐피피

통칭 피피. 아담하고 10대 중반의 외모를 지닌 하이 엘프. 절대 방어의 특수 체질을 지녔으며, 항상 생글거리는 사랑스러운 여성.

류아스카티우스

통칭 아스카. 천진난만하고 순진한 엘프 소년. 자신이 귀엽다는 사실을 자각하고 있다. 솔직해서 미워할 수 없는 성격. 언젠가 오르투스에 가입하는 게 꿈.

울바노

거인족 소년. 내성적이라서 다른 사람과 오래 대화할 수 없지만, 메구와 만난 걸 계기로 조금씩 극복하려고 노력하고 있다.

메구

정신을 차리자 어린 엘프의 몸에 빙의해 있었다. 원래는 20대 후반의 일본인 여성. 사축. 긍정적인 성격과 사랑스러운 외모로 주위를 치유해준다. 노력가.

기르난디오

특급 길드 오르투스 내에서도 1, 2위를 다투는 실력자이자 그림자독수리 아인. 과묵하고 무표정. 임무 도중에 메구를 발견해서 보호했다. 팔불출 부모.

슈리엘레치노

온화하고 성실한 엘프 남성. 속이 시꺼먼 일면도. 메구에게 자연 마법을 가르쳐주는 스승. 그 미소로 수많은 사람을 매료시킨다.

사우라디테

오르투스의 총괄을 담당하는 털털한 소인족 여성. 존재감이 대단하다. 흉악한 함정 개발이 특기.

유진

오르투스의 두목. 동료를 가족처럼 생각하며 길드를 집이라고 부르는 괴짜. 도량이 넓은 장년 남성.

자하리아슈

마대륙에서 실질 최강이라 불리는 마왕. 마치 조각상처럼 아름다우며 위압감도 대단하지만, 지나치게 솔직한 성격이다 보니 얼굴값을 못하는 일면도 있다.

캐릭터 소개

목차

제2장 ◆ 요양, 그리고 회장으로

6 ◆ 조부모 ···················· 120

5 ◆ 하이 엘프 마을로 ········ 100

4 ◆ 출발 전 사흘 동안 ······· 78

3 ◆ 무의식 속 이변 ··········· 54

2 ◆ 마을 산책 ················· 30

1 ◆ 연하 엘프 ················· 8

제1장 ◆ 예상치 못한 원정

Welcome to
the Special Guild

일러스트 : 니모시 Nimoshi   디자인 : 베이아 Veia

보너스 만화 만화판 제9화(초반) ……… 328

후기 ……… 326

바다에서 바캉스! ……… 289

6 ◆ 토너먼트 표 ……… 272

5 ◆ 불길한 예지몽 ……… 252

4 ◆ 잇달아 모이는 참가자들 ……… 226

3 ◆ 동료들과 합류 ……… 202

2 ◆ 마을에서 떠나다 ……… 174

1 ◆ 진짜 특수 체질 ……… 146

제1장 ◆ 예상치 못한 원정

1 연하 엘프

길드 대항 무투대회가 열리는 게 결정되었다.

그게 고작 며칠 전 일이다. 무투대회를 연다는 건 들었지만, 아직 어떻게 될지는 알 수 없었단 말이지. 그게 정식으로 정해 졌다는 소리다. 이것도 다 전에 했던 합동회의 덕분이다. 특급 길드 셋과 상급 길드 하나, 그리고 마왕성의 대표가 모여서 나눈 회의. 나도 그 내용의 초반부는 들었는데, 상급 길드 슈톨의 리더인 마라 씨의 수완이 정말 훌륭했다. 각자 수긍하게 만드는 아이디어를 내서 한 곳씩 공략해가는 모습을 볼 수 있었던 건 아주 귀중한 체험이었다.

"미성년자 부문?"

대회가 결정되고 오르투스에서도 분주해지기 시작한 무렵, 아빠가 불러서 찾아간 나는 어떤 제안을 받았다.

"그래. 무투대회에서 미성년자 부문을 만들어 아이들도 분위기를 맛볼 수 있게 해주자는 이야기가 나왔거든. 그렇지 않아도 애가 별로 없는 마대륙에서, 전투까지 가능한 어린애는 한층 수가 적으니까 나온 제안이지. 적당한 게임 같은 거지만 좋은 경험은 될 거야. 메구도 어때?"

"나, 나도 싸우는 거야?!"

무투대회에서는 룰루랄라 관전을 즐길 생각이었기 때문에 놀라서 삑사리가 났다. 그걸 듣고 쿡쿡 웃는 아빠는 틀림없이 내 반응을 예상했을 거다. 아 좀!

"장래에 동료가 되어줄 수 있을 법한 인재를 발굴한다는 의미도 있습니다, 메구. 어린아이일 때부터 재능을 발견하고 그 아이에게 맞는 지원을 해주고 싶다는 어른들의 마음이죠."

그때 슈리에 씨에게서 보충 설명이 들어왔다. 그래, 어린아이의 수가 적으니까 유능한 인재는 일찌감치 확보해 놓고 싶다는 거구나. 어린아이라고 해도 의욕이 있다면 미래에 안정적인 일자리가 보장되는 셈이고. 음, 괜찮은데?

"아마 애뉼러스의 쌍둥이도 참가하지 않을까?"

"! 룬이랑 구트도?!"

"그 두 사람은 나중에 애뉼러스에 들어가겠다고 의욕을 보이고 있으니까요. 틀림없을 겁니다."

그렇다면 내가 참가하면 그 두 사람과 싸울 가능성이 생기는구나. 기대되는 것 같기도 하고 긴장되는 것 같기도 하고.

"다른 아이들도 길드와 인연이 있는 애가 메인이 될걸. 전투 훈련을 받는 어린애는 길드와 연관이 있을 테니까. 아, 마왕성의 울바노? 그 녀석은 무리일지도."

"울바노에겐 무리시키고 싶지 않아."

거인족의 울바노가 참가하면 우승 후보가 될지도 모르지만. 이렇게 생각하는 이유는 단순히 종족상 몸이 크고 힘이 강하기 때문이긴 한데. 그래도 펜팔을 하면서 알게 된 울바노의 성격은 어찌 봐도 상냥하다. 전투와는 성격적으로 적성이 안 맞을 것 같다. 게다가 아직 마음의 상처가 덜 아물었을 테니까 무리는 시키면 안 되겠지.

"하지만 보러는 오지 않으려나?"

"아슈가 권유해 보긴 할걸. 너도 참가한다면 더욱. 와 주길 바란다면 메구도 편지에 쓰면 되잖아."

"원래 부를 생각이긴 했지만……."

설마 참가자가 될 줄은 몰랐단 말이야. 그러면 볼썽사나운 모습을 친구에게 보이게 될지도 모르잖아. 나는 기본적으로 운동은 젬병에다 굼뜨니까. 마법으로 어떻게든 얼버무리고 있을 뿐입니다. 훌쩍.

"……지금 몸이 더 스펙은 좋으니까 그렇게까지 흉하진 않을걸. 걱정하지 마."

"칭찬하는 척 욕하고 있거든?!"

요컨대 지금이나 옛날이나 굼뜨다는 소리잖아. 너무해! 하지만 그건 솔직히 사실이니까 뭐라고 할 수 없다. 나 정말 대회에 나가도 괜찮은 걸까? 내 무기는 자연 마법과 예지몽 정도인걸. ……맞다, 예지몽. 괄호 열고 임시를 붙여야 하는지 고민되는 내 특수 체질이다. 왜냐하면 지난번에 꾼 아버지 꿈은 명백히 과거에 일어난 일이었으니까. 아버지가 힘에 삼켜져서 괴로워하는 꿈. 그래서 과거몽 특수 체질인 건지도 모른단 생각이 들었지만, 미래도 꾸니까 과거몽은 아니고. 그럼 대체 뭔지 눈 뜨고 약 한 시간 정도 고민했었단 말이지. 결론적으로는 모르겠다고 끝냈다. 그치만! 생각해 봐도 알 수 없었단 말이야! 그래도 하나 눈치챈 것도 있다. 이 과거몽이 처음이 아니라는 사실. 나는 이미 과거몽을 꾼 적이 있었다. 엄마인 옌나 씨가 나왔을 때의 꿈. 그건 과거에 일어난 일이었으니까. 그리고 또 하나는 별로 떠올리고 싶지는 않지만, 하세가와 메구가 죽은 뒤 회사 동료가 대화하는 꿈. 후자를 과거몽이라고 할 수 있는 건지 의심스럽긴 한데, 예지몽이 아니라는 건 확실하다. 이렇게 돌아보고서야 눈치챘지만 당시 나는 이래저래 존재가 불안정했었고, 영혼의 기억을 꿈으로 꾸는 건지도 모른다면서 신경 쓰지 않았단 말이지. 어쩌면 그것도 영혼의 기억이나 전생의 인연 같은 걸로 우연히 꾸게 된 꿈이 아니라 내 특수 체질이 제대로 작동했기 때문에 꾼 꿈인 건지도 모른다.

생각해 봤자 알 수 없는 부분이지만 조급해하진 않는다. 조만간 하이 엘프 마을에서 요양한다고 하니까, 그때 하이 엘프들에게 물어보면 되니까. 그 사람들은 오래 살았으니 무언가 아는 게 있을지도 모른다. 남에게 떠넘긴다고? 다른 사람에게 정보를 수집하는 것도 조사의 일환입니다! ……일단 내가 직접 도서관에서 조사도 해볼 거지만. 진짜거든?

"아, 그래. 류아스카티우스에게도 말을 해두었습니다."

"어? 아스카도? 하, 하지만 아스카는 아직……."

멍하니 생각에 잠겨 있었더니 슈리에 씨에게서 오랜만에 듣는 이름이 튀어나와 정신을 차렸다. 류아스카티우스, 참으로 길고 복잡한 이름의 주인은 엘프 마을에 사는 엘프 남자아이다. 아빠에게 정체를 밝히고 거의 바로였던가? 다 함께 가족 여행이라는 이름으로 엘프 마을에 간 적이 있었다. 거기서 만나서 이런저런 일을 겪고 결국 친해진 애인데……. 얘는 놀랍게도 나보다 연하다! 내가 누나! 그래 봤자 몇 년 정도 차이지만. 그때는 겉보기 나이가 3살 정도라서 작고 귀여웠단 말이지. 엘프라서 미모도 끝내줬고!

"그로부터 20년 정도 지났는걸요? 지금은 메구와 비슷한 정도로 성장했답니다."

"어? 그래요……?"

엘프도 보통 아인보다는 성장이 느리다고 들은 적이 있다. 그래서 아직은 내가 더 연상처럼 보일 줄 알았는데……!

"확실히 다른 아인과 비교하면 성장이 느리지만, 엘프도 하이 엘프도 성인까지 성장 속도는 그리 차이가 없습니다. 성장기가 끝나면 거기서 몸의 성장도 멈추니까요. 그 후의 수명이 다른 정도죠. 그래서……."

"단순히 네가 성장이 느린 것뿐이다. 결국 케이스 바이 케이스란 거지. 메구는 그렇지 않아도 작으니까 말이야."

"두목, 그렇게 대놓고……."

내, 내가 평균보다 어리다는 거야? 즉 땅딸보? 에둘러서 땅딸보라고 하는 거지?

"아, 아니거든! 하이 엘프니까 엘프보다 느린 것뿐이거든!!"

"아니, 그러니까 똑같다고 지금……."

"으아아앙!!"

아빠를 주먹으로 퍽퍽 때리면서 맹렬하게 항의하는 나. 눈물이 찔끔 고인 건 비밀이다. 진짜 어린아이 같아서 쪽팔리잖아!

"두목, 메구의 자존심에 상처를 주셨군요……."

"으억, 자, 잠깐…… 잘못했어!"

용서 안 할거지롱! 메롱! 아빠를 향해 혀를 내밀고 있었더니 슈리에 씨 아래로 네프리가 둥실 착지했다.

"……어라? 그렇습니까. 두목, 마침 지금 이야기한 아스카가 무투대회에 참가하고 싶다고 한다는 모양입니다."

"오, 그래? 그렇댄다, 메구. 어쩔래?"

이럴 수가. 나보다 어린 아스카가 바로 결정했다니. 마음이 흔들린다. 어어, 하지만 무투대회잖아? 싸우는 거잖아? 어쩌지. 그때 아빠의 한마디.

"너 실전 경험이 없잖아? 무투대회는 안전하게 실전으로 대인전을 치를 수 있어. 마물 사냥보다 훨씬 편하지 않겠냐?"

"! 그렇구나, 할래! 하겠습니다!"

듣고 보면 그랬다. 맞아, 미성년자 부문인걸. 좋은 수행이 되지 않을까. 대회라고 듣고는 무심코 긴장했지만, 수행이라고 생각하면 오히려 의욕이 솟는다. 업혀가는 기분으로 하면 되지 않을까?

"……솔직히 메구를 이길 수 있는 녀석이 드물겠지만."

"어? 뭐라고 했어? 아빠."

제대로 안 들릴 만큼 작은 목소리로 무언가 중얼거리는 바람에 무슨 소린지 알아듣지 못했다. 고개를 갸우뚱 기울이며 물어봤지만 아빠는 '아무것도 아냐. 아무튼 열심히 해라'라며 머리를 거칠게 쓰다듬었다. 뭐, 뭐야 대체!

"아, 아직 전언이 안 끝난 모양입니다."

"응? 뭔데."

네프리가 다시 전언을 가져온 건지 슈리에 씨가 조금 놀란 얼굴로 보고했다. 뭐지?

"대회가 끝날 때까지 아스카를 오르투스에서 맡아 달라고 하네요. 본인도 수행할 겸 그렇게 하고 싶다고 합니다."

"아스카랑 만날 수 있어?!"

꽤 오랜만에 만나는 거라 무심코 두 팔로 만세하며 기뻐했다. 그치만 정말 오랜만이란 말이야!

"……이렇게 기뻐하면 좀."

"거절할 수도 없겠네요."

그 탓에 아스카의 요구가 바로 수용된 모양이었다. 어라? 내 책임?

"뭐, 원래도 거절할 이유가 없긴 해. 강해지고 싶다는 어린애의 의욕을 빼앗을 것도 없고."

"그렇죠. 그럼 언제든 받겠다고 대답하겠습니다. 아마 제가 항구까지 데리러 가게 되겠네요."

"엉, 부탁해. 사우라에게는 내가 전달할게."

내 한마디에 아스카를 오르투스에서 맡는 게 즉각 정해지고만 모양이다. 괘, 괜찮은 거야? 하지만 어릴 때 한번 만난 뒤로 처음 보는 거니까 너무 기쁘다. 분명 미소년으로 성장했겠지. 맞아, 어떤 정령과 계약했을까? 설레는 마음으로 이런저런 상상의 날개를 펼쳤다.

"있지! 아스카가 오면 내가 마을 안내해도 돼?"

"어린애 둘이 같이 있으면 평소보다 더 눈에 띌 텐데……. 그것도 둘 다 엘프잖아. 메구는 스스로 지킬 수 있다고 해도 아스카까진 못 지킬 거 아냐."

그, 그러고 보면 그랬네요. 나도 엘프지. 자꾸 그게 머리에서 빠져나간단 말이지. 알고는 있지만 자각이 부족했다. 반성.

"그러니까 보호자로 누군가를 데려가면 허락할게. 네가 직접 부탁해야 한다?"

"정말? 와! 제대로 사람들 스케줄 확인한 뒤에 부탁하러 갈게! 마지막으로 사우라 씨에게도 물어보고!"

"……뭐라고 해야 하나, 너무 완벽한 대답이 돌아와서 그 이상 뭐라고 할 수가 없네."

"……정말로 우수하군요, 메구는."

그런가? 먼저 상대의 일정을 확인하는 건 당연하다고 보는데. 평범한 어린아이가 아니라는 것쯤은 이 두 사람도 알고 있고. 좋아, 그럼 바로 준비하자! 어디를 안내할까? 그날부터 나는 아스카가 오는 날을 이제나저제나 기다렸다.

그렇게 찾아온 아스카 방문일. 나는 아침부터 들떠 있었다.

"후후, 메구도 참. 그렇게 당장 오지는 않거든?"

"그, 그건 알지만."

아침을 먹은 뒤 내가 계속 홀에서 어슬렁거리는 바람에 결국 사우라 씨가 웃어 버렸다. 하지만, 그치만……! 아스카를 만난다고 생각했더니 그만! 여태까지 내내 가장 어린 막내 취급을 받았던 나에게, 동생 같은 존재인 아스카를 귀여워할 수 있다는 건 큰 즐거움이다. 하지만 몸이 자랐다고 했었지? 그럼 동생보다는 친구라는 느낌이 되었으려나? 그건 그거대로 또래 친구가 늘어나서 아주 기쁘다. 어쨌거나 해피 루트다!

아스카가 온다는 이야기를 들은 뒤로 약 일주일. 우리 쪽에서 허가가 떨어진 그날 아스카가 출발했다고 한다. 행동력 좋구나. 아무래도 대답을 듣기 전에 당장이라도 떠날 수 있도록 준비했던 것 같단 말이지. 아스카도 참, 여전히 솔직하고 귀엽구나. 며칠 전 슈리에 씨가 항구로 마중 간다고 하면서 출발했으니까 예정대로라면 오늘 아스카가 도착할 것이다. 그래서 이렇게 내내 입구 근처에서 기다리는 거지만. 사우라 씨의 말대로 아침 일찍 도착할 리는 없다. 내 마음이 너무 앞섰다.

"그런 식이면, 내일, 마을 안내가, 걱정이야."

"괘, 괜찮거든!"

지금부터 수행하러 가는 듯한 로니가 떠나기 전 쿡쿡 웃으면서 놀려댔다.

"괜찮아, 로니. 나도 같이 가니까."

"오웬 씨! 내일은 잘 부탁드립니다!"

그때 지나가던 오웬 씨가 로니의 머리를 쓱쓱 쓰다듬으며 대화에 끼어들었다. 그랬다. 마을을 안내할 때의 보호자는 오웬 씨에게 부탁했다. 처음에는 기르 씨나 니카 씨, 혹은 쥬마 오빠에게 부탁하려고 했다. 하지만 상담할 때 사우라 씨가 이렇게 말했다.

『메구가 괜찮다면, 중진 말고 다른 사람에게 부탁할 수 있을까? 길드 밖에서 주로 일하는 사람이면 기본적으로 강하니까 안전상 문제도 없거든.』

들어보니 내가 내 몸을 지킬 수 있게 되었으니까 슬슬 다른 길드원에게도 이런 일을 맡기고 싶다고 한다. 여태까지 나는 표적이 되기 너무 쉬운 데다 그저 보호받기만 하는 존재였다. 하지만 요즘은 제대로 대응할 수 있게 되었다는 걸 실적과 함께 증명했다. 그렇기 때문에 내린 판단이라고 한다.

『게다가 다음 세대를 짊어질 다른 길드원들이 더 위를 목표로 삼길 바라거든. 메구 호위 임무는 오르투스에서 가장 중대한 임무잖아. 책임감도 확 느끼겠지!』

이어진 그 말에는 스톱을 외치고 싶었지만, 하고 싶은 말은 이해했다. 정말이지, 왜 가장 중대한 임무가 된 거야. 그 부분만 무시하면 이해는 가거든? 즉 신입(?) 육성이다. 그래서 지금 미리 말을 걸어서 마음의 준비를 하게 만들자며 사우라 씨가 몇 명 후보를 꼽아 주었고, 그 중 내가 오웬 씨에게 부탁하게 되었다. 사우라 씨가 알려준 후보 중 아이우에오 순으로 맨 첫 번째라는 이유였다. 나랑 아빠밖에 모르는 방법이고, 아무 말도 하지 않으면 안 들키니까 괜찮아! 다음부터는 다른 사람도 순서대로 부탁할 생각이다. 물론 의뢰할 때는 나도 오웬 씨에게 말하러 갔지! 그때 이미 사우라 씨에게서 이야기를 들은 건지 오웬 씨는 딱히 놀라지도 않고 받아주었지만, 어딘가 긴장한 모습이었다. 역시 호위는 긴장되는가 보다.

"그럼 내일은 여기서 만나자! 아침 먹은 뒤면 되지?"

"응! 아스카와 같이 여기서 기다릴게요! 오늘은 일하러 가는 거죠? 조심해서 다녀오세요!"

"그래, 고마워. 그럼 다녀올게."

씩 웃으며 내 머리에 톡 손을 올려 쓰다듬은 오웬 씨는 그대로 몸을 돌려 손을 흔들고 떠나갔다. 와일드 타입 미남의 나쁜 남자 냄새가 나는 미소는 상당한 파괴력이다. 메어리라 씨는 이 미소에 약한 것 같던데. 심장을 관통당한 거겠지. 그런데도 여전히 오웬 씨의 구애는 계속 거절하고 있단 말이지. 솔직해지지 못하는 걸까? 저는 잘 모르겠습니다!

"메구, 좋은 아침!"

"아, 메구! 벌써 여기서 기다리는 거야? 성급하기는!"

"안녕, 메구. 다녀올게!"

이 시간에 이 장소는 사람이 많이 드나든다. 지금부터 일하러 가는 사람이 길드에서 아침을 먹고 출발하는 시간대이기도 하고, 길드 밖에서 사는 사람들은 길드로 오는 시간대이기도 하고. 즉 출근 시간이다! 그리고 나를 발견하고는 다들 이렇게 인사해 준다. 그게 좋아서 이 장소에 있는 것도 있다.

"좋은 아침입니다! 일 열심히 하세요!"

그래서 나도 오늘은 쉬는 날이지만 이렇게 씩씩하게 인사를 돌려준다. 생글거리면서 홀의 소파에 앉아 잠시 오가는 사람의 흐름을 바라보며 지냈다.

슬슬 점심시간이 되려는 무렵, 마침내 기다리던 사람이 오르투스에 왔다.

"돌아왔습니다. 아아, 아스카. 메구가 있네요."

"잘 다녀오셨어요, 슈리에 씨! 그리고⋯⋯."

오르투스 입구에 서 있는 두 사람. 한 명은 슈리에 씨고, 다른 한 명은 당연히⋯⋯.

"어, 어라? 아, 아스카?!"

아스카일 텐데, 너무 성장한 나머지 무심코 멈춰서 눈이 휘둥 그레졌다. 찰랑거리는 금발은 그 시절보다 조금 길어져서 어깨 선보다는 짧은 길이였지만 밝은 하늘색 눈동자도 그렇고, 또렷 하고 커다란 눈매도 그렇고, 개구져 보이는 입매도 그렇고, 그 시절의 모습은 분명히 남아있다. 응, 틀림없이 아스카다. 하지 만, 하지만, 생각했던 것보다 훨씬 키가 크고 소년 같아졌는데 요! 혹시 겉보기엔 내가 더 어려 보이는 거 아니야? 마음이 복잡 하다.

"메구 누나!"

"앗."

그렇지만 변함없는 이 호칭. 그랬다. 아스카는 나를 '메구 누 나'라고 부른다. 하지만 지금 그렇게 불리는 건 미묘한 기분이 살짝. 키도 나보다 커졌는데 그때랑 똑같이 달려들어 껴안는 바 람에 자칫 뒤로 자빠질 뻔했다.

"이런. 미안해, 메구 누나. ⋯⋯작아졌어?"

그 시절엔 버티지 못하고 매번 자빠졌지만, 이번에는 그렇지 않았다. 아스카가 바로 알아차리고는 서둘러 등을 받쳐줬기 때문이다. 후우, 위험했네. 아니!

"내가 작아진 게 아니라 아스카가 커진 거야!"

"어라? 그래?"

뺨을 부루퉁하게 부풀리고 항의해 봤지만 아스카는 고개를 갸웃거리며 어리둥절한 얼굴이었다. 크윽, 비겁한 엘프. 귀엽잖아! 나도 엘프지만.

"아스카, 당신은 성장과 함께 힘도 강해졌으니까 여자아이는 특히 더 조심스럽게 대해야 합니다."

"나 별로 괴롭힌 거 아닌데? 게다가 바로 미안하다고 했는걸. 나는 그냥……."

쓴웃음을 지으며 주의를 주는 슈리에 씨에게 아스카는 천연덕스럽게 대꾸했다. 그리고 이번엔 기세를 죽이고 나를 꼬옥 끌어안았다. 아으.

"이렇게 메구 누나랑 와락하고 싶었던 것, 뿐이야!"

"아스카, 숨 막혀!"

오랜만에 보니까 어색해하지 않을까 조금 걱정했는데, 딱히 달라진 거 없이 만나자마자 바로 이렇게 친근하게 대해주는 건 기쁘다. 하지만 진짜로 숨이 막혀!!

"어이."

"으억!"

갑자기 몸이 가벼워지는 게 느껴졌다. 아스카가 갑자기 떨어졌기 때문이다. 아니, 정확하게는 떼어졌다고 해야 하나.

"메구가 힘들어하잖아. 자중해."

"어? 아, 기르! 기르다!"

"그래. 자, 잠깐."

자기를 붙잡은 사람이 기르 씨라는 걸 알아차린 아스카는 대흥분! 맞다, 아스카는 기르 씨도 아주 좋아했었지! 돌아가신 아스카의 아버지가 어둠곰 아인이라서 머리카락과 눈동자 색이 기르 씨와 같은 색이라 첫눈에 본 순간부터 잘 따랐다. 이 세계는 머리카락도 눈동자도 색이 화려하니까 검은색 원톤은 사실 잘 없는 편이란 말이지. 일본인이었던 몸으로서는 어쩐지 신기한 느낌. 내 주변에는 검은 머리카락이 제법 있으니까 별로 희귀하단 느낌은 안 들지만, 그래도 엘프 마을에서 자란 아스카에게는 희귀하다고 할 수 있다. 엘프는 반짝이는 머리카락에 눈동자는 파란색 계통이거든.

"많이 자랐구나."

"그야 그렇지! 기르는 여전하네?"

"성인이니까 당연하지."

기르 씨가 머리를 쓰다듬어 주자 아스카는 행복해 보였다. 좋겠다. 머리 쓰다듬. 그렇게 생각하며 두 사람을 빤히 쳐다보고 있었더니 아스카와 눈이 마주쳤다. 아스카는 방긋 웃고는 다시 나에게 다가와 손을 뻗었다. 응? 뭐지?

"메구 누나도 쓰담쓰담. 부러웠지?"

"아으, 아스카아."

그렇긴 한데 그게 아니야. 아니, 아스카가 쓰다듬어 주는 게 싫다는 게 아니라, 누나로서 위엄이! 나도 모르게 입술을 삐죽였다. 그때 쪽 소리와 함께 뺨에 부드러운 감촉이 느껴졌다. 순간 무슨 일이 일어난 건지 이해하지 못하고 얼어버린 나는 잘못이 없다.

"……허?"

그러니까 얼빠진 소릴 내며 손으로 뺨을 감싸고 얼굴이 새빨개지는 것도 어쩔 수 없다. 너, 너너너무 뜻밖이라서! 지, 지금! 뺨에 뽀뽀한 거야?!

"아스카?!"

"…………."

당황하는 슈리에 씨와 말문이 막혀 버린 기르 씨. 허둥거리는 나. 이 구도 뭐지. 정작 아스카는 싱글벙글 만족스러워하는 태도가 무너지지 않는다. 뒷짐을 지고는 장난에 성공한 듯한 미소를 지으며 이렇게 말했다.

"후후후, 메구 누나 귀여워! 하지만…… 나도 귀엽지?"

누, 누누누누누나는 너를 그렇게 키우지 않았어!! 입을 뻐끔거리기만 할 뿐 목소리는 나오지 않았기 때문에 나는 머릿속으로 절규할 수밖에 없었다. 애초에 키운 적도 없지만, 동요한 나머지 머리가 폭주해버렸다고 치고 넘어가 주시라. 흐어어어어?!

"정말이지, 놀래키지 마."

"어? 놀랐어? 미안해, 메구 누나."

허리에 손을 올리고 아스카를 혼내자 풀이 죽어서는 처량해 보이는 얼굴이 되어 사과하니 더는 아무 말도 할 수 없었다. 크으, 귀여워! 용서합니다! 우리의 그런 대화를 보고 주변에서 술렁거리던 어른들도 침착함을 되찾기 시작했다. 그래, 이 귀여움 앞에서는 대충 다 용서하고 싶어지지. 이해한다. 하지만 이어지는 아스카의 한마디에 다시 길드가 얼어붙었다.

"하지만 나, 메구 누나의 반려가 되고 싶으니까. 괜찮지?"

"어? 반려……?"

반려라면 그거지? 부부 같은 그런 관계 말하는 거지? 아니, 잠깐만, 진짜 잠깐. 아스카는 대체 무슨 소릴 하는 거야? 뭐, 나이가 비슷한 엘프인데다 아직 어린아이니까. 머리로는 알고 있지만……. 이렇게 직설적으로 호감을 드러내는 사람을 상대하는 건 익숙하지가 않거든? 그러니까 뭔 소리냐면.

"아하하, 메구 누나 새빨개졌어! 기뻐? 응? 기뻤지?"

"아으……."

내성이 너무 없어서 이 꼴입니다. 미안하게 됐네요! 인간으로서 살던 때도 이런 고백은 받은 적이 없었으니까 금방 얼굴이 빨개진다고! 으아아, 진짜 뜨거워. 나 제정신인가? 상대는 어린아이잖아? 나도 어린아이지만.

"아스카, 거기까지 하세요. 메구가 난감해하고 있잖아요. 오랜만에 만났는데 달리 하고 싶은 말은 없나요?"

그 타이밍에 드디어 헬퍼가 들어왔다. 엘프 스승님, 슈리에 씨다. 확실히 지금 나는 난감했다. 사, 살았다.

"에이. 오랜만이니까 말하는 거잖아. 메구 누나는 이렇게 귀여운걸. 많이들 노릴 거 아냐. 빨리 반려가 되지 않으면 뺏길 거야."

"……대체 누구에게 그런 걸 배운 겁니까."

와우, 어린아이라고는 해도 진심이다. 나는 마치 하나밖에 없는 장난감인가. 빨리 하지 않으면 뺏긴다니, 먼저냐 나중이냐의 문제가 아니라고 보는데. 그나저나 슈리에 씨를 상대로 이렇게나 말대꾸를 할 수 있는 사람은 처음 봤다. 강자가 될 것 같은 예감이 물씬……. 아스카, 왜 그렇게 된 거니.

문득 기르 씨와 눈이 마주쳤다. 기르 씨를 부르려고 입을 열었다가 멈췄다.

"어……?"

왜냐하면 휙 시선을 돌려 버렸기 때문이다. 어? 뭐지? 이런 건 처음이라서 심장이 크게 뛰는 걸 느꼈다. 무슨 일이지? 어디 아픈가? 아니, 기르 씨가 그럴 리는 없다. 뭔가 화나게 했나? 아니, 비교적 뭘 해도 체념하는 얼굴로 용서해 주는데. 으음, 뭐지. 답답하네. ……좋아, 물어보자. 나는 원래 뭔가 이상하다고 생각하면 내 쪽에서 행동하는 타입이다. 겁을 먹고 물어보지 않는다는 선택지는 없다. 하지만 이런 감각은 아주 오랜만이다. 메구가 된 뒤로는 항상 어화둥둥 사랑만 받았으니까 누군가에게 거절당하는 건 정말 오랜만이다. 그래, 그래서겠지. 손도 다리도 떨리는 건 그래서일 거야.

"기르……."

"메구 누나! 오늘 식사 같이 먹는 거지?"

딱 물어보려는 타이밍에 아스카가 말을 걸었다. 슈리에 씨와는 대화 끝났나? 아니, 슈리에 씨가 한숨을 쉬는 걸 보면 포기한 모양이다. 벼, 별일이네. 기르 씨의 반응은 마음에 걸리지만 오늘하고 내일은 내가 아스카를 안내해 준다고 약속했었다. 그러니까 우선은 아스카를 우선해야지. 게다가 나도 역시 아스카와 오랜만에 만나서 좋다. 끙끙 앓고 있으면 모처럼 아스카가 멀리서 와 줬는데 실례인 데다 걱정 끼칠지도 모르고.

"응, 같이 먹자! 아스카, 벌써 배고파?"

"에헤헤, 사실은 그래. 왜일까? 아까도 먹었는데."

"어른과 다르게 어린애는 금방 배가 꺼진다고 하고, 오랫동안 이동해서 피곤한 거 아닐까? 아직 좀 이르지만 식당으로 안내할게."

"그런가? 응, 데려가 줘!"

꽃이 날아다닐 듯 환하게 웃는 아스카는 역시 귀엽다. 남자아이이긴 하지만 아직 어려서 목소리 톤도 높고 엘프 특유의 미형까지 더해지니 여자아이처럼 보인다. 다만 남자아이들은 이런 말을 듣기 싫어할지도 모르니까 마음속으로만 담아 두었다. 귀엽지만. 무지하게 귀엽지만. 나는 살며시 아스카의 손을 잡고 '그럼 이쪽이야' 하고 식당으로 안내했다. 어쩐지 길드에 있는 사람들이 다 이쪽을 주목하고 있다. 그렇게 눈에 띄나?

식당에는 아직 사람이 별로 없었다. 점심을 먹기에는 아직 이른 시간이니까 당연하지. 모처럼 일찍 왔으니 느긋하게 밥을 먹으면서 우리는 서로 정령을 소개했다. 계약 정령을 모두 소개하기에는 많으니까 첫 계약 정령만.

"목소리의 정령이라니 특이하네. 나 처음 봤어!"

"에헤헤. 처음 봤을 때부터 신경 쓰이던 애였어. 아주 유능해!"

"능력은 상상이 안 가지만 메구 누나가 그렇다면 대단하겠네."

역시 목소리의 정령은 특이한 모양이었다. 엘프 마을에서도 계약한 사람을 본 적이 없다고 한다.

『목소리의 정령은 개체수도 적어.』

"그래?"

그때 쇼의 부연 설명. 그건 처음 들었어! 내 반응에 쇼는 빙글빙글 날면서 가르쳐주었다.

『먼저 사람이 많은 곳이 아니면 태어나지 않아. 거짓 없는 말 속에서 태어나거든.』

"그랬구나? 하지만 사람의 목소리가 아니어도 목소리라면 들을 수 있잖아? 사람이 많은 곳이 아니면 안 되는 거야?"

『잘 모르겠지만, 많은 말이 오가는 건 사람이라서 그럴걸?』

"아하."

게다가 거짓 없는 말속에서 태어난다는 건……. 응, 확실히 수가 적을 만도 하다. 참고로 쇼는 오르투스에서 태어났다고 하니까, 오르투스의 사람들이 얼마나 솔직한지 알 수 있지. 자랑스러워서 웃음이 났다.

"그럼 다음에 엘프 마을에서 나도 찾아볼까. 목소리의 정령."

"엘프 마을 사람들도 거짓말을 안 할 것 같으니까, 분명 있을 거야!"

우리는 후후후 웃었다. 평화롭다. 미소년과 평온한 시간을 보낸다는 이 행복. 돈으로도 살 수 없습니다.

"그럼 다음은 나지? 내 계약 정령은 이 아이야! 샤이오!"

"금색? 그럼 혹시 빛의 정령?"

이름을 불린 정령은 금색으로 반짝거려서 바로 맞혔다. 그러자 빛의 정령이 그 모습을 바꾸더니 순식간에 손바닥만 한 금색 코끼리로 변했다. 귀, 귀여워!

『샤이오야. 잘 부탁해.』

"샤이오구나. 나는 메구야. 잘 부탁해."

긴 코를 움직여서 나와 악수? 악비(握鼻)? 하는 샤이오. 그래, 빛의 정령은 코끼리처럼 생겼지. 처음 봤을 때는 의외라서 놀랐었다.

"메구 누나는 빛의 정령과는 계약했어? 연락할 수 있는 정령이 있으면 좋잖아."

"으음, 미안. 빛의 정령과는 아직 안 했어. 바람, 불, 물, 번개, 덩굴은 있는데."

"많지 않아?! 대단해라. 나는 아직 얘랑 흙뿐이야."

어딘가 풀이 죽은 듯한 아스카. 뭐, 정령은 상성도 있다고 하니까. 게다가 많이 계약한다고 무조건 좋은 것도 아니고.

"나도 친한 정령을 더 늘리고 싶어."

그건 동감! 정령은 귀엽잖아. 오래 사는 인생이니까 앞으로 늘어날 거라고 응원하자 동의하면서 웃는 아스카. 으음, 귀여워.

"하지만 그러면 정령을 통해 연락하진 못하겠네. 메구 누나하곤 멀리 사니까 정령으로 연락할 수 있으면 좋을 텐데."

"아, 그렇구나. 같은 속성의 정령이 없으니까."

속성이 같으면 떨어져 있어도 정령이 전언을 전해 주지만, 아쉽게도 우리의 계약 정령은 속성이 달랐다. *끄으응.* 잠깐 고민하고 퍼뜩 든 생각. 그럼 계약하면 되지 않아?

"바람의 정령과 계약하지 않을래? 바람이라면 나하고도 슈리에 씨하고도 연락할 수 있잖아."

"그야 당연히 하고 싶지만……. 그렇게 쉽게 상성이 맞는 아이와 만날 수 있을까?"

바람의 정령이라면 전부 다 괜찮은 것도 아니긴 하지. 나는 정령들이 소개해 줘서 쉽게 풀렸던 것뿐이고.

"후우나 슈리에 씨의 계약 정령인 네프리에게도 물어보자. 아스카는 당분간 여기에 있을 거니까, 어쩌면 좋은 만남이 있을지도 몰라."

"좋은 만남……. 응, 만나고 싶어. 그러면 메구 누나랑도 세트잖아!"

세트라니. 단어 선정이 귀여워서 무심코 쿡쿡 웃었다. 좋아, 나중에 후우에게 부탁해 봐야겠다고 마음속에 메모했다.

"그나저나 메구 누나는 늦게 먹네?"

"으, 미, 미안해."

여전히 천천히 먹는 데다 양도 별로 많지 않다. 아스카는 이미 다 먹었고 나만 입을 열심히 움직이고 있다. 알고는 있지만 이 것만큼은 쉽게 고쳐지지 않는다. '그래서 아직 작은 건가?'라니 순수한 눈으로 뭘 물어보는 거야! 악의가 없다는 걸 아는 만큼 크리티컬 히트. 커헉.

"서두르지 않아도 돼. 메구 누나가 먹는 걸 이렇게 보는 거 즐겁거든."

이, 이상하다. 어쩐지 아스카가 더 연상 같은 태도 아니야? 턱도 괴고 말이야. 여유롭잖아! 반짝반짝 커다란 눈은 순수하게 빛나고 있지만! 그러고 있으면 그림이 된다고 해야 하나, 미모가 받쳐주니 장래에는 인기가 많겠다는 생각이 문득 들었다. 붙임성도 좋고. 응, 인기 많겠네. 아니, 그건 됐고. 우선 계속 신경 쓰이던 걸 말해야지.

"저기, 아스카. 메구 **누나**라고 부르는 거 바꾸지 않을래……?"

인정하고 싶진 않지만 아무리 봐도 내가 연하로 보이는 이 상황에서 누나라고 불리는 건 오히려 역효과다. 내 누나로서의 자존심을 마구 후벼 파니까!

"그래? 그럼 그럴게. ……메구."

순순히 시키는 대로 호칭을 바꿔준 건 좋지만, 그, 그 눈빛은 어디서 배운 거니? 살짝 옆으로 흘리는 듯한 그 색기는 소년이 가져도 될 게 아닌데?! 큭, 이래서 엘프는! 미형은!!

"으, 그래……. 그걸로, 가자."

미형에는 익숙하지만 이런 기습이라고 해야 할지, 의외의 일면에는 두근거린단 말이지. 민망하다고 해야 하나 뭐라고 해야 하나. 그래서 이런 볼품없는 대답밖에 하지 못했다. 아아, 연상의 위엄이!

2 마을 산책

【케이】

"같이 안 먹어도 괜찮겠어? 기르난디오."

우연히. 그래, 정말 우연히 보고 말았다. 뭘 봤냐고? 그야 기르난디오의 상태가 이상한 순간이지. 평소였다면 별걸 다 본다 하고 끝냈을 거야. 무언가 고민이 있다고 해도 상담을 받아 달라고 요청하지 않는 한 간섭할 마음은 없으니까. 매정할지도 모르지만, 건드리지 않길 바라는 부분은 다들 있는 법이잖아. 이건 나만이 아니라 오르투스의 모두가 명심하고 있는 암묵 룰 같은 부분이기도 하다. 물론 유사시에는 전력으로 아군이 되어 준다는 스탠스지만. 아무튼, 이번 일은 조금 도움이 필요할 것 같단 말이지. 으음, 왜냐고 물어본다면 느낌이 그렇다는 대답밖에 할 수 없지만. 그래서 오지랖이라는 건 알면서도 무심코 말을 걸었다.

"……딱히 나에게는 식사가 필요 없어."

"그렇지만, 평소에는 메구와 함께 먹잖아."

우리는 성인이니까 며칠 정도는 먹거나 자지 않아도 문제없다. 그야 먹으면 힘이 솟긴 해도 미미한 변화다. 그래서 식사도 수면도 거의 오락. 오르투스에 소속된 뒤로는 좋은 습관이라고 생각해서 나도 거의 매일 식사하지만. 맛있는 것을 먹는 건 기분이 좋아지거든. 자는 것도 제법 기분이 좋고. 하지만 이 남자는 오르투스에 온 뒤에도 기존의 생활 스타일을 바꾸지 않았다. 식사도 수면도 며칠에 한 번. 그게 자신의 리듬이라며 완강하게 바꾸려 하지 않았다. 그런데 메구가 온 뒤로는 그 아이가 걱정하지 않도록 제대로 매일 식사하고 잠을 자게 되었다. 새삼스럽지만 메구의 영향력은 참 대단하다니까.

"아스카가 와 있어. 딱히 내가 없어도 괜찮겠지."

으음, 역시 어딘가 상태가 이상하다. 평소처럼 무표정하고 필요한 말 이상은 하지 않지만. 메구를 보려고 하지 않는 시점에서 이상하단 말이지.

"적어도 순간적으로 시선을 피하는 건 안 하는 게 낫다고 보는데."

"윽⋯⋯. 예리하군."

부정하지 않은 것만으로도 잘했다고 해줄까. 일단 자각은 있었던 모양이다. 그래, 아까 내가 본 건 바로 그 순간이었다. 기르난디오는 그때까지 메구를 빤히 바라보고 있었는데, 메구가 기르난디오가 있다는 걸 알아차리고 시선을 돌리자 홱 피하고는 자리를 떠나버린 그 순간을.

"오르투스의 넘버 투나 되는 남자가 도망치다니."

무심코 쿡쿡 웃었다. 워낙 귀중한 반응이었으니까. 어이쿠, 그렇게 노려보지 말아줘. 미안하다니까.

"기르난디오. 메구를 보지 않아도 된다는 건 오늘 밤은 한가하단 거지? 시간 좀 내줘."

"⋯⋯아니."

"메구 일로 할 말이 있어."

거절하려는 기르난디오에게 선수를 쳤다. 이러니저러니 해도 메구에 관련된 일이라면 듣고 싶어 할 게 틀림없으니까. 그리고 예상대로 기르난디오는 미간을 찌푸리면서도 내 요청을 받아들였다. 의외로 다루기 쉽구나. 새로운 발견이다.

"그렇게 많이 잡아먹진 않을 거야. 내가 자주 가는 바가 있거든. 거기에 가자."

"술을 마실 건가."

"뭐 어때, 가끔은. 참고로 오늘이 아니면 이 이야기를 할 마음은 없어."

남들 앞에서 얼굴을 드러내는 걸 싫어하는 이 남자는 밖에서 식사하는 걸 극단적으로 피한다. 하지만 이 한마디를 덧붙이면 반드시 올 거다. 제법 비겁한 수단이라는 자각은 있고, 기르난디오도 그렇게 생각하겠지. 하지만 이런 기회는 필요하다고 보거든. 기르난디오, 너는 메구에게서 조금 떨어진 장소에서 자신을 다시 확인하는 게 좋아. 항상 가장 가까운 장소에 있으니까. 그 보호자의 시각을 아주 조금만 무너트려 주고 싶단 말이지. 바로 앞장서는 내 뒤로 기르난디오가 따라오는 기척을 느끼며 나는 그런 생각을 했다.

단골 바는 인기 가게인 만큼 제법 떠들썩했다. 손님과 마스터는 우리를 보더니 순간 눈이 휘둥그레졌지만 바로 시선을 돌리고는 각자 술을 마셨다. 우리는 오르투스의 일원으로서 이 마을의 유명인이니까. 무언가 일하는 중인 건지도 모른다면서, 다들 알아서 잘 모르는 척 해주는 거다. 이런 부분이 좋단 말이지.

"마스터, 항상 앉는 자리 비어있어?"

"물론 비어있습니다, 케이 씨. 드링크는 어떻게 하실 거죠?"

항상 여성을 데리고 같은 자리에 앉으니까 마스터도 그걸 잘 파악하고 있는 건지 이 시간대에는 최대한 그 자리에 다른 손님을 안내하는 걸 피한다.

정말로 고맙다. 바 구석에 있는 내 지정석. 물론 혼잡한 상태고 먼저 다른 사람이 앉아 있으면 양보하지. 다만 여기가 비밀 이야기를 하기에는 딱 좋으니까, 오늘도 비어있어서 다행이다.

"늘 마시던 대로. 이 가게의 인기 칵테일 두 잔, 잘 부탁해."

"알겠습니다."

처음에는 반드시 이걸 시킨다. 맛있기도 하고, 상대방이 이 가게를 알 수 있도록 이걸 먹이고 싶거든. 뭐, 오늘은 상대가 기르난디오니까 알아준다고 해도 의미는 없지만. 이 남자가 또 이 가게에 오는 모습은 상상이 안 가거든. 나도 이번에는 억지로 끌고 온 셈이니까.

"나는 마실 생각이……."

"바에 와 놓고 아무것도 마시지 않는다는 게 말이 돼? 아무튼 앉아."

그 말도 맞다고 동의한 건지, 기르난디오는 칵테일을 한번 바라보고는 마스크만 내려서 조금 입에 머금었다. '맛있군' 하는 중얼거림에 마스터도 나도 무심코 얼굴이 풀어졌다.

"그렇지? 가끔은 이런 곳에도 와 봐."

"음."

오르투스의 카페도 밤에는 바가 되니까 술을 마실 수 있지만, 여기에서만 마실 수 있는 술도 있다고 이어서 설명했다. 기뻐하면서 감사하다고 인사한 마스터는 그 이상 머물러 있지 않고 카운터로 돌아갔다. 역시 프로는 다르구나. 그걸 지켜본 기르난디오는 가볍게 손을 흔들어 우리 주변에 방음 결계를 쳤다. 이 자리에서는 나 말고 그걸 알아차린 사람은 없을 테지. 그 정도로 마법 발동에 위화감이 없었다. 뭐, 항상 그렇지만.

"기르난디오가 이렇게 순순히 바에 와 줄 줄은 몰랐어. 혹시 처음이 아닌 거야?"

그런 내 질문에 긍정이 돌아왔다. 어? 대체 누구와? 의문을 느꼈지만 대답을 듣고 바로 이해했다.

"두목과 온 적이 있다. 이 가게는 아니고, 상당히 예전 일이지만."

"아, 두목 말이지. 그 사람은 오르투스의 동료가 되면 반드시 대작을 하니까."

나도 오르투스 설립 때 두목이 불러서 같이 마셨던가. 그리워라. 그 시절엔 정말 여러모로 자신이 없었다. 하지만 함께 술을 마시며 많은 이야기를 했다. 덕분에 지금의 내가 있다고 해도 과언이 아니다.

『너는 널 위장할 필요 없어. 그렇지 않은 너는 네가 아니잖아.』

정말, 얼마나 강렬한 빛이었는지 몰라.

"그런 건 됐고. 빨리 말해."

"나 참, 성급하기는."

그럴 줄 알았지. 나도 말을 꺼낼 계기를 가늠하는 건 귀찮던 참이었으니, 마침 잘 됐다. 단도직입적으로 가 보실까.

"……류아스카티우스가 마음에 안 들어?"

기르난디오의 기분이 안 좋은 이유. 요컨대 질투라고 본다. 그리고 기르난디오에겐 그렇다는 자각이 있다.

"그래, 조금."

거 봐. 숨길 마음도 없는 모양이네. 그 이유도 안다.

"아버지로서?"

"……그거 말고 뭐가 있지?"

하아, 역시나. 진짜 귀찮네. 나는 보란 듯이 한숨을 쉬었다.

"친권은 이미 마왕에게 있잖아? 그래도 너는 아직 아버지 노릇을 할 생각이야?"

"그건, 그렇지만……. 계속 부모의 눈으로 봤다. 그렇게 보이는 건 어쩔 수 없지. 그건 너도 마찬가지라고 보는데."

"우리는 그렇긴 해. 하지만 너는 그것만이 아니잖아? ……눈치 못 챘을 것 같아?"

나는 턱을 괴고 잔을 기울였다. 호박색 액체가 가게의 오렌지색 조명을 받아 반짝반짝 빛나는 이 광경이 너무 좋단 말이지. 그걸 바라보며 잠시 치유되는 걸 느낀 뒤, 나는 핵심에 다가갔다.

"……반려인 거잖아? 너에게 메구는."

언제였더라. 메구가 기르난디오의 그림자 속을 들여다본 적이 있었다. 기르난디오가 아닌 다른 사람이 보면 심각한 문제가 생긴다고 들은 적이 있었는데, 메구는 그렇게 되지 않았다. 그 이유는 조금만 생각하면 바로 알 수 있었다. 기르난디오의 그림자는 말하자면 기르난디오의 정신 그 자체. 그래서 간섭하면 기르난디오는 속이 안 좋아지고, 들여다본 사람은 기르난디오의 내면에 접촉한 탓에 정신이 망가질 정도로 타격을 받는다. 이 남자가 품은 어둠도 상당하니까 말이지. 그림자 마법의 효과도 더해져서 심각한 문제가 되는 원리일 것이다. 하지만 그 영향을 받지 않는다는 건, 즉……. 기르난디오가 메구를 진심으로 받아들이고 있기 때문이다. 그건 반려나 마찬가지다.

"아직 일방적이겠지만."

그러나 메구는 그 정도까진 아닐 것이다. 아직 어린아이니까. 반려라는 게 어떤 건지도 잘 이해하지 못하고 있으리라는 건, 오늘 류아스카티우스에게 보인 반응에서도 잘 알 수 있었다. 새빨개지기는 했지만. 아마 막연한 인식밖에 없지 않을까.

"……그건."

잠시 침묵이 흐른 뒤 기르난디오는 조용히 말하기 시작했다. 이 남자의 심정을 그 입으로 직접 듣는 건 처음이다. 그래서 더욱 무겁게 느껴졌고…… 갈등도 이해할 수 있었다. 그래, 그런 생각을 하고 있었구나. 이건 또 좀, 골치 아픈데. 이야기를 모두 들은 내 첫 감상은 그랬다.

"그럼 지금은 아직 기다릴 수밖에 없구나……."

"그래. ⋯⋯할 말은 끝났지?"

그렇게 말하며 일어난 기르난디오를 보고 나는 눈을 동그랗게 떴다.

"아직 나는 메구에 관한 이야기를 안 했는데, 괜찮겠어?"

"처음부터 이 이야기를 듣고 싶었던 것뿐이잖아."

"⋯⋯알고 있었어?"

"그래."

뭐야. 잘 유도했다고 생각했는데 전부 간파하고 있었던 건가. '너도 알고 있는 게 낫다고 생각해서 맞춰준 것뿐이다'라는 말을 끝으로 기르난디오는 바를 나섰다. 하아, 역시 저 남자에게는 못 당하겠네. 분하다는 느낌조차 없다. 수준이 너무 달라서 허탈할 지경이니까.

"뭐, 알고 싶은 건 알았으니까 됐어. ⋯⋯여자라도 불러서 마저 마셔야지."

나도 아직 멀었구나. 귀여운 여성과 시간을 보내며 피로를 풀고 내일부터도 힘내야지. 그렇게 생각하며 잔을 비운 뒤 나도 자리에서 일어났다.

【메구】

"좋은 아침입니다! 오웬 씨!"

"좋은 아침입니다!"

자, 드디어 오늘은 아스카에게 마을을 안내하는 날! 우리는 의

기양양하게 길드 홀에 도착했다. 오늘은 움직이기 편한 옷과 머리모양에다 기합도 충분! 이미 입구에서 기다리고 있던 오웬 씨에게 아스카와 함께 인사했다.

"오오오, 애들은 씩씩하구나. 안녕, 메구하고…… 아스카였던가?"

"응, 나는 류아스카티우스. 그러니까 아스카라고 부르면 돼!"

"응, 길구나."

"엘프는 이름이 길거든. 어라? 그러고 보면 메구는 짧네?"

확인하듯 이름을 물어보는 오웬 씨에게 대답하는 아스카. 확실히 엘프는 이름이 긴 사람이 많단 말이지. 아니, 엘프가 아니어도 이름이 긴 사람이 많지만, 엘프는 특히 더 길다는 이미지가 있다. 그러니 아스카의 의문도 타당했다.

"으음, 내 이름은 부모님이 정했다고 하니까……."

"아! 아버지면 마왕님이지? 흐응, 그래서 이름이 짧은가?"

"그게 관련이 있는 건지는 잘 모르지만……."

아버지가 마왕이라서 이름이 짧다는, 어린아이다운 발상으로 수긍하는 아스카를 보고 무심코 쓴웃음이 나왔다. 더 정확하게 말하자면 내 전생, 하세가와 메구의 이름에서 유래한 거지만 복잡하니까 생략하자.

"외우기 쉬워서 좋지 뭐. 자, 빨리 가자. 아침도 밖에서 먹을 거지?"

와일드하게 씩 웃는 오웬 씨가 화제를 바꾸자 우리도 퍼뜩 그 화제에 편승했다. 그랬다. 평소에는 길드 식당에서 먹지만, 모처럼 관광하는 거니까 아침도 밖에서 먹는 게 어떠냐고 여러 사람이 조언해 줬다. 배도 슬슬 출출하니까 바로 출발! 아, 그 전에.

"오웬 씨, 오늘 하루 잘 부탁드립니다!"

"앗, 그렇구나! 오웬, 잘 부탁해!"

"아스카는 그냥 오웬이냐! 상관은 없지만. 맡겨줘! 자, 가자."

이렇게 우리는 씩씩하게 길드를 뒤로했다. ……으음, 돌아본 곳에도 기르 씨는 없다. 그 후로 대화를 못 했단 말이지. 아니, 지금은 다른 생각 하면 안 돼! 다음에 만났을 때 기르 씨에게 물어보기로 결심하고 발을 움직였다.

"아스카는 생선을 좋아하지? 점심은 생선 먹고, 아침은 따뜻한 수프와 빵을 파는 가게에 가자!"

"진짜? 기대된다!"

아스카의 반응이 좋다. 설레는 마음을 숨기지 못하는 건지 눈을 반짝거리는 걸 보면 나도 신이 나서 자꾸 설명해 주게 된다.

"아주 맛있어! 지금부터 갈 곳은 야채를 듬뿍 넣은 수프랑 갓구운 빵이 많이 있어서 최고야!"

"와, 진짜 최고잖아! 나 많이 먹어야지!"

두 주먹을 불끈 쥐고 안내하자 아스카는 그 분위기에 맞춰서 같이 눈을 빛낸다. 아아, 귀여워라. 아침부터 힐링되는 미소 감사합니다!

"너, 너희들, 진짜 둘만 있으면 위험하겠네?"

"어? 뭐가?"

둘이서 까르륵 대화하고 있었더니 오웬 씨의 당황한 듯한 목소리가 들려서 뒤를 돌아보았다. 아스카도 잘 이해하지 못한 듯 고개를 갸웃거렸다.

"무자각이냐. 아니, 응, 아무것도 아니야! 나는 나대로 일할 테니까 신경쓰지 마. 방해해서 미안."

강아지를 대하듯 손을 휘휘 저으며 대답하면서도 어딘가 긴장한 듯한 모습이었다. 오웬 씨는 꽤 대충대충하는 이미지가 있었는데, 열심히 일하는 타입이었구나.

"오웬 이상하네."

그러니까 그런 말은 하면 안 된단다! 아스카!

가게에 도착한 우리는 오웬 씨도 합쳐서 셋이서 아침을 먹었다. 세 종류의 수프와 십수 종류나 되는 빵 중에서 가격에 맞춰 골라 먹을 수 있다. 호화찬란! 참고로 나는 하나씩. 어, 어쩔 수 없잖아! 먹고 싶은 마음은 있지만 위가 받아주지 않으니까! 게다가 여기 빵은 크다. 특히 이 달걀 샌드위치는 아주 푸짐해서 하나면 충분하다. 그래도 맛있는걸. 보들보들한 달걀말이를 빵이 감싸고 있는 게 행복한걸. 하아. 부드러운 호박 수프도 최고의 궁합입니다.

"오웬, 많이 먹네. 메구는 너무 안 먹지만."

"그래? 어른이 되면 아스카도 이만큼 먹을 수 있을걸?"

"그런가? 그럼 빨리 어른이 되고 싶어."

아스카의 말대로 오웬 씨의 그릇에는 빵이 산더미처럼 쌓여 있었다. 아스카도 세 개나 먹으니까 많은 편이라고 보는데. 각자 양파 수프와 클램 차우더를 선택했다. 저쪽도 맛있어 보인다.

"게다가 어른이 되면 메구와 결혼할 수 있잖아."

"푸헉! 콜록, 커헉……, 아, 아스카, 지, 지금 뭐라고……?!"

"우와, 더럽게. 뭐 하는 거야? 오웬."

아니, 지금은 아스카 잘못이라고 봐……. 진짜 이 조숙한 꼬맹이는 무슨 소릴 하는 걸까요! 어제부터 눈이 마주치면 결혼 타령이라 나는 많이 익숙해졌지만, 그때까지는 일일이 얼굴에 열이 몰려서 큰일이었다니까.

"결혼이라고 했어! 나 메구와 반려가 될 거야. 메구는 절대 내 반려인걸. 마음이 그렇게 말하니까."

"뭐 이런 게 다 있지? 아스카, 너……."

스윽 얼굴이 진지해진 오웬 씨. 아무리 그래도 너무 성급하다고 말할 생각인 걸까? 그런 생각을 하며 가만히 지켜봤는데…….

"대단하잖아! 스스로에게 솔직하고. 나도 처음부터 그랬으면 좋았다고 엄청 후회하거든!"

예상치 못한 칭찬에 의자에서 미끄러질 뻔했다. 어? 공감했잖아?

"오웬도 반려가 되고 싶은 사람이 있어?"

"어. 계속 빙빙 돌아가는 짓만 했는데, 최근에 그러면 안 된다는 걸 눈치챘지. 그 후로는 계속 어택하고 있지만 그동안 한 짓이 있어서 그런가 좀처럼 돌아봐 주지 않아."

"에이. 솔직한 게 최고야, 오웬 씨. 여자애는 자기만 특별하게 대하는 걸 좋아하니까 다른 사람은 안중에도 없다는 걸 더 강조해야지!"

"지금은 계속 그러고 있긴 한데. 가능성은 있어 보이지만 솔직하지 않는단 말이지. 그게 또 귀엽지만."

"아, 그럼 이런 건 어때?"

어, 어라? 어째 의기투합했잖아? 아니, 주변에 있던 남자 손님들도 훔쳐 듣고 있지 않아? 대단하네, 아스카. 작업의 극의를 강의하기 시작했어. 진짜 어린애 맞아? 아니, 그건 어디서 배운 거야? 여러모로 지적하고 싶은 부분이 넘쳐나서 잠시 정신이 아득해졌다. 나는 나쁘지 않다. 결국 그 후에 내가 이만 가자고 투정 부리자 간신히 강의가 끝나고 드디어 마을 산책을 재개하게 되었다. 정말이지. 으휴!

우선은 역시 란의 가게로. 신세 지는 곳이기도 하고 모처럼이니 아스카도 소개해 주고 싶었다. 게다가 란이라면 아스카를 보고 바로 마음에 들어 할 것 같거든.

"어머나! 귀여운 엘프 아이잖아! 응? 응? 옷! 옷 만들게 해줘!"

"어? 진짜? 와!"

거 봐. 이렇게 될 줄 알았다. 너무 예상대로라서 웃길 지경. 여기서 바로 기뻐하는 게 아스카의 장점이다. 나는 자꾸만 사양한다고 해야 하나, 미안해하니까 아스카가 부럽다.

"그러고 보면 아스카. 너 전투복은 갖고 있어?"

"어? 훈련용 옷이라면 있는데……."

"흠. 짐도 방에 있지. 수납 마도구 같은 것도 없고?"

"오르투스에 올 때 필요하니까 엄마 걸 빌렸지만, 내 건 아냐."

아, 그렇구나. 아스카도 무투대회에 나간다고 했었지. 전투복은 있는 게 좋을지도 모르지만, 그건 만들려면 상당한 돈이 들어가니까. 일반적으로는 그리 쉽게 만들지 못한다. 수납 마도구도 마찬가지. 오르투스의 기준이 이상한 거야! 란이 말하길, 일반적인 훈련용 옷은 다소 움직이기 쉽고 튼튼한 효과는 있지만 마법에 강하다거나 그런 효과를 부여하는 일은 잘 없다고 한다. 그래, 이게 세상의 기준이지. 틀리면 안 된다.

"란. 내가 조금 보탤 테니까 조금만 마법을 부여해 주지 않을래? 이 녀석 이번에 무투대회에 나가거든."

"무투대회? 그러고 보면 소문은 들었어. 특급 길드 합동으로 큰 대회를 연다고. 아이들이 참전하는 부문이라도 만드는 거야? 그렇다며 필요하겠네."

어라? 무투대회 이야기가 이미 조금 퍼진 모양이었다. 손님이 모이면 자본도 모이니까 선전은 필요하지. 여기서 멀리 떨어져 있으니 이 근방에 사는 사람들은 갈 수 있는 사람이 별로 없겠지만.

"어? 아니야, 오웬. 나는 평범한 옷이면 돼."

양심껏 부여 마법이 달린 옷은 사양하는 자세를 보이는 아스카. 그 가치를 올바르게 이해하고 있기 때문인 거겠지. 똑똑해! 장하다!

"하지만 어느 정도 받쳐주는 건 준비해야지. 주변과 차이가 벌어지는 데다, 무엇보다 네 몸을 지키기 위해서이기도 해."

들어보니 시합 도중에 생긴 부상은 투기장에서 나오면 어느 정도 치유되는 마법을 걸 예정이라고 한다. 뭐야 그거. 대단하 잖아. 그래도 다치면 아프고, 경우에 따라서는 완전히 낫지 않기도 한다. 그렇게 될 위험을 줄이기 위해 전투복은 필요하겠지. 맞는 말이야. 그렇다면!

"란! 나도 부탁할게!"

"어? 메구까지? 설마 메구는 돈 보태겠다고 하지 않을 거지?!"

내가 외치자 아스카는 더욱 당황했다. 동년배인 내가 돈을 보태준다면 오웬 씨의 돈보다 훨씬 불편하겠지. 당연히 그런 짓은 안 하고.

"안 해. 하지만 나는 란의 가게를 가끔 도와주거든. 가게에서 일한 건 아직 한 번뿐이지만. 란이 만든 옷을 입고 일하거나 마을을 돌아다니는 걸로 이 가게를 선전해 주는 거야."

"아하. 무슨 말을 하고 싶은지 알겠어. 즉 메구, 이런 거지?"

란이 우리의 대화를 듣고 눈치챈 모양이었다. 찡긋 윙크한 란은 나 대신 아스카에게 제안했다.

"너도 메구와 같이 선전해 주지 않겠니? 우리 상품을 멋있게, 귀엽게 입고서 거리를 돌아다니면 돼. 그러면 우리는 매상이 올라가고! 그만큼 할인한 가격으로 오웬에게 청구하는 거지. 네게 딱 맞는 전투복을 만들어 줄게!"

"지, 진짜요?"

뺨이 발그레해진 아스카는 '하게 해주세요!' 하고 힘차게 대답했다. 오웬 씨에게도 허리를 푹 접고 인사했다. 이런 모습을 보면 역시 착한 아이란 말이지. 처음 만났을 때와 비교해서 성장

이 느껴진다. 이 누나는 감개무량하구나……. 결혼 타령만 그만

해 주면 더 좋을 텐데.

그 후 아스카의 주문과 함께 내 전투복도 한 벌 주문하게 되

었다. 이미 있지 않냐고? 안이하기는. 내 그 전투복은 지나치게

고성능이라서 문제다! 도저히 어린아이가 입을 만한 수준이 아

니다. 과보호하는 어른들의 산물이니까 그런 거지만. 그 왜, 나

름대로 위험이 있잖아? 내 몸을 지키기 위해서도 이 수준의 전

투복은 확실히 필요하긴 했다. 잘 생각해 보면 하이 엘프 마을

에서 아버지인 마왕님과 셰르멜호른이 싸웠을 때도 전투복이었

기 때문에 무사할 수 있었다. 아니었으면 폭풍에 휩쓸려 날아갔

을걸. 아무리 니카 씨나 기르 씨가 옆에 있다고 해도 찰과상 같

은 작은 상처조차 없었던 건 순전히 전투복 덕분이다. 더 추가

하자면 그때 내가 하늘에서 내려올 때 후우의 힘을 빌렸다고는

하나 무사히 착지할 수 있었던 것도, 호무라의 불꽃이 뜨겁지

않았던 것도 전투복 덕분이다. 운동능력을 보정해 주는 힘 같은

게 작용한 거겠지. 지금도 운동능력이 신통치 않은데 당시에 가

능했다는 건 즉 그런 거다. 모르는 사이에 도움을 받았던 셈이

다. 그 옷을 입지 않았던 인간 대륙에서는 아주 처참한 결과였

던 걸 봐도 명백하다. 아무튼, 그 정도로 대단한 성능의 전투복

밖에 없으니 일반적인 어린아이가 입어도 이상하지 않은 성능의

전투복을 만들기로 했다. 대회에서 입을 거니까 다른 선수와 차

이가 너무 나는 건 안 좋잖아!

"음, 란. 메구 거는 방어 계열의 마법을 걸어줘. 결계를 칠 수

없는 건 뼈아픈데……. 다른 사람들이 뭐라고 할지. 아, 운동능력도 조금……."

"안 돼! 성능이 이상해진다고! 란, 다른 애들과 똑같은 걸로 해줘! 어디까지나 일반적인 수준으로 부탁드립니다!"

오웬 씨조차 이 모양이다. 지금 여기서 몰래 주문하지 않으면 고성능 전투복이 하나 더 생기는 결과가 된다. 물론 사비니까 그 부분도 감안해서 만들어 주세요. 윽, 순식간에 저금이 사라졌지만 어쩔 수 없지! 필요한 경비다. 또 열심히 일하자. 주문을 접수한 란은 대회 전에 완성하겠다고 말해 주었다. 후후, 완성되는 게 기대된다!

"내 용돈으로 처음으로 이만큼 비싼 걸 샀어!"

"후후, 나도."

살짝 어른이 된 기분이 들어서 우리는 웃었다. 선물 받는 것도 기쁘지만, 직접 사는 건 역시 좋단 말이지!

"아아아아아! 이거 나중에 왜 내가 전부 내지 않았냐고 추궁당할 거야!"

오웬 씨는 머리를 부여잡았지만. 괜찮아, 우리도 잘 말해줄 테니까…….

그 후에는 마을을 한 바퀴 돌아보았다. 그렇게 큰 마을이 아니니까 금방 돌아볼 수 있단 말이지. 더 어릴 때의 나는 그것만으로도 뻗어버리니까, 도저히 하루 만에는 다 돌아다닐 수 없었지만. 그걸 생각하면 나도 많이 컸단 말이지. 으으음. 이렇게 걸으면서 이런저런 이야기를 하는 사이에 화제가 무투대회로 넘어갔다. 미성년자 부문이 생겨서 놀랐다거나, 뭐 그런 내용이다.

"하지만 미성년자면 곧 성인이 되는 큰 참가자도 있다는 거잖아. 내가 이길 수 있을까?"

아스카는 그렇게 말하며 팔짱을 끼고 생각에 잠겼다. 자신의 능력을 생각하며 전략을 짜는 건지도 모른다. 확실히 그렇지. 나는 한 번도 못 이길지도 몰라.

『……! 메구……!』

문득 뇌리에 영상과 음성이 흘렀다. 아, 예지몽이다. 항상 그렇지만 갑작스럽단 말이지. 아니, 이쯤 되면 예지몽이라고 해야 하는 건지도 모르겠지만. 어……. 에라이, 그냥 꿈인 걸로 치자.

『……탁, ……까…….』

저건 기르 씨? 지면에 무릎을 꿇고 쓰러진 누군가를 부축하고 있다. 그 쓰러진 누군가는, 나……?

『……, …………해.』

축 늘어진 채 의식을 잃은 나를 끌어안으며 기르 씨가 작은 목소리로 계속 말을 거는 모양이다. 뭐지?

"메구! 메구, 듣고 있어?"

"어? 어…….""

아스카의 토라진 듯한 목소리에 정신을 차렸다. 으음, 역시 지금 그건 예지몽인가? 그런 식으로 멍하니 있었더니 조금 화내던 아스카가 이번에는 걱정하는 표정으로 내 얼굴을 살펴보았다.

"……왜 그래? 피곤해?"

코앞에서 보는 미소년의 슬픈 표정이 주는 파괴력이여. 커헉!

귀여워!

"아니야! 잠깐 딴생각 좀 했어! 미안해."

"그래? 그럼 다행이고."

걱정 끼치면 안 되지. 이런 꿈은 자주 꾸고 그럴 때마다 멍해지지만, 건강한 건 맞으니까 괜찮다고 어필. 두 팔을 접고 보디빌더 포즈를 잡아 봤다. ……알통은 없다.

그나저나 지금 그건 뭐였던 거지? 아마 예지몽일 것이다. 과거에 그런 상황은 없었으니까. 크게 다쳐서 품에 안긴 적은 있지만, 조금 전 꿈속의 나는 다치지 않았다. 꿈이라는 애매모호한 시야라서 절대 아니라고는 단언하지 못하지만……

"그럼 한 번 더 말할게. 메구는 대회에서 어디까지 올라가고 싶어?"

"어디까지…… 앗."

내가 생각에 잠겼을 때 던졌다는 아스카의 질문을 듣고 떠올랐다. 그건 무투대회 때의 꿈이었던 건지도 모른다. 그래, 그거야. 그리고 나는 져버린 게 아닐까? 기절하거나 해서 기르 씨가 걱정했던 거지. 무투대회에서 일어난 일이라면 크게 다칠 걱정도 없으니까 안심이다. 기절했다고 해도 바로 회복하겠지. 그런 것치고는 기르 씨가 아주아주 필사적으로 걱정했던 것 같기도 하지만, 평소 과보호하는 걸 보면 가능하다.

"왜? 메구."

"아, 아니야. 그냥 무투대회는 토너먼트식이었다는 걸 떠올렸거든. 나는 움직임이 둔하니까 1회전에서 끝날 것 같아."

의아해하며 이쪽을 바라보는 아스카의 시선이 따갑다. 그래서 서둘러 얼버무렸다. 아하하 웃자 아스카의 뺨이 부루퉁해졌다. 어라?

"그러면 안 돼! 우승하겠다는 마음으로 도전해야지!"

아, 그쪽이었구나. 얼버무린 게 들킨 줄 알아서 철렁했잖아. 딱히 숨기는 건 아니지만 그냥 좀.

"모처럼 출전하는 거잖아. 온 힘을 다해 싸우지 않으면 상대 방에게도 잘못하는 거야!"

"윽, 그러게. 미안해. 나도 열심히 할게!"

그리고 정론. 질 생각으로 임하는 건 대전 상대에게 실례지. 제대로 최선을 다하자. 그랬는데 진다면 그건 그거고. 아쉬움을 원동력으로 또 열심히 훈련하면 된다!

"오오. 의욕으로 넘쳐나는 아이들은 참 좋구나."

뒤에서 따라오는 오웬 씨가 뒤통수에서 깍지를 끼고 흐뭇하다는 듯 이쪽을 보고 있다. 뭐, 어른이 보기에는 소꿉장난 같은 수준일지도 모르지만! 애들은 애들 나름대로 열심히 할 거야!

"그리고 나는 어른들 싸움도 기대돼. 다들 어떤 식으로 싸우고 누가 이길지…… 엄청 궁금해!"

"아, 그건 나도 궁금해! 마물과 싸우는 것과는 조건이 다르고, 힘을 겨룬다고는 해도 어디까지나 대회라, 강하다는 이유만으로 이길 수 있다는 보장도 없으니까."

그렇다. 일반적으로 생각하면 우승은 기르 씨겠지. 마물을 상대하든 사람을 상대하든 다 잘할 것 같고, 힘도 확실하다. 팔이 안으로 굽는 건지도 모르지만. 그래도 규칙이 있는 대회니까 뭐가 어떻게 작용할지 알 수 없다. 다른 사람들의 전투를 가까이서 볼 수 있는 기회이기도 하니까, 오히려 나에게 무투대회는 내 시합보다 그쪽이 메인이다.

"같은 엘프로서는 슈리에가 이겼으면 좋겠어."

눈을 빛내면서 그렇게 말하는 아스카는 이러니저러니 해도 동족을 좋아하는 모양이다. 그리고 슈리에 씨를 무척 동경한다는 게 전해졌다. 나도 물론 동경한다.

"나는 다른 특급 길드 사람도 궁금해. 오르투스 길드원밖에 모르니까……. 아, 맞다! 아스카에게 소개해 주고 싶은 아이들이 있어."

다른 길드 생각을 하다가 떠올렸다. 애뉼러스에 있는 룬과 구트 쌍둥이하고 마왕성에 있는 울바노. 모처럼 나이도 비슷하니까 아스카와도 친해지면 좋겠다.

"우리 또래의 아이라. 메구의 친구인 거지? 그럼 나도 친구 할래."

"응, 친해지면 나야 좋지. 게다가 미성년자 부문도 있으니까 친구가 더 늘어날지도 몰라! 에헤헤, 기대된다!"

마왕성에서는 조금 그런 이유로 성과가 애매했던 친구 사귀기도 대회에서는 성공할지도 모른다. 새로운 만남이 기대된다.

"하지만 그러면 라이벌도 늘어날 것 같은데."

"라이벌? 으음, 뭐, 하지만 무투대회니까……."

문득 심각한 얼굴이 된 아스카가 그렇게 말하길래 대회에서는 당연히 다들 라이벌이라고 하자 아스카의 표정이 이상해졌다. 어? 왜? 나 이상한 소리 했어?

"아스카, 쌍둥이 중 구트는 강력할지도 몰라."

"어? 구트도?!"

"아마도."

"으으, 방심하지 못하겠어……!"

오웬 씨의 말을 듣고 끄으응 신음하는 아스카. 그렇구나, 구트 강하구나. 나도 열심히 해야지. 의욕을 다지고 있었더니 오웬 씨가 머리를 쓰다듬어 주었다.

"아마 우리가 말하는 건 메구가 생각하는 것과는 방향성이 다를 거야."

"어? 어?"

"그래, 메구는 신경 쓰지 않아도 돼!"

어쩐지 나만 대화를 못 따라잡고 있는데? 머릿속이 물음표투성이가 된 나를 두고 아스카와 오웬 씨는 이러쿵저러쿵 작전회의에 들어갔다. 자, 잠깐! 따돌리지 마!

3 무의식 속 이변

"아, 다녀왔어? 메구! 그리고 아스카도! 오웬도 고생했어. 어땠어? 박살 내는 보람이 있었지?"

그 후 점심을 먹고 마을의 대로를 산책한 우리는 저녁에 오르투스로 귀환. 걸으면서 간식을 먹는 건 처음이라며 기뻐하는 아스카는 귀여웠습니다. 그런 우리를 맞이한 사람은 사우라 씨다. 접수 카운터에서 일부러 나와 입구까지 타다닷 달려 와 주었다. 사우라 씨도 귀엽다. 나의 오늘은 귀여움으로 가득해서 행복.

"그야 뭐. 기르 씨나 다른 중진들이 아니라 나라고 쉽게 본 것 같다는 게 잘 느껴지더라. 당연히 전부 처리했지만."

"어? 그렇게 이상한 사람이 있었어?"

오웬 씨의 보고에 놀라서 눈을 크게 뜨자 사우라 씨는 쓴웃음을 지으면서 당연하다고 대답했다.

"이렇게 귀여운 메구가 마을을 돌아다니는걸. 손을 대려는 사람이 끝도 없이 솟아난다니까. 게다가 오늘은 아스카도 있잖아. 귀여운 어린애가 둘이나 있다고. 평소보다 이상한 생각을 하는 녀석이 많았을 거라고 예상했지."

"그래도 진짜 많더라. 직접 뭔가를 하는 건 아니지만 뚫어져라 쳐다보는 녀석들이 아주 바글바글."

"모, 몰랐어……!"

그렇게 많았구나……. 어라? 나 평소에 너무 아무 생각 없이 지내는 건가? 마을을 혼자 돌아다니는 일도 많아졌지만 그런 건 전혀 몰랐는데. 가끔 이상한 사람이 접근하지만 외부인이고, 어떻게든 내가 직접 대처하고 있었고. 신경 써서 살피면 조금은 알 수 있기는 하지만. 으음, 오르투스의 일원으로서 아직 자각이 부족하단 거구나. 건드리면 대처하자는 정도의 경계심이었으니까. 반성해야지.

"메구는 눈치 못 채도 괜찮아. 오히려 눈치채면 무서워서 밖에 못 나가게 될 걸."

"히익."

그건 그거대로 싫어! 무심코 내 몸을 껴안고 부르르 떨었다. 그 옆에서 등을 토닥토닥 쓰다듬어 주는 아스카의 친절함이 뼈저리다.

"익숙해지면 별거 아니게 돼."

"아스카도 눈치챘었어?!"

"응. 난 남들의 시선에 민감하거든. 주목받는 것도 좋아하고."

그러고 보면 아스카는 옛날부터 응석받이였지. 자기가 귀엽다는 자각이 있고, 귀엽다고 칭찬을 듣거나 주목받는 걸 좋아한다. 하지만 수상한 사람에게 관심받는 건 싫지 않을까? 아, 상관없다고? 그, 그렇군요. 강해라.

"아, 맞다 메구. 편지 왔더라. 이걸 전해 주려던 참이야. 자, 받아."

"어? 벌써 답장? 감사합니다! 아, 룬이랑 구트다! 그리고 올바노도!"

편지는 모두 세 통. 다들 내가 보내면 바로 답장을 돌려주니까 이렇게 같은 타이밍에 도착할 때가 많단 말이지. 하지만 이번 답장은 유난히 빠르다. 그건가? 내가 무투대회에 대해 적었기 때문인가?

"메구, 편지 읽고 싶지? 방에 돌아가도 돼. 답장도 써야 하잖아. 나는 신경 안 써도 되니까! 그래도 저녁은 같이 먹자."

내가 편지를 보면서 너무 안달 냈던 건지도 모른다. 눈치챈 아스카가 내 얼굴을 살피며 그렇게 제안해 주었다. 큭, 배려할 줄 아는 어린이잖아! 그리고 그 올려다보기 공격 반칙!

"으, 그렇게 티 났어? 하지만 아스카는? 이후 예정은……."

당연히 저녁 약속을 거절하진 않지만, 그동안 아스카는 뭘 할 생각인 건지 걱정돼서 물어봤다.

"응? 나는 길드 안을 조금 돌아볼 거니까 괜찮아."

"오, 그럼 내가 같이 가 줄게. 아스카."

"진짜? 와! 오웬, 고마워!"

길드 탐험이라. 그러고 보면 나도 여기에 막 왔을 때 했었지. 레키랑. ……응, 그건 그거대로 재미있었지! 레키에 대해서 알게 된 좋은 기회이기도 했던 그리운 추억이다.

"음, 그럼 부탁해도 될까요?"

"하하, 메구는 고지식하구나. 맡겨줘. 나는 어차피 오늘 하루 너희와 같이 있을 생각이었으니까 신경 쓰지 마."

"에이, 날 너무 걱정한다니까."

그치만 아스카를 돌보겠다고 약속한 건 나니까. 여기선 제대로 인사하는 게 도리다. 과보호한다고 삐지는 아스카는 귀여웠지만. 지금이라면 다른 어른들이 나를 과보호하는 기분을 이해할 수 있을 것 같았다. 응, 이건 어쩔 수 없네!

"둘 다 고마워! 그럼 나중에 봐!"

지금은 감사히 받아들이자. 흔쾌히 허락해 준 두 사람에게 손을 흔든 뒤 나는 바로 방으로 향했다. 힐끗 뒤돌아보자 두 사람은 이미 즐겁게 대화하며 걸어가고 있었기에 안도했다. 왠지 죽이 잘 맞아 보인단 말이지. 아스카랑 오웬 씨. 나이 차이도 꽤 나는데 친구 같은 감각이다. 신기해라. 하지만 덕분에 안심하고 편지를 읽을 수 있겠다. 나는 세 통의 편지를 품에 꼭 안고 다시 걷기 시작했다.

방에 도착한 뒤 먼저 미니 소파에 앉아 로우테이블에 편지를 내려놨다. 읽는 순서는 정해진 게 없으니 맨 위에 있던 편지부터 집었다. 이 순간은 매번 신이 난다. 전에 마을에서 산, 꽃 디자인이 귀여운 페이퍼 나이프로 조심스레 봉투를 뜯었다.

"이건 룬이 보낸 거구나. 여전히 활기차 보여."

글씨에서도 그 밝은 성격이 전해지는 느낌이 든다. 읽기 쉽고 크고 또박또박 적힌 글씨. 나는 룬의 이 글씨를 아주 좋아한다. 편지에는 무투대회에 참가한다는 내용이 적혀 있었다. 오오, 역시 참가하는구나!

"'장래 애뉼러스의 일원이 되기 위해서도 지지 않을 거야.' ……꿈을 위해 나아가는 룬, 멋있어."

침대 위에 데굴 누워서 편지를 읽었다. 조금 게으름뱅이 같지만 이렇게 뒹굴거리면서 읽는 게 극상의 행복이다. 아무도 없으니까 넘어가 줘. 아, 정령들도 쉿! 어른이 되면 성숙한 레이디가 될 예정이니까! 아무튼, 이어서 구트의 편지. 구트도 대회에 참가한다고 열의를 불태우는 내용과, 지금은 수행하고 있다는 걸 적었다. 그리고 마지막에……

"'대회가 끝나면 둘이 같이 돌아다니지 않을래?' 흐음, 어라? 둘이서? 아, 룬은 선약이 있어서 같이 못 간다고 적혀 있네. 아하. 혼자 돌아다니는 건 심심하지. 당연히 된다고 답장에 써야겠다."

세인슬레이에 대해서는 잘 모르니까 산책도 기대된다. 사막이 있다고 어디선가 읽은 적이 있는데. 아무래도 보안관이나 선인장 같은 풍경을 떠올리게 되는 건 일본인이라서 그런 걸까. 치안이 별로 좋지 않다고 하니까, 틀림없이 보호자가 따라오겠지. 게다가 아스카도 가고 싶다고 할지도 모른다. 두 사람이 친구가 될 좋은 기회가 될지도 모르겠다.

마지막은 울바노의 편지다. 울바노는 아직 글을 쓰는 연습을 하는 중이라 항상 두 문장 정도의 짧은 편지지만, 열심히 적는다는 게 전해져서 아주 기쁘다. 처음 편지를 받았을 때는 감동했었지. 보물로 고이 보관해 놨다. 그걸 다시 읽으면 점점 글씨가 능숙해지는 게 보여서 성장이 느껴진다. 아아, 눈물이.

"'대회 열심히 해. 응원하러 갈게.' 울바노, 와 주는구나!"

울바노는 낯가림이 심해서 안 올지도 모른다고 생각하고 편지에도 무리하지 말라고 적었다. 하지만 와 준다고 하는데, 기쁘지 않을 리가!

"신난다!"

무의식중에 침대 위를 데굴데굴 굴러다녔다. 무투대회에서 다들 만날 수 있다. 너무 기대된다. 아스카도 소개해야지. 울바노와도 친구가 될 수 있다면 좋겠다. 분명 친해질 수 있을 테지만, 이것만큼은 궁합도 있으니까 알 수 없단 말이지. 그래도 소개 자체로도 한 걸음 전진! 그나저나 울바노는 누구와 함께 올까? 그런 걱정을 하면서 편지를 정리하고 있었더니 봉투에 종이가 한 장 더 들어있다는 걸 깨달았다. 보낸 사람은, 리히토? 이런. 못 읽을 뻔했잖아. 으음, 뭐지?

"'울바노는 나와 마왕님, 그리고 크론과 대회에 나가는 녀석들이 데려갈 테니까 걱정하지 마!' 어, 어라? 어째 내 생각 간파당하고 있지 않아?"

간결한 그 문장에 쓴웃음이 나왔다. 나 자신이 너무 단순해서 뭐라 말할 수 없는 묘한 기분이 든다. 뭐, 됐어. 울바노가 안전히 대회장까지 온다면 그게 제일 좋은 거다. 아버지도 있으니까 아무 문제 없겠지.

"그리고 보면 리히토는 대회에 나간다고 그랬는데, 크론 씨는 나가려나? 아버지를 따라 오는 것뿐? 그 외에도 아는 사람은 누가 나오려나. 후후, 기대된다."

다른 길드나 마왕성에서 출전하는 사람은 당일까지 알 수 없다. 물어보면 알려주겠지만, 바쁜 와중에 그런 걸 위해 시간을 내 달라고 하는 것도 미안하지. 아니, 애초에 오르투스에서도 누가 나가는지 아직 모른다. 남의 집보단 우리집에 집중하자. ……기르 씨는 예지몽에서 본 바로는 리히토와 싸우니까 분명 나가겠지. 케이 씨는 로니가 나가니까 스승으로서 따라갈지도 모른다. 로니는 성인 부문에 나간다고 했었고. 그러면 슈리에 씨나 니카 씨, 쥬마 오빠도 나갈지도? 루드 선생님, 레키, 메어리라 씨는 의료 스태프로 빠질 것 같다. 뭐, 이러쿵저러쿵 예상해 봤자 아직 알 수 없는 노릇이고 진상은 당일의 즐거움으로 놔두는 것도 좋지!

"좋아! 빨리 답장 쓰고 식당에 가야지!"

편지도 다 읽었으니 나는 벌떡 일어나 침대에서 내려왔다. 편지를 봉투에 고이 돌려놓고 서랍 속 편지 상자에 담았다. 점점 차고 있단 말이지. 이담에 더 큰 상자를 찾으러 갈까? 얼마든지 넣을 수 있는 마도구 종류는 비싸고……. 갖고 싶다고 하면 누군가가 선물해 줄 것 같긴 하지만, 그건 왠지 아닌 느낌이 들어서 말하지 않습니다. 아무튼, 바로 책상에 앉아 펜을 들고 다양한 종류의 편지지 속에서 각자 어울릴 것 같은 걸 하나씩 골라 문장을 만들어 나갔다. 아스카와 오웬 씨도 기다리고 있으니 적당한 타이밍에서 펜을 놓고 나머지는 나중에. 쓰고 싶은 내용은 메모해 놨으니 괜찮다. 편지 세트도 서랍에 넣고 서둘러 식당으로 향한 나는 오웬 씨, 아스카와 함께 셋이서 저녁을 먹었다. 오르투스의 요리가 맛있다며 아스카가 좋아해 준 게 기뻤다. 그치? 치오 언니는 굉장하다고! 즐거운 시간을 보낸 덕분에 그날 밤은 푹 잤다. 기르 씨 일로 조금 마음에 걸리는 게 있었지만,

물어볼 기회는 얼마든지 있다고 긍정적으로 넘겼다. 감사해라. 아스카와 보내는 오르투스 생활. 내일도 기대된다.

아스카가 오르투스에 온 지도 벌써 열흘. 사흘째쯤부터 이미 오르투스의 일원인 거 아닌지 의심이 들 정도로 적응이 빨랐다. 이것도 다 아스카의 붙임성이 원인일 것이다. 누구에게나 생글생글 털털하게 대하는 아스카는 순수하고 귀여운 어린아이로 받아들여지는 모양이었다. 그리고 나는 지난 열흘 동안 24시간 내내 아스카와 같이 있는 기분이다. 아무리 그래도 같이 목욕하자거나 같이 자자는 건 거절했지만. 나는 숙녀란 말이야! 정말 아스카는 어리광쟁이라니까. 그리고 지금은 함께 훈련장에 와 있습니다. 어제도 잠시 와서 같이 가벼운 운동을 했지만, 오늘은 무투대회를 대비해서 제대로 훈련하는 날이다. 그런 우리를 코치해 주는 오늘의 선생님은 이분!

"어라? 둘 다 멋진 전투복이네요. 세트로 맞춘 건가요?"

우리 엘프 스승님, 슈리에 씨다! 만나자마자 전투복을 칭찬해 줬다. 그렇다. 그때 주문한 전투복이 닷새 전에 완성됐다. 더 시간이 걸릴 예정이었는데 배달해 준 가게 언니의 전언으로는, '너무 귀여워서 손이 빨리 움직였어'라고 한다. 확실히 아동복은 존재만으로도 귀엽다. 그건 알지만 무리는 하지 말아줘. 고맙지만!

"아스카가 온 날에 같이 주문했어요. 그, 제 건 이미 있지만……. 그게, 성능이……."

"아아, 확실히 그건 성능이 너무 좋죠. 좋은 판단입니다, 메구. 하지만 말해 줬더라면 두 사람의 전투복 정도는 제가 마련 했을 텐데."

슈리에 씨는 쓴웃음을 지으며 그렇게 말해주었지만, 나와 아 스카는 입을 모아 직접 마련할 거니까 괜찮다고 주장했다. '그렇 군요' 하고 쿡쿡 웃는 걸 보면 우리가 이렇게 말할 줄 예상했던 걸까? 이어서 평범한 어린아이의 용돈 정도로는 살 수 없다는 말을 들었다. 아니 뭐, 지당하신 말씀입니다. 참고로 그 전투복 말인데, 나와 아스카는 같은 디자인에 색이 달라서 세트 느낌이 났다. 아스카는 연한 하늘색, 나는 연한 오렌지색인데 움직이기 쉬운 소재로 만든 5부 소매 튜닉에 무릎까지 내려가는 바지. 심 플하면서도 군데군데 꽃무늬가 들어갔다. 아스카는 덩굴무늬인 가? 그리고 벌룬 스커트 같은 형태인 내 전투복과는 다르게 아 스카는 퀼로트 풍. 그래도 한눈에 세트라는 걸 알 수 있는 예쁜 디자인에서 란의 실력이 보였다. 여전히 능력자다.

"두 사람 다 아주 잘 어울립니다. 성능도 제법 괜찮네요. 내구 도 튼튼하고, 충격 흡수율도 높군요."

그렇게 고성능인가? 어쩐지 그런 말을 들으니 조금 걱정된다. 란의 가게에 더 공헌해야겠다. 내 노동으로는 절대 다 못 갚을 것 같아. 어영부영 넘겨버릴 것 같지만, 언젠가 반드시 고맙다 고 할 거야!

"자, 시간도 아까우니 훈련을 시작할까요."

"넵."

"잘 부탁해, 슈리에!"

스윽 선생님의 분위기가 된 슈리에 씨에게 반응해 등을 똑바로 펴고 대답하는 나. 반면 아스카는 여전하다. 긴장하는 일이 거의 없는 것 같아서 아주 부럽다.

"두 사람은 각자 다른 메뉴를 실시합니다. 메구는 체력을 키우고 순발력을 단련할까요."

"앗, 넵."

즉 내 메뉴는 어드벤처 시설을 써서 몸을 움직이는 것. 동시에 자연 마법도 사용하며 직접 장애물을 만든다. 시즈쿠나 료쿠에게 부탁해 이따금 물대포를 쏴 달라고 하거나, 덩굴 함정을 쳐 달라고 한다. 심지어 그 타이밍을 나에게 알려주지 말라는 지시를 내릴 필요가 있다. 이게 사실은 꽤 어려운 거라고 한다. 자연 마법에 대해서는 그리 어렵다는 감각이 없단 말이지. 쇼가 있으니 굳이 노력하지 않아도 정확하게 전달해 주거든. 정말 든든한 첫 계약 정령이라니까!

"아스카는 먼저 바람의 정령과 계약할까요. 네프리가 당신에게 잘 맞을 것 같은 바람의 정령을 찾아주었거든요."

"정말?!"

"네. 그러니 오늘은 그 바람의 정령과 마법 특훈을 하죠."

아무래도 아스카는 드디어 바람의 정령과 계약하는 모양이다. 이틀 전에 떠올리고 바로 전달한 이야기를 슈리에 씨도 네프리도 기억하고 있었구나. 그리고 일처리가 빠르다. 역시나. 아스카는 새로 정령과 계약해서 기쁜 건지 폴짝거리고 있다. 후후, 귀여워라.

"좋아. 나도 열심히 해야지. 다들 잘 부탁해!"

『맡겨다오, 주인.』

『맡겨줘, 메구 니임.』

내가 말을 걸자 지금 부르고 싶었던 두 정령이 이름을 부르지 않아도 바로 나타났다. 이건 내가 머릿속으로 부르는 걸 쇼가 듣고 불러준 덕분이다. 유능 오브 유능.

"쇼도 항상 고마워."

『이 정도는 쉬운 일이지. 주인님에게서 마력을 너무 많이 받고 있으니까 나도 열심히 할게!』

요즘은 마력이 남아돌아서 자꾸 정령들에게 간식이라는 이름으로 넘겨주고 있다. 헬리콥터 부모가 되어가고 있지만 귀여우니 어쩔 수 없다. 나도 기분이 좋고, 이렇게 쇼가 솔선해서 처리해 주니까 편리하고, 정령들은 항상 기운이 넘쳐나고, 장점밖에 없으니까 문제 낫씽!

『하지만 주인님, 마력이 또 늘어났어. 계약 정령을 더 늘려보는 건 어때?』

"으, 역시 늘었구나. 그 이야기를 들은 뒤라 좀 불안한데……."

언젠가 이 방대한 마력에 삼켜지는 게 아닌가 하는 공포. 하지만 마력을 계속 사용하면 용량 오버로 터지는 일은 없다고 쇼가 말했다. 터진다니, 아무렇지도 않게 무시무시한 소릴 하잖아. 악의가 없다는 건 알지만! 아무튼 자연 마법을 사용하는 사람이 가장 쉽게 마력을 소모하는 방법은 계약 정령을 늘리는 것이다. 모두에게 공평하게 마력을 나눠 줘야 하니까 보유 마력이 적으

면 계약할 수 있는 정령도 적다. 그 반대도 마찬가지다. 나는 남
아도니까 정령을 늘리면 그만큼 모두에게 나눠 줄 수 있다. 하
지만 너무 많아져도 관리할 수 있을지 불안하단 말이지. 아직
그 정도의 자신감은 없다. 필요에 따라서 조금씩 늘리는 정도는
생각하지만.

『그리고…… 강한 마법을 많이 쓰면 돼.』

"그, 그건 쓸 장소가 없는 것 같은데……."

즉 세르멜호른이 했던 것처럼 위력이 강한 마법을 펑펑 날려
대는 걸 말한다. 사실 지금의 나라면 그 사람이 발동했던 회오
리바람 마법도 쓸 수 있다. 물론 위험하니까 안 하지만. 심지어
연속으로 날려도 괜찮을 정도로 마력이 많다. 어쩐지 그렇게 생
각하니까 정말 무시무시하네. 새삼스럽게 몸이 부르르 떨렸다.
아, 쇼는 잘못 없어. 날 생각해서 이런저런 제안을 해주는 건 기
뻐! 깜박 쇼가 자책하게 만들 뻔했다. 늦지 않게 커버해서 다행
이다. 기쁘다는 듯이 웃어주는 쇼, 귀여워.

『아니면 소환 마법을 쓰는 거야! 이건 마력이 많이 들어가니까
주인님에게 딱 맞을지도?』

"소환……?"

그게 뭐지? 왠지 굉장해 보이는 마법이다. 들어보고 싶기도
하고, 듣는 게 무섭기도 하고. 하지만 우선 그 이야기는 나중에.
너무 수다만 떨 수도 없지.

"그거 나중에 자세히 알려 줄래? 지금은 먼저 훈련부터!"

『알았어!』

지금은 아무튼 훈련, 또 훈련. 아스카의 정령 계약도 궁금하지만 나는 나대로 열심히 해야지! 기합을 넣어 어드벤처 시설로 올라간 나는 시즈쿠와 료쿠의 가차 없는 방해에 고전하게 되었다. 사랑의 채찍이 매서워!

　"메구! 봐봐! 내 바람의 정령 릴프야!"
　"와! 바람의 정령 릴프?"
　훈련 중간의 쉬는 시간. 후우와 호무라의 자연 마법으로 푹 젖은 몸을 말리고 있었더니 아스카가 희희낙락 보고해 주어서 나도 기뻐하며 릴프라고 불러봤다. 그러자 아스카 옆에서 둥실둥실 떠 있던 황록색 빛이 작은 새의 모습으로 변했다. 사이즈도 그렇고 후우와 붕어빵이다. 날개 색이 살짝 달라서 겉보기가 달라 보이는 정도.
　『당신은 메구 님이군요! 소문으로 들었어. 네프리 님과 후우와도 친한 사이야. 잘 부탁해!』
　어딘가 느긋한 분위기인 릴프는 머리 한 바퀴 둥실 날더니 아스카의 어깨에 앉아 털을 고르기 시작했다.
　『으음, 내 털 곱기도 해라. 예쁘지?』
　"응, 릴프. 아주 예뻐!"
　흡족해하며 자신의 깃털을 바라보는 모습에서 '나 귀엽지?' 하고 앙큼하게 물어보는 아스카의 모습이 겹쳐 보였다. 첫 계약 정령은 아니지만 왠지 술자와 닮았다.
　『주인님, 이제 이 아이와도 연락할 수 있어!』

"응. 후우, 그때는 잘 부탁해. 릴프도!"

촥 날개를 펼치고 그렇게 말하는 후우에게 웃으며 대답하자 릴프도 날개를 펼쳤다. ……뭔가 경쟁하는 거니? 둘 다 예뻐!

"이제 저와도 연락할 수 있게 되었군요. 아스카가 미올에 돌아간 뒤에도."

"마을에……."

슈리에 씨가 흐뭇한 얼굴로 한 말에 아스카의 표정이 어두워졌다. 응, 이해해. 돌아갈 때를 잠깐 상상한 거구나. 나도 아쉬운걸.

"나 여기 있고 싶어. 오르투스에 들어가고 싶어."

작은 중얼거림을 듣고 나는 눈을 크게 떴다. 그건 무척 기쁜 말이지만, 내가 정할 수 있는 일이 아니니까 아무 말도 하지 못한다. 힐끔 슈리에 씨를 보자 여전히 자상한 미소로 아스카를 바라보고 있었다. 아마 이렇게 말할 걸 알고 있었던 거겠지.

"아스카. 당신은 메구와는 처지가 너무 다르니까 여기에 있어도 된다고는 할 수 없고, 바로 가입하라고도 하지 못합니다. 하지만……."

스윽 몸을 숙인 슈리에 씨는 아스카의 얼굴을 살피며 눈을 마주쳤다.

"당신이 성인이 되었을 때 여전히 오르투스에 오고 싶어 한다면 두목도 고려해 주겠죠. 하지만 그때까지 단련을 게을리하지 않고 계속 성장해야 합니다."

"성인이 되었을 때……?"

"네. 저도 메구도 당신이 여기에 오는 걸 기다리겠습니다. 아스카는 오르투스의 이름에 부끄럽지 않은 성장을 보여줄 거죠?"

여기가 집인 나와는 다르니까. 길드원이 된 건 어쩐지 반칙인 느낌이 안 드는 건 아니지만……. 그래도 아스카가 언젠가 와준다면 아주 기쁠 거야.

"……응. 꼭 오르투스에 들어가겠어!"

굳센 눈빛으로 그렇게 선언한 아스카는 편지에서 읽은 룬과 마찬가지로 한 걸음 앞으로 나아간 것 같아. 나는 어쩐지 뒤에 남겨진 것 같은 느낌이 들었다. 이건 그거다. 내가 장래에 대해 불안으로 가득하기 때문이다. 그래서 두 사람처럼 목표를 향해 똑바로 노력하는 모습이 눈부시다. 안다. 알긴 하지만! 자꾸 내 불안이 선명해져서 순수하게 응원할 수 없다. 그런 나 스스로가 너무…… 싫다. 응원하고 싶다. 두 사람이 열심히 하면 좋겠다. 이건 진심인데, 가슴이 답답해서 괴롭다. 괜찮아, 진정하자. 꿈에서 미래를 봤잖아. 행복하게 웃는 미래의 내 모습을. 그 미래는 반드시 올 거야. 그러니까 지금 이렇게 고민해도 해결된다는 건 알아. 그런데 어째서일까. 평소에는 이걸 떠올리면 바로 긍정적으로 마음이 바뀌었는데. 나답지 않아. ……나답지, 않아.

──나는 지금 어디에 있는 거지.

"메구!!"

갑자기 귓가에서 내 이름을 외치는 목소리가 들렸다. 상당히 큰 목소리인 데다 귓가에서 들렸는데도 나는 놀라지도 않았다. 왠지 이상하다. 자고 일어난 것처럼 멍한 느낌이 남아있다. 호, 혹시 진짜로 잤나? 선 채로? 어라?

"메구!"

"기르, 씨……?"

또 이름이 들리자 간신히 지금 상황을 이해했다. 아무래도 기르 씨의 품에 안겨 있는 모양이었다. 어? 기르 씨가 왜 훈련장에 있지? 멍한 상태로 대답하자 후우 숨을 내쉬고 끌어안는 힘이 조금 느슨해지는 게 느껴졌다. 나 뭐 저질렀나?

"……일단 하이 엘프 마을에 갈까."

"! 아빠."

아빠도 근처에 와 있었다. 어느새 내 주변에 사람들이 모여있어서 깜짝 놀랐다. 전혀 눈치채지 못했어. 그중엔 무슨 일이 일어난 건지 모른다는 듯 당황하는 아스카도 있었다. 다들 걱정된다는 듯, 불안해하는 눈으로 나를 보고 있다. ……혹시.

"폭주, 할 뻔 했어? 나……."

내 한마디에 다들 고개를 숙이고 심각한 표정을 지었다. 아아, 그게 대답이라는 걸 바로 알았다. 하지만 당사자인 나는 전혀 자각이 없단 말이지. 그냥 멍하니 있었을 뿐이라는 느낌. 그래서 다들 이렇게 걱정하며 바라보는 게 신기하다.

"잘 이해하지 못한 얼굴이군. 그러고 보면 아슈도 처음엔 꿈을 꾸는 것처럼 자다 깬 듯한 몽롱한 감각이 남아있을 뿐이라 신경 쓰지 않았다고 했던가."

그거 큰일이잖아! 확실하게 내 폭주가 시작한 거잖아! 어? 거기까지 진행된 거야? 그 이야기를 들은 뒤로 아직 얼마 지나지 않았는데, 혹시 그때 이미 그런 징조가 나와 있었다는 건가?

"하이 엘프 마을에 가는 거지……? 그럼 나, 대회에는 못 나가려나."

지금 마음에 걸리는 건 그거다. 그게 중요한 상황이 아니라는 건 알지만! 모처럼 대회에 나가기로 하고선 의욕적으로 수행하고 있었는데. 룬과 구트, 울바노에게도 가겠다고 약속했는데……. 게다가 아스카도.

"그건 아직 몰라."

"어?"

풀이 죽어 있었더니 아빠가 내 머리에 툭 손을 올리고 난처한 듯 웃었다. 들어보니 일단 한번 하이 엘프에게 상담해 본다는 정도라고 한다. 마력의 흐름을 조절하면 대회까지 안정돼서 출장도 가능할지도 모른다고. 그, 그렇구나. 아직 포기하면 안 된다는 거지?

"네 기분이 가라앉는 게 아마 가장 문제일 거야. 폭주를 막으려면 마음의 안정이 중요하거든."

"마음의, 안정……."

그래. 마음을 단단히 먹는 게 힘에 삼켜지지 않는 가장 중요한 대책이라는 거구나. 그렇게 생각하자 자연스럽게 아직 옆에서 무릎을 꿇고 나를 부축하고 있던 기르 씨를 올려다보았다. 지난번에는 왜 눈을 피한 거야? 뭐 안 좋은 일이 있었어? 내가 무슨

잘못 했어? 결국 물어보지 못하고 지금까지 왔다. ……아니, 그런 건 아무래도 상관없다. 아니, 상관없는 건 아니지만, 이렇게 되면 내 마음을 우선시킬 거다. 그게 가장 큰 대책이란 거잖아? 그렇다면 조금은 억지를 부려도 괜찮겠지. 나는 기르 씨의 소매를 꽉 붙잡았다.

"기르 씨랑, 같이 갈래. 기르 씨, 와 줄래……?"

울진 않는다. 이젠 그렇게 어리지 않으니까. 하지만 눈물이 맺히거나 웃는 얼굴이 어색해지는 건 넘어가 줘. 이래 봬도 열심히 참는 거니까.

"메구……. 그래, 물론이지."

아, 익숙한 기르 씨다. 아주 살짝 입꼬리를 올려서 웃고는 부드럽게 껴안아 주었다. 눈물이 기르 씨의 옷에 빨려 들어갔으니 증거인멸도 완벽. 조금 전에 초조해하면서 껴안던 것과는 다른 이 감각이 나는 정말 좋다.

"어쩔 수 없지. 기르, 사흘 주면 되겠냐?"

"충분해."

사흘? 신기해하며 고개를 갸웃거리자 아빠가 무언가 혼잣말을 중얼거렸다. 아, 혹시 업무 일정 때문에?! 새삼스럽게 죄책감이 굉장하다. 얼굴이 새파래지자 머리에 툭 작은 충격이.

"신경 쓸 일이 아니야."

"아으. 하, 하지만."

기르 씨는 전부 간파한 모양이었다. 주변을 둘러보며 내 편을 들어줄 사람을 찾았지만, 다들 쓴웃음을 짓는 게 기르 씨에게 동의하는 모양이었다. 잠깐만. 이거 다들 내 생각을 훤히 들여다보고 있는 거 아니야?

"그, 그리고 아스카도."

"나는 괜찮아."

이어서 눈이 마주친 아스카를 끌어들이려고 했지만 본인이 거절했다. 아스카까지!

"나는 확실히 손님이지만, 언젠가 오르투스의 일원이 될 거야. 어리광만 부릴 수 없다는 건 잘 알아!"

아스카도 참, 아직 어린아이인데 어쩜 저렇게 딱 부러진 발언을 다 하고. 처음 만났을 때는 어리광쟁이에다 감정이 풍부한 아기였는데, 놀라운 성장입니다!

"게다가 나는 귀여우니까 다들 도와 줄 거야."

아, 하지만 그 부분은 변하지 않았구나! 맞는 말이긴 하지만! 그래도 왠지 안심했다. 오웬 씨도 아스카에게는 자기가 있으니까 걱정하지 말라고 해줬고, 다른 모두가 자상하게 웃으면서 고개를 끄덕였다. 윽, 기뻐서 눈물이 날 것 같아. 안 울지만!

"좋아, 그럼 기르. 사흘 내로 일을 전부 정리해. 그동안 메구는 잠시 내 주변에서 지내고. 무슨 일이 있어도 대처할 수 있으니까."

아빠의 말에 얌전히 고개를 끄덕였다. 기르 씨도 살짝 고개를 끄덕였다.

"사흘 뒤에 하이 엘프 마을로 출발이야. 둘만 가도 괜찮지?"

그 질문은 내가 아니라 기르 씨에게 하는 거겠지. 힐끔 기르 씨를 올려다보자 '그래'라고 짧게 대답하는 목소리가 들렸다. 든든해라. 나? 나는 기르 씨가 데려가 주는 입장이니까요! 괜찮다 아니다 대답할 권리조차 없습니다요. 여행용 짐도 수납 팔찌가 있으니 가려고 마음만 먹는다면 당장에라도 갈 수 있다. 굳이 따지라면 몸 상태나 마음의 준비? 이따금 폭주는 하는 것 같지만 그것 말고는 건강하다. 불안정한 건 정신상태 정도다. ……그게 중요한 부분이지만!

"저기, 그럼 그때까지는 같이 훈련도 할 수 있어?"

아스카는 조심조심 아빠에게 물어보았다. 불안한 듯 눈을 위로 굴리면서 물어보다니 반칙이다. 저기 보라고, 아빠도 이 경이적인 귀여움에 숨이 턱 막혔잖아.

"뭐, 애초에 그렇게 하기로 약속했던 거니까. 좋아, 그럼 내일하고 모레 훈련은 내가 봐주마."

"와아! 오르투스의 두목이 봐준다니 굉장해!"

아빠가 아스카의 눈빛 공격에 패배할 건 알고 있었다. 아이들 좋아하니까……. 하지만 그건 나에게도 고마운 제안이었기에 아스카와 같이 폴짝거리면서 기뻐했다. 주변에서는 헛기침하는 소리가 여러 번 들렸다. 이, 이상했나?

"단 오전만. 미안하지만 그때 말고는 해야 할 일이 많거든."

"충분해, 아빠. ……고마워."

미안하다는 듯 뺨을 긁적이는 아빠를 보며 가슴이 벅차올랐다. 그렇지 않아도 지금 바쁘다는 건 알고 있으니까. 오르투스의 두목이라 누구보다 할 일이 많을 텐데, 나를 위해 시간을 쪼

개 준다니. 그래서 허리를 꼬옥 끌어안고 고맙다고 인사했다.

"그래. 그 말을 들으면 더 열심히 할 수 있어. 좋아, 너희들에게도 일 팍팍 맡길 거다."

이어지는 아빠의 말에 훈련장에 있던 사람들에게서 비명이 터졌다. 하지만 그 목소리는 다들 '그럴 줄 알았지!'라는 둥, '진심이냐고 악마 같으니!'라는 둥 외치면서도 즐거워하는 걸 보면 정말, 진짜, 너무 좋아! 하지만 진짜로 힘들어 죽어 나간다는 걸 나는 안다. 고마운 마음을 잊지 말아야지.

"다들 감사합니다."

그래서 착실히 머리를 숙여서 모두에게 말했다. 오르투스의 길드원은 나에게도 가족이다. 다들 나를 가족이라고 생각해주는 것처럼. 하지만 친한 사이에도 예의는 차려야 하는 법이니까.

"그런 부분이 다들 널 사랑하는 이유일 거다. 어린애고 귀엽다는 이유만이 아니라."

"그, 그래?"

인사는 기본이라고 생각하는데. 부끄러움을 많이 타는 사람은 힘들려나. 하지만 그런 마음은 설령 말하지 않는다고 해도 전해지기만 하면 괜찮다고 본다. 레키처럼 서툴러도 배려해 줄 줄 안다거나, 울바노처럼 낯가림이 심해도 열심히 썼다는 게 전해지는 편지라거나, 기르 씨처럼 부드러운 눈빛이거나. 나는 말로 할 수 있으니까 말하는 것뿐. 다들 저마다 다정하고, 마음을 드러내 준다. 말로 전하는 게 쉬울 뿐이지. 나는 다른 사람들의 전해지기 힘든 본심도 최대한 놓치고 싶지 않다.

"자자, 식사하러 가자."

"아스카…… 응! 앗, 기르 씨는…….."

내 머리를 쓱쓱 쓰다듬고 떠나가는 아빠를 배웅한 뒤 아스카가 그렇게 말을 걸어서 씩씩하게 대답했다. 그때 문득 기르 씨는 어떻게 할지 궁금해졌다. 전에는 눈을 피해버렸으니까 조심조심 올려다보았다.

"기르도! 같이 먹자!"

"나, 나도?"

중간에 말을 멈춰버린 나 대신 아스카가 적극적으로 팔을 잡아당기며 기르 씨에게 졸랐다. 기르 씨는 당황한 모양이었다. 역시 아스카다.

"**지금**은 나보다 기르인 것 같으니까. 하지만 언젠가 나한테 올 거야."

하지만 아주 조금 입술을 삐죽이며 뾰로통하게 덧붙였다. 어라? 뭐 가지고 싶은 거라도 있나? 내가 고개를 갸웃거리고 있었더니 기르 씨가 피식 웃는 게 들렸다.

"그러냐."

"아, 무시하는 거지?! 진짜로 진짜니까!"

어, 어라? 뭔가 기르 씨가 즐거워 보인다. 아스카는 발끈한 것 같지만. 끄응, 뭐가 뭔지 모르겠다. 하지만 두 사람이 생글거리며 손을 잡아주는 건 왠지 행복했으니까 생각하는 건 그만두자!

Welcome
to the
Special
Guild

4 출발 전 사흘 동안

【기르난디오】

　상정했던 것보다 훨씬 빠른 진행에 솔직히 나는 초조해하고 있었다.

　메구가 지닌 마력이 하루하루 늘어난다. 내가 그 영역에 도달한 건 성인이 된 뒤다. 성장기엔 한꺼번에 마력이 늘어나서 상당히 힘들었던 걸 기억한다. 방심하면 마력이 폭주할 수 있으니까 자주 마물형이 되어서 사람이 없는 산속 깊은 곳에 들어가 발산하곤 했었다. 하지만 메구는 아직 어린아이. 성장기를 맞지 않았다. 여기에서 한층 더 마력이 확 증가한다고 생각하면…….

　무서웠다. 메구가 망가지는 게 아닐까. 나나 다른 아인들처럼 마물형이 되어 발산하지도 못한다. 하이 엘프라는 종족상 다른 사람들보다 내성이 있을지도 모르지만, 이따금 멍하니 있는 걸 보면 마력에 삼켜지려 하고 있다는 게 손에 잡힐 듯 알 수 있었다. 너무 걱정이다. 그래서 메구가 갑자기 길드 훈련장에서 마력을 방출하기 시작했을 때는 심장이 멈추는 줄 알았다. 무엇이 방아쇠가 되었는지는 모른다. 본인조차 모르는, 갑자기 일어난 일인지도 모른다. 길드에 있던 모두가 그 이변을 알아차리고 경계하면서 메구를 응시했을 만큼 조금 전 메구는 위험한 상태였다. 여태까지 있었던 마력 팽창과는 수준이 다른 마력이 밖으로 새어 나왔으니까. 약속을 지켜야 한다. 메구는 만약 자기가 폭주하면 나에게 막아 달라고 했다. 누군가를 다치게 하기 전에 막아 달라고, 슬프게 웃으며 말하던 메구와의 약속을 지켜야 한다.

"메구!"

바로 달려가 메구의 양 어깨를 붙잡았다. 가볍게 흔들어 보긴 했지만 눈의 초점이 맞지 않는다. 아마 의식이 없는 모양이다.

"메구! 메구!!"

아무리 불러도 반응이 없다. 오히려 마력 방출이 멈출 기색조차 없었다. 걱정과 불안이 길드 내부에 퍼져나가는 걸 느꼈다. 부리나케 이쪽으로 향하는 듯한 두목의 기척도. 제발. 메구, 날 눈치채 줘. 나는 여기에 있어. 무슨 일이 있어도 너를 지킬 테니까.

"메구!!"

메구를 세게 끌어안았다. 너무 힘을 주면 짓눌려 버릴지 모르는 작은 몸을 부드럽게, 그러면서도 최대한의 힘을 담아. 성장했다고는 해도 아직 메구는 작다. 이렇게 껴안으니 그게 잘 느껴졌다. 이렇게나 작은 몸에 너무도 커다란 중압과 운명이 걸린 건가. 그 짐을 조금이라도 나눠들 수 있다면 좋을 텐데.

"기르, 씨……?"

마음이 전해진 건지, 끌어안는 힘이 세서 알아차린 건지. 아무튼 눈에 빛이 돌아와 나를 부르는 목소리에 진심으로 안도했다. 아아, 다행이다. 돌아왔다. 길드의 홀에서도 여기저기에서 안도의 한숨이 새어 나왔다. 하지만 아무리 그래도 한계다. 그

걸 두목도 느낀 모양이었다. 사흘 뒤에 하이 엘프 마을에 가는
건 타당한 결론이었다.

"나는…… 아무것도 할 수 없어."

케이와 함께 술을 마셨다가 돌아오는 길, 드물게도 그런 혼잣
말을 중얼거렸을 정도로 나는 그대도 냉정하지 않았다. 반려.
……확실히 그렇겠지. 메구가 나에겐 유일한 반려임을 지금은
자각하고 있다. 일반적으로 반려라는 건 부부, 소위 남녀 관계
인 게 많다. 하지만 전부 그렇다고 단언할 수도 없다. 동성끼리
일 때도 있고, 연인이 아닌 사례도 있고, 일방통행인 경우도 있
다. 서로 유일한 반려라고 인식한다면 그게 가장 좋은 일이지
만, 아쉽게도 그렇지 않은 사례도 많이 있다. 하지만 반려라고
인식하면 그 사람은 평생 상대를 반려로 대하고 그 은혜도 내릴
수 있다. 어디 있는지 막연히 알 수 있다거나, 죽음을 느낄 수
있다거나. 하지만 일방통행일수록 그 효력은 약해진다. 서로 반
려임을 인정함으로써 은혜를 받을 수 있는 건 어찌 보면 당연한
거지만. ……즉 무슨 소리를 하고 싶은 거냐면. 나에게 메구는
반려지만 그건 부녀관계에 해당한다는 소리다. 어떻게든 지키고
싶다. 보호 본능을 더없이 자극한다. 하지만 부부나 연인이나,
그런 감정은 아닐 거다. 여태까지 그런 감정을 느낀 적도 없으
니까 비교해 볼 수는 없지만……. 부부나 연인이라는 게 썩 와
닿지 않는 건 확실했다. 어쨌거나 그게 내 안의 메구다. 그 부분
에선 케이를 비롯한 다른 길드원도 착각하고 있었다. 케이가 술

자리에 앉힌 걸 계기로 대놓고 말하기는 했지만. 그 눈은 별로 믿지 않는 눈이었다. 원래 케이는 툭하면 연애와 엮으려고 하는 구석이 있으니 어쩔 수 없는 건지도 모른다.

그런 식으로 감정 부분에서는 조금 다른, 복잡한 구석이 있지만 반려라는 사실은 거의 확신하고 있다. 메구에게 접근하는 사람들에게 질투를 느끼는 것도 어쩔 수 없는 일이다. 처음 느끼는 감각에 당혹스럽기는 하지만 이해는 하고 있다. 문제없다. 게다가 나에게 반려가 메구인 거지, 메구는 그렇지 않다. 장래에 다른 누군가와 부부가 되어 서로 반려가 될 가능성도 있다. 솔직히 상상만으로도 속이 뒤집어지는 것 같지만, 이것만큼은 메구에게 결정권이 있다. 간섭할 마음은 전혀 없다. 아스카, 너도 마찬가지다. 아직 어린아이지만 아스카의 반려 인식은 진짜일 것이다. 평생 메구를 반려로 인식하고 나와 마찬가지로 괴로움과 당혹을 느끼게 된다. 나이도 비슷하고 같은 종족이니 메구의 상대로는 가장 가능성이 크다고 보지만 강요는 용서하지 않는다. 그 부분에서는 눈을 떼지 않고 지켜볼 생각이다.

"기르 씨랑, 같이 갈래."

하지만 나는 결국 메구가 울먹이는 눈으로 그렇게 호소하자 우월감을 느끼고 기분이 좋아지는 저열한 놈이다. 아스카, 쉽지 않을 거라고 각오하도록 해. 같이 식사하자고 나를 권유한 그 눈에서 절대로 지지 않겠다는 의지를 본 건 내 착각이 아니지? 하지만 지금은 휴전이다. 언젠가 강적으로서 맞서게 될 날이 온다면 받아주마.

메구의 요양 일정이 정해지자 나는 지금 맡은 일을 급속도로 끝낼 필요가 생겼다. 평범한 의뢰는 문제없다. 지금 받은 걸 끝내고 그 이상은 받지 않으면 될 뿐이다. 대회 준비도 지금 할 수 있는 건 거의 끝냈다. 나는 주로 각 길드와의 연락책을 담당했으니까. 그건 그림자새를 몇 마리 두기만 하면 되는데, 문제는 장소가 하이 엘프 마을이라는 점이다. 그곳은 거리상 각 길드와는 아슬아슬하게 통신할 수 있는 범위에 들어가나 정작 오르투스에는 닿지 않는다. 하지만 그건 메구의 한마디로 해결됐다.

"슈리에 씨랑은 내가 정령을 통해서 연락할 수 있어."

엘프 간의 연락 수단이다. 게다가 메구의 목소리의 정령이 중개해 주면 복잡한 내용도 그대로 상대방에게 전달할 수 있다. 슈리에가 말하길, 다른 정령이라면 간단한 전언밖에 못 한다고 한다. 정말로 좋은 정령과 계약했구나. 고맙다고 머리를 쓰다듬어주자 기쁘다는 듯 메구가 눈을 가늘게 휘었다.

"그야 내가 어리광 부려서 데려가는 거잖아. 할 수 있는 건 뭐든 도와주고 싶어."

그런 건 신경 쓸 일이 아닌데. 하지만 그게 메구다. 항상 다른 사람을 배려한다. 그 배려를 스스로에게도 더 발휘하길 바라지만, 대신 나나 주변 사람들이 메구를 배려하면 된다. 애틋함이 치밀어 오른다. 반려란 이렇게 마음을 휘저어 놓는 존재구나. 하지만 나쁜 기분은 아니었다.

"자, 메구! 훈련 시간이야! 시간이 짧으니까 빨리 가자!"

"아, 그러게! 그럼 기르 씨, 나중에 봐!"

옆에서 가로채듯 끼어든 아스카가 메구의 팔을 붙잡고 데려갔다. 눈은 나를 날카롭게 노려보고 있어서 경쟁심을 불태우고 있다는 게 바로 보였다. 이런 부분은 어린아이답다고 생각하면서도, 지금은 그리 질투심이 솟지 않는다는 걸 깨달았다. 아마도 여유가 생긴 거겠지. 메구가 장래에 어떤 결론을 낸다고 하든 받아들일 각오가 되었으니까.

"그래. 둘 다 열심히 해."

내 말에 메구는 기쁘다는 듯 웃었고, 아스카는 순간 놀라서 눈을 동그랗게 뜨더니 분해하면서도 어딘가 기뻐 보이는 얼굴이 되었다. 참 바쁘게 바뀌는 솔직한 반응에 무심코 웃음이 새어 나갔다.

"어라, 기르가 웃다니 별일이네. 역시 메구 효과인가?"

재미있다는 듯 말을 거는 사우라를 향해 '아니' 하고 부정했다.

"저 두 사람이 재미있어서."

"……진짜 별일이잖아."

이해하지 못하는 건 아니라며 사우라는 어깨를 으쓱했다. 뭐, 잘 모르고 있겠지. 왜냐하면 내가 느낀 재미는 아스카가 나에게 정면으로 들이받는다는 부분이기 때문이다. 이런 감각은 오랜만이다. 그런 점에서 나는 아스카도 마음에 든다.

"그보다 기르. ……그 소문 진짜야?"

"……무슨 소문이지?"

사우라가 목소리를 낮추며 나에게 물었다. 시선을 맞추지 않는 걸 보면 주변에선 눈치채지 못하도록 연기하고 싶다는 거겠지. 나도 거기에 맞춰서 그대로 대답했다.

"리히토 말이야."

그 이름이 나왔을 때 심장이 크게 뛰는 걸 느꼈다. 그래, 그 녀석도 있었지.

"정말로 결투하는 거야……?"

불안하다는 듯 묻는 사우라의 마음은 모르지 않는다. 지금 그 녀석의 실력이 나를 따라잡고 있다는 건 오르투스의 중진 중에서는 주지의 사실이니까.

"그래. ……우리가 받아들이기 위해서도 필요하다면."

"그렇구나. 그건 리히토에게도 마찬가지겠지. 분명."

결투를 통해 받아들인다. 어떤 결과가 된다고 해도 서로 후회하지 않는다. 그렇기에 하는 결투다. 아직 그게 언제가 될지도 알 수 없는 일이기는 하지만.

"비관할 일은 아니다. 나는 기대도 하고 있으니까."

게다가 믿고 있다. 우리들 모두가, 좋은 결과가 되리라 믿는다. 그러니 망설임은 아무것도 없다. 은연중에 그렇게 전하자 사우라는 그 의도를 정확하게 헤아렸다.

"쥬마 같은 소리 하지 마. 하지만 아인이라면 강한 상대와 붙으면서 피가 끓는 본능이 있긴 하지."

그 이상 이 화제를 건드리지 않겠다는 듯 사우라는 웃으면서 떠나갔다. 역시 우리 총괄님이로군.

슬슬 그 순간이 다가오고 있다. 그렇기에 당황해선 안 된다. 나 자신도 평상심을 유지해야지. 그날이 언제 와도 괜찮도록,

당분간은 메구와 함께 하이 엘프 마을에서 마음을 달래야겠다. 그렇게 결심한 나는 남은 일을 단숨에 처리하기 위해 길드 밖으로 나왔다.

【메구】

하이 엘프 마을로 출발하는 D-1일의 아침을 맞았다. 그때 이후로 멍해진 적도 없었던 것 같다. 눈치채지 못한 것뿐일지도 모르지만, 만약 그렇게 되면 숨기지 말고 말해 달라고 아빠에게 거듭 당부했으니까 정말 괜찮았던 거겠지. 오늘 일정은 어제와 거의 같다. 눈을 뜨면 아빠가 방으로 데리러 와서 아스카와 함께 아침을 먹고, 그 후 잠시 쉰 다음 훈련이다. 아빠의 훈련도 엄하니까 꽤 피곤하단 말이지. 아스카도 중간에 힘들다는 듯 숨을 헐떡였지만, 우는소리는 하지 않았다. 장해라! 하지만 이거 쥬마 오빠보다는 훨씬 편하니까……. 쥬마 오빠는 힘조절이라는 단어를 모르거든. 내가 대놓고 더는 못 한다고 말하지 않으면 멈추지 않는다. 나는 나대로 못 한다고 말하는 게 분해서 결국 쓰러질 때까지 하게 되지만.

"좋아, 그럼 훈련은 여기까지. 이틀 동안 둘 다 용케 항복 안 했구나!"

"가, 감사, 하, 합니, 다……."

"흐아아, 피곤해 죽겠다."

어제에 이어 녹초가 될 때까지 훈련을 받은 우리는 땀투성이가 되어 그 자리에 주저앉았다. 그 상태로 아빠의 조언을 들었다.

"아스카는 한창 성장 중이니까 아직 선불리 근육을 키우지 않는 게 나아. 그보다 기초체력을 올리기 위해 오늘처럼 계속 움직이는 훈련을 하도록 해. 힘은 성장하면 자연스럽게 늘어나. 어릴 때부터 단련하는 게 나은 종족도 있지만, 엘프는 오히려 역효과가 나서 몸에 지장이 생기는 경우가 있거든."

"그, 그렇구나……."

"지금은 아무튼 마법을 꾸준히 연습하고, 체력을 키우자. 몸이 다 자랐을 때 비로소 다음 단계로 넘어가는 거야. 기존에 해 놓은 훈련 덕분에 쭉쭉 늘어날걸."

"아, 알겠, 습니다!"

엘프의 몸은 인간과 별로 차이가 없으니까. 무리해서 단련하다가 키가 멈추거나, 뼈가 뒤틀리거나, 근육이 상하거나 하면 큰일이지. 어딘가 무모하게 훈련하는 감이 있던 아스카에게는 아빠의 조언이 아주 효과적인 모양이었다. 잘됐다.

"메구는…… 말 안 해도 알지?"

"으……. 체력 말이지?"

"그래, 바로 그거야. 평범한 어린아이보다 훨씬 체력이 딸리니까……. 마력은 무식하게 넘쳐나는데."

으윽, 억울해! 이 넘쳐나는 마력을 어떻게 체력으로 바꿀 수 없나? 되겠냐고? 그렇겠죠! 거저먹으려고 하면 안 된다. 훌쩍. 힘내겠습니다.

숨을 고른 뒤 생활 마법을 써서 땀을 흘린 몸을 개운하게 씻고

옷도 갈아입고 나니 점심시간이다. 오늘의 메뉴는 햄버그 정식! 데미글라스 소스가 맛있어! 아스카는 여기에 온 뒤로 쌀밥에 빠진 모양이었다. 눈을 반짝반짝 빛내며 먹고 있다. 이건 마을에 돌아가면 밥이 그리워지는 패턴……! 그나저나 정말 많이 먹는구나. 부러워라.

"밥은 무슨 반찬에도 잘 어울려. 몇 그릇이든 들어가."

"아스카는 성장기라 그렇겠지. 아주 잘 먹네."

아빠가 큭큭 웃으며 흐뭇하다는 얼굴로 아스카를 바라보고 있다. 나는 하세가와 메구일 때도 그리 많이 먹는 편이 아니었으니까, 어린아이가 맛있어하며 왕창 먹는 모습은 보기 좋겠지. 나, 나도 먹고 싶은 마음은 있거든. 위가 따라 주지 않을 뿐이지……!

"아빠, 오늘 오후는 무슨 일 해? 또 서류 작업?"

간신히 전부 다 먹은 뒤 아빠에게 물어보았다. 여기 있는 동안은 아빠 주변에 있어야 한다고 했으니까. 마력의 폭주가 일어날 것 같을 때 바로 대처할 수 있도록 해야 하니 어쩔 수 없지만, 어쩐지 면목이 없다. 그래도 일은 해야만 하니까 내가 아빠를 따라다니고 있다. 어제는 오후부터 집무실에서 서류 작업이었으니까 오늘도 똑같으려나 확인해봤는데…….

"아니, 오늘은 잠시 밖에 나가야 해. 그리 멀지 않으니까 메구도 따라와."

"따라가는 건 괜찮지만, 어디 가는데?"

대답을 들어 보니 정말로 그리 멀지 않은 장소였다. 어디냐고? 바로 수차 정거장이다! 무투대회를 열 때 참가자는 현지에서 집합한다. 그때 의뢰를 받은 사람도 있을 테고, 다 함께 모여서 이동하는 건 인원수가 많아서 힘들 거라고 판단했기 때문이다. 전철이나 비행기와 다르게 사람을 대량으로 나를 수 있는 탈것은 없으니까. 최대 15명이 한계라고 봐야 하려나. 그렇게 되면 대회가 가까워졌을 때 수차를 빌리지 못하게 되는 일이 일어날지도 모른다. 수차 이용객은 대회 관계자 말고도 있으니까 평소 이용하는 사람이나 다른 볼일로 이용하려는 사람에게 폐를 끼치게 된다. 그걸 해결하기 위해 상의하러 간다고 한다. 참고로 오르투스의 참가자들은 아빠가 '남에게 폐를 끼치지 않는 방법으로 가라'라는 참으로 막연한 지시를 내려 놨다. 구체적인 예시를 꼽지 않아도 알아서 잘 해낸다는 부분이 오르투스인 거겠지만, 마을 사람들을 구석구석 배려하기 때문에 특급 길드라고 할 수 있는 건지도 모른다는 생각도 들면서 뿌듯했다.

"아, 그럼 미이나를 만날 수 있을까?"

"미이나? 아, 그 라쿠디 어린애 말이구나."

그리고 수차 정거장에는 미이나가 있다. 루드 선생님과 성묘하러 갔을 때도 만났었지. 혀짧은 발음으로 엄마를 돕는 모습이 너무 귀여웠어!

"그럼 심심하지 않겠는데."

"응! 이번에는 많이 대화할 수 있겠다. 장난감도 확인해 볼까."

아빠와 지점장님이 대화하는 동안에는 다른 종업원이 정거장을 본다고 하니까, 미이나와도 놀 수 있을지도 모른다. 그런 생각에 수납 팔찌에 넣어놓은 장난감을 확인해봤다. 공, 인형, 블럭, 소꿉놀이 세트가 들어있다. 참고로 전부 단철 공방과 공예 공방 사람들이 선물해 줬다. 잘 간직해 놔서 다행이다! 특히 좋아하는 거 말고는 이젠 거의 쓰지 않으니까 미이나에게 물려줘도 괜찮을지도.

"좋겠다. 재밌어 보여…….."

맞다. 아스카는 오후 일정이 딱히 없었지. 내가 아빠에게서 떨어지지 못하는 바람에……! 그러자 아빠는 아무렇지도 않다는 듯 물었다.

"응? 그럼 아스카도 올래?"

"어? 그래도 돼?"

"어. 따라와도 재미있는 건 없을 테니까 길드에 남아 있으라고 할 예정이었는데, 오고 싶다면 상관없지. 하지만 마음대로 딴 데 가진 마라?"

"당연하지! 메구 옆에 잘 있을게! 와!"

만세하며 기뻐하는 아스카를 보니 나도 어쩐지 기뻐졌다. 이런 모습을 보면 역시 아직 어린아이란 말이지. 천진난만하고 귀여워!

"조금이라도 오래 메구와 같이 있고 싶어."

다만 이렇게 작업 거는 멘트를 날릴 때는 살짝 흘려보내는 눈빛이 확 어른스러워서 좀 반응하기 난감하지만! 미소년이라서 두근거리긴 한단 말이지. 아직 어린아이로 남아 달라고 바라는 건 내 머릿속이 어린애라 그런가?

"좋아, 그렇게 정해졌으면 바로 가자! 메구, 사우라에게 아스카도 간다고 전해줄래?"

"네!"

식기를 반납하고 홀에 가는 도중에 아빠가 그렇게 시켜서 손을 척 들고 대답했다. 식기? 내가 반납할 수 있어! 아직 반납대에 놓기엔 키가 조금 부족해서 아빠가 도와주긴 했지만. 그건 아스카도 마찬가지였으니까 괜찮다. 동지다. 하지만 많이 안정적으로 나를 수 있게는 되었다. 아마도.

"아, 나도 갈래!"

내가 한 걸음 먼저 나서자 아스카가 허둥지둥 나를 따라왔다. 목적지는 같으니까 아빠도 뒤에서 따라오고 있긴 하지만! 자연스럽게 아스카가 손을 잡아서 둘이 나란히 손을 잡고 걷게 되었다. 달리면 다른 사람에게 부딪칠 테니까 빨리 걷기 정도로!

"있지, 메구."

"응? 왜 불러?"

붙잡은 손을 가볍게 붕붕 흔들며 놀고 있었더니 목소리를 살짝 죽인 아스카가 말을 걸었다.

"나는 메구의 사정은 잘 모르지만……. 메구, 괜찮은 거지?"

아스카는 무척 걱정된다는 듯, 불안하다는 듯 물어봤다. 그 화제를 건드리지 않았을 뿐 대충은 눈치채고 있었구나. 갑자기 하이 엘프 마을에 요양하러 가게 되었으니까. 어제 내가 어떤 상태였는지는 모르지만, 아무래도 이상했을 테니 면목이 없다. 그런데도 계속 생글거리면서 변함없이 대해 주는 아스카에게 정말 고마웠다.

"걱정 끼쳐서 미안해. 하지만 분명 괜찮을 거야!"

"진짜?"

반대쪽 팔로 알통을 만들며 웃는 얼굴로 대답했지만 아스카는 여전히 불안해 보였다. 알통, 없으니까……. 아, 그게 아니라고? 안다. 알거든, 농담할 때가 아니라는 건. 하지만 괜찮은지 아닌지 나도 모르니까. 꽤 옛날에 봤던, 행복하게 웃는 내 어른 모습을 예지몽으로 본 것만이 괜찮다고 단언할 수 있는 요소고. 다만 그것도 내 특수 체질이 예지몽이 아닌 것 같다는 의혹이 나오자 흔들리고 말았다. 그 미래는 내 희망 사항이 보여준 건지도 모르니까.

"……믿어."

"……믿는다고?"

그래서 나는 그런 불확실한 것에 매달리는 걸 일시적으로 그만뒀다. 되묻는 아스카에게 웃으며 고개를 끄덕였다.

"오르투스 사람들을. 다들 내 문제를 해결해 주려고 해. 그러기 위해서 많은 걸 해주고 있어. 그 길드원들이. 대단하지 않아?"

그걸 믿지 않는 건 너무 매정하다. 무엇보다 정말로 믿을 수 있다. 무조건 믿을 수 있다. 가족이니까. 게다가 다들 아주 든든한 사람들이고!

"그래서 괜찮아. 아스카도 믿고 기다려 주면 좋겠어."

"……응. 그렇구나. 응, 알았어. 믿을게!"

우리는 서로를 보며 웃었다. 솔직히 아스카는 아직 우리를 온전히 믿지 못할 것이다. 오르투스에 온 지 아직 얼마 되지 않았고, 믿을 수 있을 만큼 길드원들과 많이 교류한 것도 아니니까.
언젠가 아스카와도 진짜 가족 같은 오르투스의 동료가 되면 좋
겠다. 나는 아스카와 함께 웃으며 언젠가 올지도 모르는 멋진
미래를 상상했다.

"어서 오세여!"
사우라 씨가 쉽게 허가를 내줘서 나와 아스카는 아버지를 따
라 수차 정거장에 왔다. 안에 들어가자 바로 미이나가 아장아장
걸어왔다. 여전히 귀엽구나!
"그럼 나는 지점장과 대화하고 오마."
"응! 우리는 여기 있을게!"
미이나의 귀여움에 헤롱거리고 있었더니 아빠가 그렇게 말해
서 대답했다. 여기라면 정거장 안이라 테이블도 있으니까 미이
나와도 같이 놀 수 있겠지.
"어어, 안녕? 미이나."
"아, 안녀하세여……."
아빠를 배웅하는 동안 아스카가 연상으로서 미이나에게 자상
하게 말을 걸고 있었다. 생긋 웃는 아스카의 미소는 역시 대단
한 위력이다. 무슨 위력이냐고? 두근거림 효과다. 미이나는 펑
소리가 날 듯한 기세로 얼굴이 새빨개졌다. 내 뒤로 숨으면서도
제대로 인사를 돌려주는 미이나의 사랑스러운 모습에 이번에는
내가 두근거렸다. 두근거림의 연쇄다. 아니, 이러고 있을 때가
아니라. 아스카를 소개해 줘야지.

"미이나, 이 사람은 아스카야. 엘프 마을에 사는데, 지금은 오르투스에 와 있어."

"잠깐 동안만 있는 거지만. 진짜 이름은 류아스카티우스라고 해. 하지만 기니까 아스카라고 불러줘."

"으응, 아수카 오빠."

"오, 오빠래! 메구, 들었어?!"

오빠라고 불려서 충격을 받은 아스카가 히죽거리면서 흥분했다. 그래, 이해해. 들은 순간 머릿속에서 미이나의 목소리가 연속 재생으로 울려 퍼지지 않니. 이미 경험해봤으니까 잘 알고말고. 기쁘단 말이지! 동생의 존재는!

"후후, 그럼 같이 놀자. 장난감 많이 가져왔어!"

"진짜?"

"물론이지! 오늘은 아빠가 일 끝날 때까지 시간이 있거든."

같이 놀 수 있다는 걸 안 미이나는 얼굴이 환해져서 기뻐했다.

"고마워, 메구 언니!"

"나도나도! 고마워, 메구 누나!"

"아, 아으, 아스카까지!"

요즘은 계속 메구라고 불렀으니까 메구 누나는 오랜만이잖아! 틀림없이 재미있어하는 거다. 나는 아스카에게마저 놀림당하게 되었구나. 훌쩍. 하지만 침울해할 수는 없지. 모처럼 놀이 시간인데. 꽉꽉 채워서 즐기겠어! 나는 바로 가져온 장난감을 테이블 위에 늘어놓았다. 나무로 만든 퍼즐과 블럭도 재미있지만, 미이나는 인형 놀이가 마음에 든 모양이었다. 여자아이니까. 옷을 갈아입히거나 머리카락을 빗겨 주기도 하고, 소꿉장난 세트를 들고 몇 미터 정도 떨어진 울타리까지 피크닉도 갔다. 참고로 내가 들고 있는 여자아이 인형은 미이나 인형의 여동생이라는 설정이다. 역시 언니가 되는 걸 동경한다고 생각하니 흐뭇하다.

옆에서 아스카는 블럭으로 열심히 장애물과 건물을 만들어 주었다. 언덕을 쌓아서 미끄럼틀을 만들거나 정원이 딸린 주택을 만들기도 하고. 미이나와 나는 그걸 이용해서 인형 놀이를 한다는 흐름이 만들어졌다. 아니 근데, 아스카의 건축기술이 장난 아닌데? 블럭이긴 해도 상당한 고퀄리티다.

"여기 가게는 **붕어빵이** 조아. 나중에 저기 공언에 가자, 메구."

"와, 기대된다! 미이나 언니."

내가 미이나 언니라고 부를 때마다 기뻐하면서 까르륵 웃는 게 정말 귀여워서 자꾸 부르게 된다. 흐뭇해하며 힐링하고 있었더니 언제 온 건지 아빠의 작은 중얼거림이 묘하게 귀에 감겼다.

"위화감이 없는데……? 연기 아니지?"

"아, 아니거든요!"

너무하잖아!! 아무래도 벌써 일이 끝난 모양이다. 잠시 구경했다는 아빠는 만족스럽게 웃고 있다. 큭, 혼신의 연기를 계속 보고 있었던 건가……! 창피해. 그나저나 벌써 끝난 거야? 의아해하면서 밖을 보자 이미 저녁놀이 지고 있었다. 즉 오후 시간을 모조리 써서 열심히 놀았단 소리다. 누, 눈치채지 못했어……!

"어지간히 재미있었나 보네."

"으, 응. 뭔가 푹 빠져서 논 것 같아."

역시 나는 지금 육체 나이에 맞는 감수성을 지니고 있다는 걸 실감했다. 70살 정도인데 나이에 맞는다는 것도 좀? 계속 일본인의 나이 감각으로 생각하면 안 되는데!

"메구 언니, 아수카 오빠. 다, 다음에 또 놀자……."

나도 이랬으니까 평소에 지금처럼 또래와 놀 일이 적은 미이나는 더욱 아쉬움을 느낀 건지도 모른다. 눈에 눈물이 가득해져선 그렇게 졸랐다. 가슴이 턱 막히는구나……! 미이나의 엄마가 살며시 안아 들고는 울지 않고 인사하다니 착하네, 하며 칭찬해 주는 게 또 심금을 울렸다. 오히려 내가 울 것 같아!

"응, 또 놀자. 이거 미이나가 가지고 있을래?"

흐를 것 같은 눈물을 꾹 참으며 나는 웃는 얼굴로 장난감을 가리켰다. 물론 잘 정리해 놨거든? 소꿉친구 세트와 퍼즐과 블럭, 오늘 사용한 장난감 전부 상자 두 개에 가지런히 넣어놓았다.

"그, 그래도 대?"

"응! 언제든 여기에 왔을 때 가지고 놀 수 있도록. 어때?"

미이나의 엄마가 정말 괜찮은 거냐고 물어봐서 당연하다고 대답했다.

"저는 이제 혼자서는 가지고 놀지 않으니까, 그냥 갖고 있기만 하는 건 아까웠거든요. 장난감도 써 주는 게 행복하겠지! 그러니까 미이나, 우리가 없을 때도 이 장난감으로 놀아 줘!"

이건 전부 오르투스의 길드원이 나에게 선물해 준 거다. 항상 아까웠단 말이지. 혼자 심심할 때 꽤 많이 가지고 놀았지만, 아무래도 알맹이는 어른이니까 아마 평범한 어린아이보다는 덜 갖고 놀았을 거다. 버리는 건 절대 안 되니까 어떻게 할지 고민하던 참이었다. 그래서 미이나가 가지고 놀아 준다면 아주 기쁘지!

"고마어, 메구 언니! 잘 놀게!"

"웅! 나야말로 고마워, 미이나."

헤헤 웃으면서 마지막으로 와락 부둥켜안은 뒤 간신히 정거장을 나왔다. 계속 손을 흔들어 주는 미이나를 위해 나도 손을 마주 흔들면서 걸었더니 깜빡 넘어질 뻔해서 아스카가 부축해 주었다. 미, 미안해라.

"어휴, 조심해야지. 메구 누나."

"윽, 나도 알거든! 아스카 심술쟁이."

아스카는 역시 조금 심술쟁이로 컸단 말이지! 미안하다고 바로 사과해줬고 악의도 없고 귀여우니까 용서해 버리지만!

"그러게 말이다, 메구 누나."

"아빠까지! 너무해."

아빠도 웃으면서 놀려 댔다. 으으! 금방 이런다니까! 이 이상 놀림당하는 건 참을 수 없어서 나는 화제를 바꾸기로 했다.

"그래서 수차는 어떻게 됐어?"

그래, 애초에 목적은 이거잖아. 무투대회 동안 이동 수단으로서 별도의 수차를 마련한다거나 했을까? 참가자는 개별로 알아서 한다고 쳐도, 응원하러 가는 사람도 적잖이 있을 테니 아무래도 혼잡스러워질 거다. 오늘은 아마 그 부분도 포함해서 상담하러 온 게 아닐까.

"어어, 실은 대회를 대비해서 대형 수차를 준비했거든. 지금 오르투스에서 사람이 타는 부분을 크게 확장한 걸 만드는 중이야. 대형 버스를 연상하면 돼. 통상 사이즈면 동물 한 마리가 끄니까 속도도 안 나오고 부담도 커. 그래서 동물 두세 마리가 엮어서 끌 수 있도록 고안하고 있지."

"으음, 마차 같은 거야?"

"대충 그래."

육지를 달리는 동물이라면 마차 같은 타입이고, 그걸 응용해서 항공편도 생각 중이라고 한다. 그러면 그걸 나르는 짐승이 중요해진다나. 이 세계의 대형 동물은 기본적으로 무리를 짓는 일이 드물다 보니 여러 마리가 제대로 같은 방향으로 달리게 할 수 있을지가 과제라고 했다. 동물들이 싸우거나 버둥거리면 타고 있는 사람들은 큰일이지.

"정 안 되면 마도구를 쓴 탈것을 개발할 생각도 했거든. 비행기 같은 거. 하지만 그랬다간……."

"응, 이해해. 순식간에 수차 산업이 쇠퇴할지도 몰라."

"비용 측면으로도 마도구를 사용한 탈것은 그리 간단히 보급하지 못하지만…… 개발을 진행하면 어떻게 될지 모르는 거잖아. 게다가."

아빠는 피식 웃으며 하늘을 올려다보았다.

"이 세계에 그런 광경은 안 어울린단 말이지."

일본에 있던 시절에는 자주 보던 광경. 고층 건물이 즐비하고, 자동차와 전철이 많이 달리고, 비행기가 날아간다. 그건 아주 편리하고 나도 자주 이용했지만……. 확실히 이 세계는 이대로가 좋다. 먼 미래엔 그런 생각이 시대착오적이라는 말을 듣게 되는 날이 올지도 모르지만.

"응. 나도 지금 이대로가 좋아."

"그치?"

굳이 우리가 그 계기를 만들 것도 없지. 아스카가 무슨 소리냐고 물어봤기 때문에 이 이야기는 여기서 끝. 아빠가 조금 큰 수차를 문제없이 이용할 수 있을 것 같다고 정리해 주었다. 말투로 봐선 걱정하던 동물 간의 협동 문제도 해결의 실마리가 보인 모양이다.

"좋아. 이제부터는 아주 바빠지겠어. 무리를 짓는 동물을 포획하고, 조련사를 찾아서 길들여야지. 그 외엔 슬슬 경품하고 토너먼트와 규정서 같은 것도 만들어야 하는데. 또……."

아빠는 기지개를 켜며 기합을 재충전한 모양이었다. 정말 해야 할 일이 산더미구나. 하이 엘프 마을에서도 할 수 있는 일이 있다면 좋을 텐데……. 원래 도와줄 수 있는 일이 거의 없으니까 무리긴 하다. 마, 마음만은……!

그보다 내일 이후를 신경 써야지. 내일은 드디어 하이 엘프 마을로 향하는 날이니까. 특수 체질에 대해 조사할 수 있으면 좋겠다. 지금 내 일은 마력의 흐름을 정비해서 폭주를 억제하는 거랑 나에 대한 수수께끼를 제대로 조사하는 것이다. 나도 마음속으로 할 일을 정한 뒤 다시 기합을 넣었다.

5 하이 엘프 마을로

"그럼 기르, 메구를 부탁한다."

"그래."

마침내 여행의 아침이 찾아왔습니다. 내 상황을 전혀 모르는 상태로 요양하려니 불안으로 가득하지만, 목적지가 하이 엘프 마을인 데다 기르 씨가 같이 있어 준다고 하니 긴장은 거의 하지 않았다. 특히 기르 씨가 같이 있다는 점이 중요하다. 아주 든 든하다고.

"메구, 무투대회에서 만나자."

"응! 미안해, 계속 같이 있지 못해서."

아스카와도 잠시 작별. 오래 같이 있을 수 있다고 생각했던지라 무척 슬프지만, 아스카가 눈썹을 찡그리고 두 손을 꼭 붙잡아 와서 이 이상 걱정 끼칠 수도 없다. 사과한 뒤에는 웃는 얼굴을!

"지금보다 더 강해진 아스카를 만나는 걸 기대할게! 나도 열심히 할 거야!"

"윽, 압박감 주지 말라고."

요즘 내내 간질간질한 말을 들어서 반응하기 난감했었으니 이 정도의 반격은 괜찮을 거다. 정말이지, 아스카의 작업 멘트는 대체 어디서 배운 걸까. 수수께끼다. 쿡쿡 웃고 있었더니 머리 위로 커다란 손이 툭 올라왔다. 이 따뜻한 손과 감촉으로 보아 손의 주인은 분명 그 사람.

"아빠."

"걱정하지 마, 메구. 하이 엘프 마을에서 잠시 얌전히 있으면 대회날에는 많이 안정될 거야. 그리고 대회가 끝나면…….”

가벼운 어조로 그렇게 말하며 머리를 쓰다듬어 주던 아빠는 거기서 말을 끊더니 나와 눈높이를 맞춰서 몸을 숙이고는 진지한 눈으로 나를 바라보았다.

"……다 말해 줄게. 네 마력 폭주 해결법도, 전부."

그 눈과 목소리가 너무 진지했기 때문에 반사적으로 등이 꼿꼿해졌다. 아주 중요한 이야기라는 게 전해졌다. 하지만 조금 무서워서 말없이 고개를 끄덕이는 게 고작이었는데, 그걸 알아차린 건지 아빠는 바로 표정을 풀고는 다시 내 머리를 쓰다듬어 주었다. 무섭게 해서 미안하다는 듯이.

"……슬슬 가자. 며칠은 걸리니까."

기르 씨가 흐름을 바꾸었다. 하긴, 하이 엘프 마을은 멀리 있으니까. 거리만 따지면 금방이어도 산에 들어가면 도보로만 도착할 수 있는 장소거든. 아빠의 반칙 루트를 사용하면 금방 갈 수 있을지도 모르지만, 아빠는 지금 아주 바빠서 우리가 그 루트를 사용하기 위한 준비까진 감당이 안 된다나. 그래도 어떻게든 무리하려던 걸 원래 그런 루트 자체가 없는 게 당연한 거라고 내가 허겁지겁 사양했다. 기르 씨의 황새 택배로도 충분할 만큼 빨리 도착하잖아! ……게다가 기르 씨와 단둘이 여행하는 것도 즐거울 것 같고. 힐끔 곁눈질로 기르 씨를 올려다보자 시선을 알아차린 건지 기르 씨도 이쪽을 내려다보았다. 자상하게 휘어지는 눈매에 마음이 따뜻해지는 걸 느꼈으나.

"……그럼 바로 타자."

눈앞에 나온 바구니를 보고 살짝 힘이 빠졌다. 아니, 그렇지. 나한테는 그림자독수리 모습이 된 기르 씨의 등에 올라타는 기술은 없고, 기르 씨와 둘이 여행하는 거면 이렇게 된다는 건 알고 있었다. 하지만 언젠가는 멋지게 기르 씨의 등에 올라타서 날아보고 싶다. 착실하게 열심히 훈련할 수밖에 없다. 뭐, 이러니저러니 해도 이 바구니에 타는 것도 꽤 좋아한다. 요람 같아서 아기가 된 기분이 드니까 살짝 심란하지만, 탑승감이 아주 좋거든. 처음 이 세계에 와서 이걸 탔을 때는 겁을 먹고 움찔거렸는데. 추억이구나.

내가 바구니에 탄 걸 확인하자 기르 씨는 마물형으로 변한 뒤 바로 날아올랐다. 지금은 바구니 가장자리를 잡고 오르투스에 있는 사람들에게 손을 흔들어 줄 여유도 있다. 그걸 걱정하지 않고 가만히 두는 기르 씨도 익숙해졌다고 할 수 있다. 예전에는 제발 바구니 안에 들어가 있으라고 거듭 애원했었는데.

"기르 씨, 일 괜찮았어……? 그, 무리시켜서 미안해."

대회를 앞둔 이 바쁜 시기를 생각하면 아무래도 사과가 나온다. 기르 씨에게도 이미 여러 번 사과하지 않았냐는 말을 듣고 말았다. 그렇긴 하지만.

『맡았던 일은 거의 끝냈고, 남은 작업은 하이 엘프 마을에서도 할 수 있어. 게다가…… 대회보다 메구가 더 소중해. 신경쓰지 마.』

심쿵 발언은 건재하다. 내추럴 미남이군요, 완패입니다. 너무 집요하게 사과해서 속 터지게 만드는 것도 안 좋으니까 다른 생각을 하자. 이미 속이 터질 정도로 사과했다는 건 제쳐놓고. 아무튼 지금부터 갈 하이 엘프 마을에 대해서. 사실 여태까지도 몇 번 가긴 했었단 말이지. 갈 때마다 같이 가 주는 사람은 달랐지만. 물론 기르 씨와도 간 적이 있다. 목적은 매번 엄마의 성묘다. 꽃과 과자를 들고 성묘한 뒤 하이 엘프들과 차를 마시고 돌아오는 게 평소 패턴. 참고로 엄마의 무덤은 한 번 파괴되었다는 게 믿기지 않을 만큼 깨끗하게 복원되었다. 하이 엘프들이 약속을 잘 지켜 주었다는 것도 있을 테지만, 동료의 무덤이니까 제대로 고쳐 놓았다는 게 더 클지도 모른다. 동료를 소중히 여기는 건 우리 오르투스와 같아서 기뻐했다. 다만 평소에는 당일치기란 말이지. 그래서 이번처럼 장기 숙박을 하려니 조금 긴장된다. 잠깐 머무르는 건 문제없지만, 장기간이라면 하이 엘프인 나는 그렇다 쳐도 기르 씨는 계속 머무를 수 없다. 마을의 청정한 공기가 어지러워지기 때문이다. 그 문제는 해결했다고 들었는데, 결국 어떻게 해결한 건지는 아직 모른단 말이지. 도착하면 가르쳐 줄까?

"나는 마을 밖에서 대기해도 상관없지만…… 메구 옆에 있지 못한다는 건 조금."

그때 기르 씨는 그렇게 말했었는데. 나를 따라와 주는 건데 혼자만 밖에 있는 건 안 된다고 항의했다는 건 말할 것도 없겠지. 그때는 거기서 대화가 끝나는 바람에 조금 불안하다.

걱정거리는 또 있다. 셰르멜호른, 내 할아버지의 존재다. 몇 번이나 하이 엘프 마을을 찾아왔다고는 하지만 사실 셰르 씨와는 한 번도 만난 적이 없다. 집에 틀어 박혀있다면서 다른 하이 엘프가 장소는 가르쳐 주었지만 방문한 적은 없고, 모습도 확인한 적이 없다. 어릴 적 소동 이후로 한 번도. 일시적인 방문과는 다르니까 이번에는 어쩌면 얼굴을 보게 될지도 모른다고 생각하니 가슴이 쿵쿵 뛴다. 위험할까 걱정하는 건 아니다. 그냥 무슨 얼굴로 만나야 할지 알 수 없다는 복잡한 손녀 마음이다. 참고로 그 문제는 아빠도 다른 사람들도 다 걱정하는 부분이라, 기르 씨에게 절대 방심하지 말라고 했던가. 기르 씨는 당연하다고 대답했지만, 나는 기르 씨가 제대로 쉬었으면 좋겠다.

그리고 내 특수 체질에 대해서. 대회에는 나갈 수 있을지, 마력 폭주가 일어나진 않을지, 그런 불안도 있다. ……어라? 불안한 거 많네? 마음의 안정에 안 좋은 거 아냐?

『자도 돼.』

진정하라고 스스로를 다독이며 심호흡하고 있었더니 기르 씨가 그렇게 말을 걸었다. 타이밍이 너무 좋아서 다 꿰뚫어 보고 있는 거 아니냐는 생각이 든다. 내가 단순한 거겠지만. 그래도 덕분에 안심했다. 역시 기르 씨. 이대로 일어나 있어 봤자 자꾸만 생각하게 될 것 같으니 그 말대로 할까.

"……그럼 조금만 잘게. 고마워, 기르 씨."

『그래. 신경 쓰지 않아도 돼.』

정말 상냥하다니까. 걱정거리도 모두 다 감싸안아 주는 기분이다. 나는 어깨에서 힘을 빼고 살며시 눈을 감았다.

다음 눈을 떴을 때는 아직 하늘 위였다. 하지만 시야에 들어오는 풍경은 상당히 변해 있었다. 웅장한 북쪽 산이 우뚝 서 있고 어딘가 피부를 간질이는 마력으로 가득하다. 이건 하이 엘프의 피가 들끓고 있다는 증거다.

『음, 일어났군. 적당한 장소에 내려갈 테니까 잠시 기다려.』

"네!"

기척으로 알아차린 건지 말을 건 기르 씨에게 눈을 비비며 대답했다. 잠에서 막 깬 참이라 아직 몽롱한 상태인 건 용서해 주시라. 잠시 후 기르 씨는 적당히 넓은 공터에 사뿐히 내려섰다. 바구니를 살며시 내려주었기 때문에 나도 후우의 도움을 받아 바구니에서 내렸다. 이젠 안 넘어진다고! 언니니까! 에헴.

"그럼, 여기서부터는 걸어가야 하는데…… 피곤해?"

인간형으로 돌아온 기르 씨가 입꼬리를 끌어올리며 그렇게 물었다. 오, 살짝 도발하고 있잖아? 나는 가슴을 펴고 우렁차게 대답했다.

"괜찮아! 오늘치 훈련에 딱 좋은걸! 기르 씨. 훈련하면서 가도 돼?"

내가 씩 웃으며 그렇게 대답하자 기르 씨도 한층 짙은 미소를 지었다. 아무래도 이 대답이 정답인 모양이다.

"힘들어지면 말해."

"알겠습니다!"

그런 대화가 오간 뒤 기르 씨는 마스크를 슥 올리고 달리기 시작했다. 으, 역시 빠르구나. 나에게 맞춰 주는 거니까 저것도 상당히, 아주 많이 늦춘 거겠지만. 아니, 내가 노력하면 아슬아슬하게 따라잡을 수 있는 속도를 유지하고 있을 것 같다.

"좋았어, 힘내자!"

기르 씨는 내 수준을 잘 이해하고 있다. 바로 고성능 전투복으로 의상을 바꾼 나는 가볍게 체조한 뒤 기르 씨의 뒤를 쫓아갔다. ……물론! 정령들의 힘을 빌려서! 내 운동능력만으로는 무리란 말이야! 괜찮아, 자연 마법도 실력입니다! 기르 씨, 기다려!

"도, 도착했다……."

헉헉 숨을 헐떡이며 나는 지금 그 웃기는 간판 앞에서 숨을 고르고 있습니다. 목욕 먼저? 식사 먼저? 라는 저 글자를 볼 때마다 힘이 쭉 빠져버리니까 이제 그만 바꿔 줬으면 좋겠다. 진짜 이거 누가 만든 거야?

"……여전히 아무것도 없는 곳이군. 하지만 마력의 흐름으로 장소는 알 수 있게 되었어."

하지만 이 간판은 여전히 하이 엘프에게만 보이는 모양이란 말이지. 한 번이라도 이 마을에 들어온 적이 있는 사람은 다음에도 내부에 들어올 수는 있다고 하지만, 간판은 계속 안 보인다는 기묘한 시스템이다. 제작자의 의도를 물어보고 싶다.

"…………."

"? 왜 그래? 기르 씨."

이상한 얼굴로 간판을 쳐다봤기 때문인지 문득 기르 씨의 시선을 느끼고 고개를 갸웃거렸다. 기르 씨는 '아니' 하고 중얼거린 뒤 살며시 내 머리를 쓰다듬었다.

"체력이 많이 늘어났다고 느낀 것뿐이다."

그러고 보면 숨을 고르는 속도도 빨라졌고, 무엇보다 내 다리로 제대로 여기까지 도착했다. 중간에 쉬면서 오는 바람에 하루 반나절은 걸렸지만. 그래도 처음 왔을 때와 비교하면 장족의 발전이 아닐까. 거의 자연 마법 덕분이라는 건 넘어가자. 그치만! 마법 없이 올라왔다면 더 일찍 뻗어 버렸을 거야! 이 쓸데없이 많은 마력을 펑펑 써댔기 때문에 가능한 업적이다.

"그럼 가자."

"네!"

기르 씨가 그렇게 말하며 마스크를 다시 올렸다. 나는 기르 씨에게 대답한 뒤 손을 잡고 마을로 들어가는 아치를 지나갔다. 여느 때처럼 순식간에 풍경이 바뀌며 아름다운 광경이 시야에 들어왔다. 눈을 감고 천천히 심호흡하자 몸속에서부터 치유되는 듯한 기분이 들었다. 역시 이곳의 공기는 특별하구나.

"아아, 왔구나. 이야기는 들었어."

"앗, 저기. 안녕하세요. 메구입니다. 신세 지겠습니다."

멍하니 있었더니 하이 엘프 청년이 말을 걸었다. 청년이라고 해도 외모만 보고 그렇게 생각했을 뿐 실제로는 몇천 살 정도일 거다. 당연하게도 굉장한 미형이다. 이 청년만 그런 게 아니니까 이쯤 되면 미술관 같은 곳에 왔다고 생각하는 게 낫다. 관상용 미형…… 마음이 촉촉하게 젖어 드네요, 감사합니다.

"나는 이번에 너희를 돌보는 역할을 맡게 되었어. 돌본다고 해 봤자 무슨 일이 있을 때나 질문 같은 걸 물어보면 대답하는 게 고작이지만. 몇 번 만난 적은 있지만 아직 통성명은 안 했었지? 나는 위즈디아베이담. 위즈라고 불러줘."

"위즈 씨, 잘 부탁드립니다."

기르 씨도 나도 이름을 대고 제대로 인사했다. 확실히 자기소개는 안 했었지. 성묘할 때 잠깐 보는 수준이었으니까 마주쳤을 때 인사하는 정도의 관계였고. 게다가 너무 길어서 본명을 기억할 자신이 없다. 이걸 기억하면서 안 틀리고 부르는 하이 엘프들은 역시 머리가 좋은 것 같다. 내 기억력도 힘내라.

"기르난디오는 상당한 실력자로 보이지만…… 꼬박 하루 여기에 있는 건 피하는 게 좋아. 가끔 밖에 나가서 컨디션을 관리하도록 해."

"음, 그렇게 하지. 고맙다."

컨디션 관리? 의아해하며 고개를 갸웃거리자 위즈 씨가 알아차리고 설명해주었다.

"여기 공기는 청정하지? 우리에게는 편하지만 다른 종족에게는 독이 될 수 있어. 잠깐이라면 좋은 효과를 주지만 앞으로 계속 여기에 머무를 거잖아. 그에게는 힘든 환경이 될 거야."

그러고 보면 엘프 마을에서도 관광객이 사용하는 샘은 효과를 약하게 만들어놓는다고 들은 적이 있었지. 엘프들이 사는 마을에는 엘프 또는 마력을 많이 보유한 사람만이 갈 수 있는 장소에 수원이 있는데, 그곳의 효과는 차원이 달랐다. 여기는 그보다 훨씬 효과가 좋으니까 다른 사람에게는 독이 된다는 것도 이해가 간다. 그렇구나, 다른 종족이 머무를 때는 마을의 청정한 공기가 어지러워진다는 것만이 문제가 아니었어.

"기르 씨, 절대 무리는 하지 마. 걱정이야……."

나를 위해 곁에 있으려고 하는 기르 씨는 아주 자상하니까 무리하지 않을지 걱정이다. 게다가 내 눈으로는 기르 씨가 무리하고 있는지 아닌지 간파할 자신도 없다.

"괜찮아. 나도 지켜볼 테니까. 그래. 반나절에 한 번씩 바깥 공기를 조금 쐬고 돌아오면 전혀 문제없을 거야."

"반나절에 한 번이군요! 아침이랑 저녁에 나가기로 미리 정해 놓자, 기르 씨!"

아하, 이게 해결책이구나. 조금 귀찮을지도 모르지만 하루 두 번 약을 먹는다고 생각하면 외우기 쉽다. 주먹을 불끈 쥐고 제안했더니 기르 씨가 웃어 버렸다. 왜?!

"그래, 알았어. 그렇게 하마."

"약속했다?"

거듭 당부하는 나는 조금 집요할지도 모르지만, 웃어 줬으니까 괜찮겠지. 하지만 정말로 기르 씨의 몸이 안 좋아진다거나 했다간 아주 큰일이니까 조심해서 지켜봐야겠다. 그래도 첫 번째 불안이 해소되어서 안심이다.

"자, 도착했어. 여기가 메구와 기르난디오가 지낼 집이야. 옛날에는 옌나리에아르가 사용했었지만 이미 오랫동안 쓰지 않았거든. 청소도 해놨으니 마음대로 써."

"어머니가? ……감사합니다!"

집으로 안내해준 위즈 씨는 무슨 일이 있으면 누구든 상관없으니까 말하라고 하고는 그 자리에서 떠나갔다. 분명 우리가 편하게 짐을 풀도록 배려해 준 거겠지. 친절해라. 안내받은 집은 아마 나무나 식물 계통의 자연 마법으로 지은 듯한 작은 목조 오두막이었다. 안에 들어가자 테이블과 침대 등 가구도 전부 나무로 만들어져서 따스함이 느껴졌다. 이불도 실에서부터 옷감을 짜고 그 옷감으로 만든 것 같다. 솜도 직접 조달했겠지. 푹신하고 보들보들한 게 완전히 장인의 솜씨다. 방 안을 천천히 걸어다닌 나는 마지막으로 침대에 풀썩 쓰러졌다. 이불에서 햇님 냄새와 나무 향기가 났다.

"어머니도 여기서 잤던 걸까."

그런 생각이 드는 바람에 살짝 울적해졌다. 아, 그러고 보면 침대는 이거 하나밖에 없네. 잘 때는 어떡하지. 나도 기르 씨도 개인 침구는 갖고 있지만…….

"기르 씨. 오늘만 같이 자도 돼?"

"음."

어리광쟁이가 된 걸까. 역시 이래저래 불안했던 것 같다. 친숙한 오르투스를 떠나 언제 폭발할지 알 수 없는 마력 폭탄을 안고 있으니 사실은 계속 무서운걸.

"앗, 안 되면 괜찮아! 그냥 말해 본 것뿐이야……."

하지만 어쩐지 부끄러워졌다. 이제 언니니까 독립심을 가져야지! 부랴부랴 얼버무렸더니 피식 웃는 기척을 느꼈다. 눈만 조심조심 굴려서 기르 씨를 올려다보자.

"오늘 하루만?"

말문이 막혔다. 너무 멋있잖아. 살짝 짓궂게 씩 웃는 미남의 파괴력은 너무 위험하다고 봅니다! 얼굴에 열이 모여드는 게 느껴진다. 소리 없는 비명이라고 해야 하나, 밥 달라고 입을 뻐끔거리는 금붕어 모드다.

"……너는 어리광을 통 안 부리니까. 그 정도는 매일 해줄 수 있어. 폐라고 생각하지 마. 제대로 말해 주는 게 나는 더…… 기뻐."

"……으."

거기에 추가로 날아오는 공격! 말하는 걸 포기해 버린 나는 기르 씨에게 다이빙! 허리 부근에 와락 달려들면 감사의 마음이 전해질까? 오히려 껴안았더니 힐링 효과가 발동해서 내가 이득을 보는 느낌이 든다. 이 안심감. 하아, 아늑해라!

덕분에 침착함을 되찾은 나는 홱 고개를 들어 기르 씨에게 제대로 전할 수 있었다.

"고마워, 기르 씨! 그럼 매일 같이 자자."

"……그래, 알았다."

기르 씨가 같이 와 줘서 다행이다! 그리고 용기를 내서 어리광 부려보길 잘했어! 에헤헤.

방을 다 확인한 우리는 어머니인 옌나 씨의 무덤에 성묘를 가기로 했다. 우선은 인사가 중요하지! 무덤과 가까워질수록 공기도 한층 청정해졌다. 그러고 보면 이 근방에서 아버지와 셰르 씨가 난동을 부렸었지. 지금 생각해 보면 용케 그런 짓을 했다

싶다. 이렇게 아름다운 장소에서 싸우다니! 하이 엘프 마을에는 들어오지도 못하는 결계가 있었는데 그것도 무시하고 마물이 잔뜩 들어오질 않나. 마을 내부에 아버지가 있었기 때문인지도 모른다. 정말 위험했다. 마왕의 위압감은 결계마저 넘는구나…….무서워. 반드시 제어할 수 있게 되어야 하는데. 아니, 불안해지면 안 되지! 마력이 폭주할지도 모르니까. 봐봐, 지금은 사건 같은 건 없었던 것처럼 예전의 모습으로 돌아갔잖아. ……그건 그거대로 대단하지만. 몇십 년이 지났다고는 해도 흔적도 없이 깔끔하게 복원된 건 역시 대단하다. 하이 엘프는 대단해요.

"여전히 아름다운 샘이군."

"응. 엘프 마을의 수원도 아름다웠지만 여기는 더 맑아."

어떻게 비유하면 좋을까. 으음, 엘프 마을의 샘은 더 친근감이 느껴진다. 하지만 이 샘은 고귀한 느낌? 황공한 느낌? 그런 차이가 있다. 둘 다 마력이 가다듬어지는 아늑함을 느낀다는 건 똑같지만, 아마 이쪽이 회복에 걸리는 시간도 짧을 것 같다. 막연히 그렇지 않을까 추측하는 것뿐이지만. 그런 샘을 느긋하게 바라보며 우리는 묘비가 즐비한 장소를 지나쳐 조금 떨어진 위치에 있는 새하얀 묘비 앞에 멈췄다. 얼룩 하나 없는 순백색에서 옌나 씨의 아름다운 마음을 느끼고 얼굴이 풀어졌다.

"어머니, 안녕."

조용히 묘비를 향해 입을 열었다. 그리고 수납 팔찌에서 미리 넣어둔 꽃다발을 꺼냈다. 이번에는 노란색 거베라와 비슷하게 생긴 꽃을 메인으로 연분홍색의 안개꽃 같은 꽃을 조합한 꽃다발이다. 이 꽃다발이 내가 가진 옌나 씨의 이미지와 딱 맞는 것 같았거든. 참고로 이건 꽃집에서 산 거다. 놀러 간 곳에서 직접 꺾은 꽃으로 만들 때도 있지만, 매번 똑같은 꽃다발이 되니까 가끔 이렇게 변주를 주고 있다.

"어머니, 한동안 방 좀 빌릴게. 어머니는 어떻게 지냈을까……."

만나본 적도 없는 상대라서 상상도 어렵다. 아니, 정확하게는 만난 적은 있지만 내가 몸에 깃들기 전의 일은 하나도 기억나는 게 없으니까. 그래서 처음 여기에 와서 옌나 씨의 무덤 앞에서 이야기했을 때는 상당히 복잡한 기분이었다. 나는 하세가와 메구였고, 소중한 딸의 몸을 내가 써버리는 셈이었으니까 어쩐지 면목이 없었거든. 아버지 때도 물론 같은 기분이었지만, 그만큼 어화둥둥 아껴주고 있으니 그런 생각을 해봤자 의미 없다고 생각할 수 있었다. 사정을 안 뒤에도 마찬가지였고, 분명 받아 들여주고 있다는 걸 알았으니까. 하지만 옌나 씨와는 만날 수 없다. 마음을 확인할 수도 없으니까 당혹스러웠다. 성품으로 보았을 때는 분명 아버지처럼 받아들여 주리라는 추측은 할 수 있었다. 하지만 역시 이런 건 눈앞에 없으면 알 수 없는 법이잖아? 표정이나 목소리 같은 걸 통해서 전해지는 것도 있고. 옌나 씨는 메구의 어머니. 내 어머니라는 감각이 별로 없는 건 어쩔 수 없는 건지도 모르지. 하세가와 메구일 때도 엄마의 기억은 거의 없었으니까 애초에 어머니라는 게 어떤 건지 잘 모른다. 그게 조금 쓸쓸하기도 하다.

"기르 씨, 나는 어머니를 닮았대."

"……그래. 두목이나 마왕에게서 그런 이야기를 자주 들어."

조금 떨어진 위치에서 조용히 기다리는 기르 씨를 향해 고개는 돌리지 않은 채로 말을 걸어 봤다. 기르 씨도 옌나 씨와는 만난 적이 없으니까 모르겠지.

"기쁘긴 하지만…… 어머니는 어떤 느낌인 걸까. 조금 쓸쓸해지기도 해."

"……그렇구나."

딱히 기르 씨에게 이야기할 필요는 없는 내용이다. 하지만 그냥 들어줬으면 해서 말을 계속 이어갔다.

"어머니가 살아 있었다면 지금의 나를 걱정하려나……."

"그렇겠지. 목숨을 걸고 너를 지키려고 한 사람이니까. 걱정만 하는 게 아니라 도와 주려고 할 거다."

"역시 그렇겠지? ……응. 나 어머니에게 걱정 끼치지 않도록 열심히 해야지."

계속 보호받기만, 도움받기만 하는 게 아니라 누군가를 지키거나 도와줄 수 있는 사람이 되고 싶다. 아버지나 아빠, 기르 씨처럼. 그렇게 말하며 몸을 돌려 기르 씨를 바라보았다. 그러자 기르 씨는 부드러운 눈매가 되어 이쪽으로 걸어왔다.

"메구라면 할 수 있어. 그러니까 지금은 도움을 받는 것도 의무라고 생각해."

"도움을 받는 것도, 의무……."

"그래. 모든 건 메구가 무사하고 건강한 게 최소한의 조건이니까."

확실히. 내 마력이 폭주해서 제어할 수 없게 된다면 본말전도다. 다른 사람을 도와주기는커녕 막대한 피해를 주게 될 테니까. 그래. 먼저 내 일에 집중하자. 나는 나에 대해 더 많이 알아야 한다. 내가 지닌 마력에 대해, 능력에 대해.

"기르 씨. 그…… 조금 도와줬으면 하는 게, 있는데."

내가 그렇게 말을 꺼내자 기르 씨의 눈이 살짝 커졌다.

"여기까지 따라와 줬고, 그것만으로도 힘든 부탁을 한 거니까 미안하긴 해. 하지만……."

우물쭈물 머뭇거리는 내 태도가 답답할까. 아니, 기르 씨라면 분명.

"거절할 리 없잖아."

그렇게 말해 줄 줄 알았어. 무심코 쓴웃음이 나왔다.

"아직 뭘 해달라는 건지 말 안 했는데?"

"메구가 내가 못하는 걸 부탁할 리 없으니까."

아아, 좋구나. 서로를 신뢰한다는 건. 마음이 은은하게 따뜻해진다. 기르 씨는 신기하다. 처음 만난 날부터 무조건 믿을 수 있었는걸. 지금 생각해 보면 머리부터 발끝까지 시커멓고 수상한 인상이었는데 경계심이 너무 없는 거 아니었나 하는 생각이 들기도 하지만, 그 선택은 정답이었다고 실감한다. 아니, 그때는 따라가는 거 말고는 선택지가 없긴 했지만! 기쁘고 행복해서 나는 쑥스럽게 웃으며 기르 씨의 손을 잡아당겼다. 집에 돌아간 뒤에 말하겠다고 덧붙이면서.

돌아온 뒤에는 잠시 휴식. 기르 씨가 그림자에서 티세트를 슥 꺼내 주었다. 자기 그림자에서 물건을 꺼내는 모습은 몇 번을 봐도 신기하단 말이지. 수납 팔찌도 아주 신기하지만, 그림자에 넣었다 뺐다 하는 건 어떤 감각일까? 궁금하다. 따뜻한 차를 후후 식혀 마시면서 나는 바로 고민거리를 털어 놓았다. 전에 실제로 아버지의 과거에 있었을 일을 꿈에서 본 것. 이야기로는 들었지만 직접 본 적은 없는 광경이었으니 평범한 꿈이 아닐지도 모른다고 생각한 것. 예지몽을 꿀 때와 같은 감각인 걸 보면 내 특수 체질로 인한 꿈이었으리라는 것. 그리고.

"그래서 내 특수 체질은 '예지몽'이 아닌 건지도 모른단 생각이 들었어."

"흠……. 그건 확실히 마음에 걸리는군."

내가 이야기를 마치자 기르 씨는 팔짱을 끼고 생각에 잠겼다.

"과거몽이라고 가정해도 자신의 과거가 아니라는 점이 걸려. 아버지라고는 하나 타인의 과거몽을 꾸다니."

그렇지! 옛날에 꿨던 과거몽은 나와 관련된 내용이었지만, 다른 사람의 과거를 꿈으로 꾼다는 게 더 신기한 건지도 모른다. 예지몽도 내 주변에서 일어나는 일들이었는데.

"하지만 내 불안감이 영향을 준 건지도 모른단 생각도 해. 아버지가 마력을 제어하지 못해 괴로워하던 때의 꿈이었으니까."

딱 지금의 내가 고민하는 문제란 말이지. 그렇다 보니 그냥 착각일 가능성도 없지는 않다.

"즉 네 특수 체질이 무엇인지 조사하고 싶다는 건가."

"응, 맞아. 여기에 온다고 듣고 하이 엘프라면 뭔가 알지도 모른다고 생각했어."

설마 이렇게 일찍 오게 될 줄은 몰랐지만. 그래도 궁금했던 부분이니까 잘된 걸로 치자.

"특수 체질과 관련된 문헌 같은 걸 보여주면 좋을 테지만……
나는 아직 어린애니까."

"그래. 내가 교섭하지."

눈치가 빨라서 대단히 감사합니다! 역시나 기르 씨. 심지어 문헌 말고도 마을 주민에게 물어보는 것도 도와 준다고 했다. 친절해라! 기르 씨는 오르투스에 있을 때 말고는 항상 얼굴을 가리고 말수도 적으니까 이런 탐문수사 같은 건 싫어하는 줄 알았는데, 얼굴을 드러내지 않으면 오히려 특기라고 했다. 그도 그런가. 일할 때는 사람들에게서도 사정을 알아봐야 하겠지. 그림자를 통해 정보를 모으기만 하는 걸로는 어떻게 할 수 없는 부분도 있을 테고.

"기르 씨, 고마워. 나는 내 힘에 대해서 잘 알고 싶어!"

"그래. 자신의 역량을 아는 건 중요한 일이기도 해."

기르 씨는 오히려 사과할 사람은 자기라고 덧붙였다. 어? 왜 기르 씨가 사과하는데?

"메구를 지키려고 한 나머지 사정을 알고 있었는데도 말하지 않았으니까. 역량을 아는 게 중요하다는 건 당연한 것인데도."

"하, 하지만 그건 내가 불안해지지 않도록 하기 위해서잖아?"

그건 그렇지만, 그게 아니라며 기르 씨는 고개를 저었다.

"실력도 많이 쌓았으니까 때로는 떼어 놓고 훈련시키자는 이야기가 길드원들 사이에도 나왔었어. 하지만 우리는 아직 어딘가 너를 보호 대상으로 보고 있었지. 혼자 앞가림을 하기 위해서는 자신의 실력을 파악하는 게 첫 번째라는 걸 이해하면서도 침묵한 건 악수였다. 반성하고 있어."

진심으로 면목이 없다는 듯 말하는 기르 씨를 보며 나야말로 면목이 없어졌다. 나를 위해서 한 일이라는 걸 아니까. 괜히 더 불안정해질 거라고 배려해 준 거잖아?

"하지만 알고 나서 실제로 폭주했으니까, 그 방법이 맞았다고 봐. 그러니까 그런 말 하지 마."

"메구……."

나는 기르 씨의 손을 두 손으로 꼭 붙잡으면서 말을 이었다. 스마일, 스마일.

"뭐가 정답인지는 모르잖아. 그때 그렇게 하는 게 낫다고 판단했다면 그게 정답인 걸로 쳐도 돼! 그러니까 기르 씨도 정답! 응?"

긍정적으로 가자. 그렇지 않으면 짓눌린다. 이건 나 자신에게도 하는 말이다. 망설여도, 후회해도 지나간 일은 바꿀 수 없다. 반성했으면, 이번에는 지금 선택해야 하는 '정답'을 생각하면서 나아가야지. 실패해도 정답인 걸로 치자고.

"역시 메구는 강하구나."

"모두가, 기르 씨가 있으니까 강해질 수 있는 거야!"

혼자였다면 끙끙 앓기만 했을지도 모른다. 지나치게 무리했을지도 모른다. 무모하지 않게 적절히 노력할 수 있는 건 버팀목이 되어 주는 사람들이 있기 때문이다.

"어……, 크흠. 저녁 준비 다 됐는데."

둘이서 손을 잡고 미소 짓고 있을 때 위즈 씨의 목소리가 날아왔다. 어라? 어느새?

"몇 번 노크했는데……. 그, 미안. 방해해서."

"눈치챘었고, 방해도 아니다."

"맞아. 전혀 방해 아니야. 오히려 알려주러 와 주셔서 감사합니다!"

위즈 씨는 어딘가 민망해하는 것 같은데, 어째서지? 대화하는 도중에 끼어들었다고 생각해서? 어차피 마침 마무리되는 참이었으니까 신경 쓰지 않아도 되는데. '말도 안 돼……'라는 위즈 씨의 중얼거림에 나와 기르 씨는 서로를 쳐다보면서 동시에 고개를 갸우뚱 기울였다. 어어, 뭐가?

6 조부모

위즈 씨의 안내로 우리는 식사하러 이동했다. 들어 보니 마을의 모든 하이 엘프가 저녁은 다 함께 모여서 먹는다고 한다. 물론 필수로 모여야만 하는 건 아니라고 하지만.

"특수 체질 말이야? 나는 천리안을 갖고 있어. 멀리 있는 물건을 세세하게 볼 수 있는 힘이지. 무언가로 가로막혀 있어도 보여. 즉 눈가리개를 해도 볼 수 있어."

"오오, 굉장해라!"

식사하던 도중 은근슬쩍 특수 체질에 대한 화제를 꺼낸 기르 씨에게 위즈 씨가 의심 하나 없이 대답해 주었다. 엘프 특유의 특수 능력이니까 밝히고 싶지 않을지도 모른다고 생각했는데.

"즉 너희가 어디서 뭘 하는지 다 보인단 뜻이지. 아, 물론 본 적은 없어. 누가 훔쳐보는 건 싫잖아?"

타인의 마음을 헤아릴 줄 아는 사람이라 안도했다. 사생활이 사라지는 셈이었으니까. 주로 큰 자연재해나 마물들의 동향을 살필 때, 사냥할 때만 사용한다고 했다. 참 평화롭구나.

"……이건 비밀인데."

위즈 씨는 중간에 목소리를 죽이고는 쿡쿡 웃으면서 말하기 시작했다. 뭐지? 의아해하면서 살며시 귀를 기울였다.

"옌나리에아르가 마을에서 뛰쳐나갔을 때, 족장 명령으로 그 애가 잘 지내고 있는지 조사했어."

"셰르 씨가……?!"

충격적인 사실! 그렇게 마음대로 가출해 버리는 하이 엘프는 동족이 아니라고 화냈으면서! 셰르 씨는 상대의 마음을 읽을 수 있으니까 위즈 씨가 본 광경을 전하기도 전에 마음을 읽고 상황을 파악했다고 한다. 위즈 씨는 전달하는 수고를 생략할 수 있어서 편했다고 했지만 나였다면 부끄러워서 무리다. 어리벙벙한 반응을 하는 게 줄줄 새잖아. 남의 마음을 읽을 수 있다는 건 역시 반칙이야!

"그래서 나와 족장은 옌나리에아르와 마왕의 관계를 알고 있었어. 마음이 통했을 때쯤부터 족장이 옌나리에아르의 상태를 알려 달라고 하지 않게 되었지만."

아버지로서 보고 싶지 않은 광경이었을 거라며 위즈 씨는 웃었다. 어? 잠깐. 뭐지 그 너무 뜻밖인 비화. 호, 혹시 여기서 아버지와 셰르 씨가 싸웠던 건 '이 망할 놈이 딸에게 함부로 손을 대다니!' 같은 거였나……? 물론 다른 이유도 있었겠지만. 오히려 그쪽이 덤이었던 게 아닌가 하는 생각이 들었다. 그냥 자기 딸과 손녀를 되찾고 싶었던 것뿐이었다거나? 서, 설마.

"족장의 마음은 다들 이해하고 있어. 확실히 이해할 수 없는 사상을 지니긴 했지만, 근본적인 부분은 그대로지. 그 사람은 누구보다 동료를 소중히 여겨."

너무 서툴러서 전해지지 않을 때가 많다며 위즈 씨는 쓴웃음을 지었다. 자기는 미움받고 있다는 걸 알고, 오히려 잘 됐다고 생각한다. 누구보다 동료를 위하고 가족을 위하는 주제에 그걸 스스로도 인정하지 않는 고집불통. ……내 안에서 퍼즐이 딱 들어맞았다. 여태까지 무슨 생각을 하는 건지 알 수 없는, 조금 무서운 할아버지라고 생각했는데 지금 이야기 덕분에 알겠다. 셰르 씨가 어떤 사람인지. 그래, 그래서 하이 엘프들은 아무도 셰르 씨에게 악감정을 품지 않은 거구나. 조금씩 정신에 간섭해서 좋을 대로 이용했는데 너무 관대한 거 아니냐고 생각했단 말이지. 하지만 하이 엘프들이 마음이 태평양처럼 넓다는 것만이 이유가 아니었다. 그야 그렇겠지. 여기 사람들은 벌써 몇천 년이나 되는 긴 시간을 같은 마을에서 살았으니까. 서로에 대해서 속속들이 알고 있어도 이상하지 않다. 이런 짓은 절대 용서할 수 없다고 분개할 줄 알았는데, 그건 내 잣대로 판단한 것뿐이었다. 그들은 그런 사고방식을 지닌 종족이고, 순순히 받아들이는 게 당연한 태도다. 나도 하이 엘프지만 그 부분은 또 사정이 다르니까.

"셰르 씨를 오해했어요……. 그래. 그런 거였구나."

"죄책감은 느끼지 않아도 돼. 그 사람은 오해받기 쉬운 사람이고, 좋지 않은 방식을 쓸 때도 많으니까. 뜻대로 조종하는 게 다른 하이 엘프들이나 메구의 행복이라고 진심으로 생각하는걸. 그러니까 반성도 안 해."

지, 진짜로 난감한 사람이네. 그러고 보면 마라 씨도 그랬던가. 그 아이는 어린아이라고. 난감한 아이라고. 어라? 말 그대로의 의미였잖아. 하지만 그렇다고 많은 사람에게 폐를 끼친 건 용서받을 수 있는 일이 아니다. 남을 다치게 하는 것도 멸시하는 것도 나쁜 짓이고.

"……본론으로 들어가도 되나?"

"응? 뭐 할 말이 있었어?"

기르 씨가 말을 꺼내서 생각났다. 맞다, 애초에 내 특수 체질에 대해 물어보려고 했었지. 기르 씨가 눈만 힐끗 굴려 나를 쳐다보자, 말해도 괜찮다는 뜻을 담아 고개를 끄덕였다. 그걸 확인한 기르 씨는 위즈 씨에게 그 이야기를 설명해 주었다. 물론 자세한 사정까지는 아니다. 그냥 내 특수 체질이 아무래도 예지몽이 아닌 것 같으니 진짜 힘을 조사하고 싶다는 걸 간결하게 전달해 주었다. 설명을 다 들은 위즈 씨는 어리둥절한 표정으로 눈을 크게 떴다.

"아, 그렇구나. 너는 봐주지 않았지."

"봐주다……?"

그리고 본인의 의문에 알아서 답을 찾은 건지 팔짱을 끼고 고개를 끄덕거렸다. 잠깐, 설명 플리즈!

"미안해, 우리에게는 너무 당연해서 그만. 게다가 몇천 년도 전의 일이라 잊고 있었어. 사실 우리 하이 엘프는 유아기에 그 아이의 특수 체질이 무엇인지 조사하는 의식을 치르거든."

"그렇군. 즉 메구는 그 의식을 치르지 않은 건가."

"그런 거야."

그런 게 있었구나. 아니, 엘프는 뭔가 의식이 많지 않아?! 정령이 보이게 되는 의식도 있고, 특수 체질을 조사하는 의식도 있고! 아, 하지만 엘프는 특수 체질을 갖고 태어난다는 보장이 없던가. 오히려 드물다고 했었지. 그렇다면 이 의식은 하이 엘프 고유의 의식인 건지도 모른다. 애초에 그게 아니라면 슈리에 씨가 모를 리 없지.

"이 아이는 그걸 받을 수 있는 상황이 아니었으니까. 하지만 아기일 때 족장의 손에 넘어가지 않아서 진심으로 다행이야. 아니었다면 지금의 너는 없는 거니까. 엔나리에아르의 결단이 옳았어. 그러니까 용서해 줘."

"그, 그야 당연히! 원망하거나 화난 적 없어요!"

나도 엔나 씨에게는 고마워한다. 덕분에 기르 씨를 만났고, 아빠를 만났고, 모두와 만날 수 있었으니까. 내가 오르투스에 가지 않았다면 아버지는 지금도 엔나 씨를 찾고 있었을 테고.

"그럼 그 의식을 치르면 메구의 특수 체질도 무엇인지 알게 된다는 건가."

"어……, 그렇긴 한데. 으음……."

의외로 쉽게 알 수 있을 것 같아서 순간 기뻐할 뻔했지만, 기르 씨의 말에 위즈 씨가 얼굴을 찌푸렸다. 어? 안 되나? 너무 성장하면 의식을 치를 수 없다거나? 내 질문에 그건 문제없다고 대답이 돌아왔다.

"그럼 뭐가 문제지?"

기르 씨의 묻자 위즈 씨는 떨떠름하게 입을 열었다.

"먼저 의식에서 뭘 하냐면, 어떤 특수 체질을 지닌 하이 엘프가 그 아이를 보는 거야. 그럼 그 아이의 특수 체질을 알 수 있지. 그게 전부인데."

아, 뭐야. 특별한 마법 같은 걸 쓰나 했네. 특수 체질로 보기만 하는 거라면 나이도 상관없을 테고.

"이 마을에서 가장 어렸던 건 옌나리에아르야. 아, 물론 메구 빼고. 아무튼 그 애가 이 의식을 치를 때는 그 의식을 집행할 수 있는 하이 엘프가 두 명 있었어."

"두 명이나?"

"그래. 뭐, 비슷한 능력을 지닌 건 신기한 게 아니거든."

수가 적은 하이 엘프이기 때문에 비슷한 특수 체질을 지닌 사람이 또 있다는 건 특이하다고 생각했는데. 아니, 나도 어머니인 옌나 씨와 비슷한 능력인 걸 보면 다들 친척 같은 거라서 신기하지 않은 걸까. 흠.

"하지만 옌나리에아르의 의식을 치렀던 하이 엘프는 그로부터 몇백 년 뒤에 수명을 다해서 죽었단 말이지."

천수를 누린 하이 엘프라는 건가. ……며, 몇 년이나 살았을까. 아무튼. 지금은 그게 중요한 게 아니다.

"저, 그 의식을 치를 수 있는 다른 한 명도 이미 없는 건가요?"

머뭇거리는 걸 보면 그런 게 아닌가 짐작하고 조심스럽게 물어봤다. 하지만 그게 아니라고 위즈 씨가 부정했다. 그럼 왜 그러는 거냐고 거듭 물어보려던 순간 문득 깨달았다. 답을 아는 위즈 씨는 좀처럼 확실하게 말하지 않는다. 그건 즉, 문제가 있다는 소리다. 이 마을에서 우리가 접촉하기에 문제가 있는 사람이라면 한 명밖에 없잖아!

"……족장이거든. 그 다른 한 명."

예상 적중! 어? 나 셰르 씨에게 이야기를 들으러 가야 하는 거야? 마, 막혔다……

하이 엘프 족장, 셰르멜호른. 내 할아버지이자 예전에 우리와 싸웠던 사람. 그때 이후로 한 번도 얼굴을 본 적이 없는 사람이 내 특수 체질을 간파할 수 있는 유일한 사람이라고 한다. 으아아, 이거 진짜 어떡한담? 껄끄럽다. 너무 껄끄럽다. 그야 그리 쉽게 내 특수 체질이 뭔지 알 수 있을 거라고는 생각하지 않았거든? 하지만 어디에도 적혀 있지 않다거나, 찾는 게 힘들다거나, 그런 종류의 장벽인 줄 알았단 말이야. 설마 이런 식으로 고민하게 되다니!

"……녀석에게 물어볼 수밖에 없나."

기르 씨도 지칭이 험악하다. 그런 사건이 있었으니 그리 쉽게 믿을 수 없는 건 이해한다. 위즈 씨의 이야기를 듣고 이미 나쁜 사람은 아닌 것 같다는 생각이 든 나와는 천지 차이다. 하, 하지만 이러니저러니 해도 내 혈연인 거잖아? 하세가와 메구 때도 친척이라고는 할아버지와 할머니밖에 없었으니까, 그런 혈연은 소중히 여기는 게 당연하다는 게 뿌리박혀 있단 말이지. 할아버지도 할머니도 아주 자상한 분들이었고.

"마음은 이해하지 못하는 건 아니니까 나도 같이 갈까? 아니, 잠깐. 나보다 적임자가 있네. 심지어 그 사람의 특수 체질은 절대 방어니까. 방어를 걱정할 필요는 없다고 보지만, 너희는 안심될 거 아냐?"

"그래, 배려 고맙다."

위즈 씨는 쓴웃음을 지으며 그렇게 제안해 주었다. 사정을 알기 때문에 그렇게 말해 주는 거겠지. 정말 죄송합니다. 하지만 안심되는 건 사실이다.

"마침 저기 앉아있는 저 사람이야. 머리카락을 양 갈래로 묶었지? 피르쥐피피라고 해. 오늘은 이미 시간이 늦었으니까 내일 소개할게."

피르쥐피피 씨. 나도 이젠 발음이 꼬이는 일이 확연히 줄어들었으나 제대로 부를 자신이 없다. 이름이 길다는 건 각오했지만! 거리가 떨어져 있어서 모습은 잘 보이지 않았는데, 엘프에게서 흔히 보는 은색의 긴 머리카락을 트윈테일로 묶은 건 알 수 있었다. 살짝 웨이브가 들어간 게 예쁘다. 몇 번 오며 가며 본 적은 있단 말이지. 외모는 10대 소녀처럼 어려 보인다. 하지만! 그녀도 하이 엘프. 실제로는 나보다 한참 연상이겠지!

"나도 말은 해둘게."

"많은 걸 떠맡겨서 미안하다."

"위즈 씨, 감사합니다!"

기르 씨의 인사에 이어 나도 꾸벅 머리를 숙였다. 내가 도와주고 싶어서 하는 거라며 위즈 씨는 머리를 쓰다듬어 주었다. 좋은 사람……!

"무엇보다 그녀는……. 아니, 그 즐거움은 내일로 미루자."

즐거움? 뭐지? 뭐, 내일 알게 된다니까 됐다. 후우, 셰르 씨에게 부탁해야 한다는 건 긴장되지만, 하이 엘프들과 조금씩 친해지는 기회가 있는 건 기쁘다. 의식적으로 긍정적인 생각을 하면서 마음을 달래야지. 괜찮아, 괜찮아.

"오늘은 내일을 대비해서 일찍 쉬자, 메구."

"네. 기르 씨도 밥 먹고 난 뒤엔 밖에 나가서 한번은 몸을 쉬어줘."

"그래, 기억하고 있어."

하루에 두 번 쉬기로 약속했으니까! 나도 따라가겠다고 의욕을 보이자 기르 씨도 위즈 씨도 웃어 버렸다. 딱히 감시하는 건 아니거든? 걱정될 뿐이지. 항상 걱정을 받는 쪽이니까 이 정도는 용서해 달라고. 그렇게 웃을 건 없지 않냐며 뺨을 부풀렸다가, 기르 씨가 고맙다고 말해 주자 순식간에 기분이 풀렸다는 건 말할 것도 없겠지.

식사를 마치고 둘이 함께 마을 밖으로 나왔다. 캄캄한 숲은 으스스한 느낌이었지만, 기르 씨와 같이 있으니 전혀 무섭지 않다. 마법으로 빛을 띄워 주기도 했고. 기르 씨는 그림자독수리 아인이라 빛 마법은 약하지 않을까 했는데 그렇지는 않고, 오히려 특기인 편이라고 가르쳐 주었다.

"그림자는 빛이 없는 곳에는 생기지 않으니까."

이유를 듣고 특대 사이즈 느낌표를 띄웠다. 그림자 마법이 가장 특기이기 때문에 그림자를 만드는 빛 마법도 자연스럽게 특기가 되었다고. 맞는 말이야!

"그럼 처음부터 빛 마법은 잘 썼던 거구나!"

"아니, 그런 건 아니고."

별생각 없이 던진 말에 뜻밖의 대답이 돌아왔다. 무심코 눈이 휘둥그레져서 놀라자 기르 씨는 쓰게 웃으며 '당연하잖아'라고 말했다.

"다들 처음은 있지. 나도 처음부터 마법을 잘 썼던 건 아니야."

아, 그렇구나. 기르 씨에게도 어린 시절이 있었고, 처음 마법을 쓰는 순간이 있었다. 그건 당연한 거지만 어쩐지 그런 생각이 빠져 있었단 말이지. 태어났을 때부터 강했다고 해도 믿어버릴 만큼 지금 기르 씨는 여러모로 완벽하니까 그만.

"많이, 많이, 아주아주 많이 노력했구나."

그렇기에 지금이 있다. 기르 씨만이 아니라 다른 사람들도 분명. 노력 없이는 지금처럼 강하지 않다. 나도 열심히 해야지. 의욕이 고무된 차에 기르 씨의 작은 중얼거림이 들렸다.

"……그렇지 않으면 살 수가 없었으니까."

스윽 눈이 가늘어지며 먼 곳을 바라보는 기르 씨는 어쩐지 평소와는 달라 보였다. 다른 사람 같아……. 옛날에 안 좋은 일이 있었던 걸까. 있었던 거겠지. 전쟁도 일어났던 시대를 살아남았으니까.

"평화롭지 않아서……?"

"그것도 있지만, 나는 가정환경 때문이었지. 하지만 그런 걸 겪는 아이는 별로 없을 거다. 옛날이나 지금이나 어린아이를 귀하게 여기는 풍조는 변함이 없으니까."

그건 기르 씨는 어릴 때 귀하게 여겨지지 않았다는, 뜻……? 착각일까. 어쩐지 무척 무거운 과거를 짊어지고 있는 듯한, 괴로운 과거를 뛰어넘은 듯한, 그런 식으로 들렸다. 강해지지 않으면 살 수 없었다고 할 만한 가정환경이었다는 거잖아? 분명 가벼운 문제가 아니다. 그런 생각이 들자 말을 걸 수가 없어서 얌전히 고개를 숙일 수밖에 없었다.

"아…… 미안해. 옛날 일이야."

그런 내 반응을 알아차린 기르 씨가 살며시 내 머리를 쓰다듬으며 눈매를 부드럽게 풀었다. 여느 때의 기르 씨다. 그렇게 많은 일이 있었을 과거를 거치면서도 다른 사람을 배려할 줄 아는 기르 씨는 분명 처음부터 다정한 사람이었던 거겠지.

"지금은 행복해?"

"……그래. 이걸 행복이라고 말하는 건지도 몰라."

다정하니까 상처받기 쉽다. 누구보다 강하지만 마음은 섬세하다. 그런데 나는 걱정만 끼치고 있다. 돌이켜 보니 머리를 부여잡게 된다. 항상 보호받고 있으니, 나도 기르 씨를 지키고 싶다. 이렇게 기르 씨의 옛날이야기를 듣는 건 처음이었지만 듣길 잘했다고 생각한다. 새삼스럽게 결심할 수 있었으니까!

"기르 씨. 나 강해질게. 마력을 잘 제어할 수 있게 되어서, 지금의 행복을 지키고 싶어!"

결심한 건 입 밖으로 낸다. 가능하면 다른 사람에게 들려준다. 이런 식으로 배수진을 친다. 언령이라는 말도 있고, 무언가를 결심했을 때는 그걸 밖으로 꺼내는 게 더 잘 이뤄질 것 같단 말이지!

"그러니까 셰르 씨에게 부탁할 거야! 먼저 내 특수 체질이 뭔지 제대로 알아 놔야지. 나를 아는 건 중요하잖아?"

무섭다는 소릴 하고 있을 때가 아니다. 눈앞에 답이 있다면 뭐든 도전해야 한다. 아마 위험하진 않을 테니까. 아마도.

"……메구는 눈 부셔. 눈이 부실 정도로 올곧아."

"에헤헤. 못 보겠어?"

칭찬이 간지러워서 살짝 농담을 섞어 대꾸했다.

"아니. ……그림자에게는 필요한 빛이야. 네가 강할수록 나도 강해질 수 있다."

그렇게 말한 기르 씨는 내 뺨을 손으로 감쌌다. 내 얼굴이 반 이상 가려질 만큼 크고 따뜻한 손.

"절대 눈을 돌리지 않겠어."

강한 의지가 담긴 기르 씨의 검은 눈동자는 나보다 훨씬 곧아 보였다. 그래서 나도 눈을 돌리지 않고 그 마음을 똑바로 받아 냈다.

"그럼 더 열심히 해야지. 지켜봐 줘, 기르 씨. 나 꼭 해낼 테니까."

주먹을 꽉 쥐고 선언하자 기르 씨의 눈이 살짝 커지더니 이내 아마도 웃어 주었다. 마스크를 쓰고 있어서 평소보다 더 알아보기 어렵단 말이지. 그래도 눈을 보면 알 수 있다. 그 후 우리는 잠시 느긋하게 별이 총총 떠 있는 하늘을 바라보며 여유로운 시간을 보낸 다음 집으로 돌아왔다.

"이미 늦었군. 잘 시간이다."

"네엡."

방으로 돌아오자 기르 씨가 바로 그렇게 말했다. 확실히 그 말대로이기도 하고 졸리기도 하지만, 너무 보호자 모드라서 웃음이 나올 것 같단 말이지. 오늘은 시간이 늦어서 샤워는 하지 않고 생활 마법으로 깨끗하게. 순식간에 머리부터 발끝까지 개운해지는 느낌은 몇 번을 경험해도 굉장하다. 그리고 적응이 안된다. 역시 목욕이 좋아. 내일은 목욕하고 싶다는 생각을 하면서 옷을 갈아입고, 이젠 자기만 하면 된다! 준비를 다 끝내고 침실로 향하자 이미 침대에 기르 씨가 앉아서 기다리고 있었다. 망토를 풀고 있어서 평소보다 단출해 보인다. 왠지 신선하다.

"같이 잘 거지?"

"맞다!"

기억하고 있었다는 게 기쁘면서도 살짝 부끄럽기도 했다. 평소에도 스킨십은 많지만 이렇게 같이 자는 건 처음이라 역시 두근거린다. 기르 씨가 먼저 누워서 침대를 토닥토닥 가볍게 두드리는 걸 보고 서둘러 기어들어 갔다. 내가 눕자 기르 씨가 이불을 끌어 올렸다.

"흐아아아아……."

"왜 그러지?"

나도 모르게 괴성이 나왔다. 그치만! 상상했던 것보다 더 기분 좋았는걸! 기르 씨의 품에서 이불에 폭 싸여있다니 완전 천국인데. 최고잖아.

"엄청 안심 돼. 기르 씨, 대다내."

발음이 꼬였다. 오랜만에 헛나오고 말았다. 하지만 어쩔 수 없다. 이것도 다 기르 씨의 힐링 효과 때문이다. 눕자마자 졸음이 밀려들었단 말이야. 그래, 졸려서다. 발음이 헛나오는 것도 어쩔 수 없다.

"그래, 내가 있어. 아무것도 걱정하지 않아도 돼. 그러니까 안심하고 자."

"네…… 안녕히, 주무세……."

아마 기르 씨는 자지 않겠지. 며칠에 한 번만 자는 것 같았고, 자도 몇 시간 정도로 끝내는 것 같았으니까. 게다가 여기는 하이 엘프 마을이다. 경계하느라 잘 수 없는 건지도 모른다. 아주 조금이라도 쉬었으면 좋겠는데. 어떻게든 그런 시간을 만들어 주고 싶다. 아, 하지만 지금은 머리가 안 돌아가. 졸음에 못 이기겠어. 나는 생각을 놔버리고 눈꺼풀을 감았다.

다음 날 아침, 놀랍게도 눈이 번쩍 떠졌다. 개운하게 눈을 뜨고 바로 일어나서 훈련도 할 수 있을 정도로 깨끗하게 잠에서 깨어났다. 역시 하이 엘프 마을의 공기 덕분인가. 그리고…….

"일어났어?"

"좋은 아침입니다! 기르난디오 씨!"

옆에 기르 씨가 계속 있어 줬기 때문인지도! 하루를 시작하면서 가장 먼저 본 게 미남이라니 정말 최고지 말입니다! 자다 막 일어났는데도 발음이 꼬이지 않고 기르 씨의 이름을 부른 것도 기쁘다.

"그래, 좋은 아침. 잘 잔 모양이군."

"응! 기르 씨 덕분이야."

고맙다고 말하며 아침 허그. 목을 와락 끌어안으면 자연스럽게 받아주면서 마주 끌어안아 주는 신뢰와 실적의 기르 씨는 역시나 안심감 넘버 원이다.

"잠시 바깥에 나갔다 오지. 돌아올 때까지 몸단장을 끝내도록 해."

"아, 하루 두 번 약속? 알았어! 전부 끝내고 기다릴게."

나에게 걱정 끼치지 않으려고 착실히 약속을 지켜 주는구나. 그런 거라면 나도 약속을 지켜서 전부 끝내고 기다려야지! 기르 씨는 내 머리를 한 번 쓰다듬은 후 망토를 두르고 후드를 쓰더니 마스크까지 착실히 올리고 밖으로 나갔다. 좋아. 나도 바로 세수해야지. 세수도 하고 머리카락도 샥샥 정돈했다. 오늘은 묶지 않고 풀었다. 게다가 옷도 전에 마라 씨가 선물해 준, 하이엘프 마을에서 만든 옷이다. 사실 이걸 입는 건 오늘이 처음이다. 어쩐지 너무 예뻐서 평상복으로 입기에는 아까웠거든. 그렇게 정신을 차리고 나니 오늘이었다. 그럼 왜 오늘 입은 거냐.

"이거라면 셰르 씨도 조금은 인정해 줄지도……."

오늘은 내 할아버지인 셰르 씨를 만날 생각이기 때문이다. 긴장되네. 나를 미워하고 있다는 건 알지만, 이번에는 내가 부탁하는 쪽이니까 저쪽의 비위를 맞추면서 접근하는 게 좋겠지. 그런 생각에 이 옷을 입기로 했다. 머리카락을 푼 건 그냥. 거울 앞에서 전신을 확인했다. 여기에 사는 하이 엘프들과 비슷한 의상이다. 전체적으로 하얗고 디자인도 예쁘고 어른스러운 인상을 준다. 그래서 나에게 어울릴지 불안하기도 했지만. 어쩐지 어른의 옷을 빌려 입은 것 같아서 간지럽기도 하다. 밑자락이나 소매도 길어서 자칫하면 바닥에 질질 끌 것 같다. 하지만 아슬아슬하게 땅에 닿지는 않을 정도의 길이인 걸 보면 대단하지.

"메구, 준비 다 했어?"

그때 문을 노크하는 소리가. 기르 씨가 돌아온 모양이다. 물론 준비는 완벽했으니 '네'라고 대답하며 문을 열었다.

"기르 씨도 다 된 거야?"

어젯밤에 밖에 나가 있던 시간보다 더 짧은 것 같아서 그렇게 물어봤는데……. 어라? 반응이 없다.

"기르 씨?"

"어, 어어. ……문제없다."

눈빛으로 왜 그러는 거냐고 물어보았다. 그러자 내 뜻을 알아차린 기르 씨가 이해했다는 듯 가볍게 고개를 끄덕이고 대답해 주었다.

"그 모습은 처음 보는 거라서."

"아, 이거? 오늘 처음 입어 봤어. 슈리에 씨 같지? 이상하지 않을까."

"아니, 잘 어울려. 메구도 엘프라고 느낀 것뿐이다."

칭찬을 듣고 일단 안심. 하지만 나도 엘프라니. 평소 기르 씨는 나를 뭐라고 생각하는 거야. 살짝 마음에 걸리긴 하지만 오늘은 일정이 있다. 우리는 바로 방 안에서 아침을 차리기 시작했다. 아침과 점심은 각자 먹는 문화니까! 말은 이렇게 해도 완성된 요리를 늘어놓는 것뿐이지만. 치오 언니를 필두로 오르투스의 요리 담당들에게 한가득 받은 것들이다. 이 식사의 존재만으로도 향수병이 줄어드니까 정말 고맙다. 감사해라.

그리고 식사를 마친 뒤 목적지로 출발합니다! 물론 처음부터 셰르 씨를 찾아가는 건 아니다. 어제 위즈 씨가 가르쳐 준 피르쥐피피 씨에게 이야기를 들으러 간다. 절대 방어가 가능하다는 사람. 어떤 사람인지 기대된다.

"좋은 아침. 어제 그 일 말이지?"

약속 시각에 위즈 씨를 찾아간 우리. 위즈 씨는 이미 알고 있다는 듯 싱긋 웃었다. 그러자 그의 등 뒤에서 아담한 인영이 쑥 튀어나왔다.

"으악!"

"우후후, 놀랐어? 미안해."

우리 앞에 불쑥 나타난 사람은 부드러운 은발 트윈 테일의 하이 엘프. 아, 이 사람이!

"메구, 그리고 기르난디오? 내가 피르쥐피피야. 위즈디아베이담에게서 이야기는 들었어. 괜찮다면 피피라고 불러줘."

"피피 씨! 잘 부탁드립니다!"

생글생글 웃는 피피 씨는 뭐라고 해야 하나, 아주 젊다는 인상이었다. 마을에 올 때마다 보기는 했단 말이지. 귀여운 하이 엘프가 있다고 생각했고. 이렇게 제대로 대화하는 건 처음이지만 겉모습처럼 속도 귀여운 사람이라는 걸 알았다.

"지금부터 셰르에게 가는 거지? 걱정되니까 호위를 위해 내 힘이 필요하다는 거고. 맞아?"

"그래. 메구의 특수 체질을 조사하고 싶다."

"아하. 그렇다면 셰르밖에 못 하겠네. 알겠어! 피피 씨에게 맡겨 주시라!"

기르 씨가 간결하게 목적을 밝히자 피피 씨는 가슴을 주먹으로 쿵 두드리고는 득의양양하게 웃었다. 하지만 외모가 귀여워서 박력은 없다. 으윽, 이 사람 진짜 귀엽다!

"하지만 내 절대 방어는 나를 포함해 두 명까지밖에 적용이 안 돼. 게다가 스킨십이 필수지. 그러니까 기르난디오, 너는 알아서 스스로를 지켜 줘."

"충분하다. 고마워."

그렇구나. 일단 능력에도 제한이 있는 거야. 그렇게 고개를 주억거리고 있었더니 위즈 씨가 쿡쿡 웃으며 걱정할 필요 없다고 끼어들었다. 어? 무슨 뜻이지?

"분명 그런 능력은 쓸 일도 없을 거야. 피르쥐피피의 존재만으로도 족장에게는 효과가 있으니까."

전혀 이해할 수 없다. 기르 씨와 서로를 쳐다보며 고개를 갸우뚱.

"에이, 사람을 괴물처럼 표현하지 말아줄래?"

피피 씨는 피피 씨대로 허리에 손을 얹고 투덜거리잖아. 스, 슬슬 설명해주세요! 당황해하고 있는 걸 알아차린 건지 피피 씨는 난처하다는 듯 눈썹을 팔자로 휘면서 입을 열었다.

"별거 아니야. 그냥 내가 셰르의 반려라서 그래."

"어?"

지금 반려라고 했어……? 어어어어어어어?! 절규하지 않은 나를 누가 칭찬해 줘. 아니, 너무 놀라서 그 이상 목소리가 안 나왔다고도 할 수 있지만. 문득 옆을 올려다 보자 기르 씨도 눈이 휘둥그레졌다. 아니, 잠깐. 반려가 있어도 이상하지 않긴 하지. 응, 이상하지 않다. 옌나 씨의 아버지가 있다면 당연히 어머니도 있다는 거니까. 정말로 당연한 소리다. 어? 응? 어라? 잠깐만. 그렇다면 피피 씨는 나에게……?

"즉 나는 메구의 할머니야. 아이 참! 내가 할머니라니!"

"하, 할머……?!"

이 겉보기에는 10대 중반밖에 안 되어 보이는 귀여운 사람이 내 할머니……?! 이 세계에 온 지 약 40년. 이젠 놀랄 일도 없을 거라고 달관할 정도로 이 세계의 상식에 적응했다 생각했는데……. 안이했다. 최근 겪은 가장 큰 경악이 여기에 있었다. 아니, 더 일찍 알려줄 수도 있었지 않아?!

"왠지 좀 민망했거든. 타이밍도 없었고. 사실은 더 나중에야 밝히게 될 줄 알았어. 의외로 빨리 말해 주게 되어서 다행이다."

하이 엘프 기준이군요, 넵. 가끔 이런 감각의 차이를 느끼지만 아직도 이것만큼은 적응이 안 된다. 하하, 뭐 됐어. 지금 알았으니까. 하지만 차마 할머니라고는 못 부르겠다. 셰르 씨에게도 할아버지라고 안 하는걸. 머릿속으로는 가끔 부르지만.

"메구는 옌나리에아르를 쏙 빼닮았으니까. 여기에 왔을 때면 항상 몰래 살펴봤었어. 후후, 그 애의 어린 시절이 생각나."

눈을 가늘게 휘며 나를 바라보는 피피 씨를 보고 퍼뜩 깨달았

다. 맞아, 이 사람은 딸을 먼저 보낸 어머니이기도 하구나…….

그러자 그런 표정 짓지 말라는 다정한 목소리와 손이 다가왔다.

"너희는 믿어지지 않을지도 모르지만, 하이 엘프에게 '죽음'은 경사이기도 하거든."

"'죽음'이 경사?"

생각지도 못한 말에 고개를 홱 들었다. 그 너머에는 온화하게 웃는 피피 씨의 얼굴이 있었다. 귀여워 보이는 그녀지만, 이 표정은 연륜이 있는 어른의 얼굴이었다.

"우리는 정말 오랜 시간을 살잖아? 그렇다 보니 끝이 보이지 않는 인생에 두려움을 느끼기도 해. 그래서 그걸 끝내 주는 '죽음'은 안식인 거지. 남겨진 사람들은 열심히 살았구나, 자유로워졌구나, 하고 보내 주는 거야."

그렇구나. 하이 엘프는 장수하는 종족이라 그런 사고방식이 보편화된 거야. 하지만 나는 역시 헤어지는 건 슬프기만 할 것 같은데. 언젠가 그런 식으로 생각할 수 있게 되는 날이 올까?

"물론 곁에 없는 건 쓸쓸하지. 하지만 그건 이르냐 느리냐의 차이일 뿐. 그 애는 하이 엘프치고는 빨랐던 것뿐이야."

이르냐 느리냐라. 그건 다른 종족에게도 말할 수 있는 부분이지. 쓸쓸한 건 마찬가지라고 듣고 어쩐지 안심했다.

"셰르도 그 애의 죽음을 추모하지 않은 건 아니야."

"하지만 그 때는 주저 없이 무덤을 파괴하던데……."

피피 씨의 말을 믿고 싶은 마음은 있다. 하지만 기르 씨의 말대로 그런 광경을 봐 버렸으니까. 그러자 피피 씨는 이해했다는 듯 고개를 끄덕였다.

"확실히 결코 잘했다고 할 수 없는 행동이었지. 하지만 아마 셰르는 그 애의 무덤 같은 건 필요 없다고 생각하기 때문일 거야."

"필요 없다……?"

내가 미간을 찡그리며 되묻자 피피 씨는 '그야 뭐'라며 살짝 웃음을 터트리고는 말을 이었다.

"그 천방지축이 하이 엘프 마을에 있는 무덤에 계속 머물러 있을 리가 없잖냐고 했거든. 그 말을 듣고 나도 수긍해 버렸다니까."

그렇게 말하며 까르르 웃는 피피 씨를 본 순간 옌나 씨는 제대로 사랑받으며 자랐다는 걸 이해했다. 셰르 씨에게도. 옌나 씨 본인에게는 전해지지 않았을지도 모르지만. 그래도 그 딸인 내가 그 사실을 알고는 정말 다행이라고 진심으로 안도했다.

그 후 우리는 바로 셰르 씨의 집으로 향했다. 피피 씨 뒤를 따라가는 동안 내 심장은 쿵쿵 시끄러웠다. 그야 긴장할 수밖에! 이야기를 듣고 어느 정도 오해는 불식됐지만, 역시 무섭다는 인상은 다 지워지지 않았단 말이야. 꼴도 보기 싫다고 하면 어떡하지. 할 것 같아……! 그것만이라면 그나마 다행이고, 하이 엘프 마을에서 쫓아 내거나 하진 않으려나. 그, 그건 곤란한데. 내가 그렇게 불안해하거나 말거나 피피 씨는 괜찮다며 까르르 웃으면서 주저 없이 걸어갔다. 아아아아, 기다려 주세요! 하지만 오히려 막무가내로 끌려가는 게 나에게는 잘된 건지도 모른다. 우물쭈물 망설이다 시간이 지나가는 것보다는 훨씬 낫지.

"자, 도착했어. ……어라? 지금은 없나 본데."

마을 주거지에서 조금 떨어진 숲 입구 부근에 셰르 씨의 집이 있었다. 피피 씨가 노크도 없이 문을 벌컥 열고는 성큼성큼 안으로 들어갔지만 정작 셰르 씨는 집에 없는 모양이었다. 휴우.

"이거이거, 오는 걸 눈치채고 숲으로 갔나 보네. 틀림없어! 쫓아가자!"

"엇, 아, 잠깐!"

주먹을 번쩍 치켜들고 숲으로 향하는 피피 씨를 허둥지둥 쫓아갔다. 아니, 오는 걸 눈치채고 도망쳤다니, 역시 나를 피하는 거잖아! 살짝 충격을 받은 내 머리 위로 손이 폭 올라왔다. 기르 씨의 손이다.

"괜찮아. 아직 만나지 못한다고 정해진 건 아니야."

그, 그렇지. 부정적인 생각에 빠지면 안 돼. 게다가 이 정도로 포기하면 안 되지. 꺾이지 않을 거야! 결의를 새롭게 다진 나는 고개를 치켜들고 피피 씨의 뒤를 후다닥 쫓아갔다. 기르 씨? 걷고 있습니다. 다리 길이가 다르니까. 어린애라서 그런 거라고. 평균보다 짧은 게 아니라고. 그러니까 안아 줄까? 하는 눈으로 이쪽 보지 않아도 돼! 기르 씨!

열심히 총총총 달리기를 몇 분. 나도 아직 와본 적이 없는 그 장소는 유난히 커다란 나무가 많다는 인상을 주었다. 그중에서도 가장 우람한 나무에 자연스럽게 시선이 갔다. 그 거대함에 무심코 숨을 삼켰다. 열 명이 넘는 어른이 손을 잡아야 간신히 한 바퀴 돌 수 있을 것처럼 줄기가 굵다. 공기가 한층 맑은 게 여기도 샘과 비슷하게 청정한 땅임이 느껴졌다. 만나야 하는 사람은 그 나무 아래에 조용히 서 있었다. 등 뒤로 흘러내린 긴 은발이 조금도 흐트러지지 않은 걸 봐도 여전히 빈틈이 없는 모습이다. 우리가 왔다는 걸 분명 눈치챘을 텐데도 그런 기색을 일절 보이지 않는다. 하이 엘프 족장이자 내 할아버지, 셰르멜호른은 이쪽에 등을 보인 채 거목을 똑바로 올려다보고 있었다.

제2장 • 요양, 그리고 회장으로

1 진짜 특수 체질

"셰르."

피피 씨가 이름을 부른다. 마음을 읽을 수 있으니까 그것만으로도 여기에 온 목적은 전부 다 꿰뚫어 보았겠지. 목소리에 반응한 셰르 씨가 천천히 이쪽으로 몸을 돌렸다.

"저, 저기……!"

다 안다고 해도 이건 내 문제다. 제대로 내 입으로 부탁해야 한다고 생각하고 입을 열었는데, 슥 내민 손이 그걸 제지했다.

"와라."

그리고 그저 짧게 한마디. 저, 정말로 말이 부족한 사람이라니까. 당황하며 기르 씨와 피피 씨의 얼굴을 번갈아 쳐다보았다. 기르 씨는 경계심을 숨기지도 않고 셰르 씨를 노려보았고, 피피 씨는 '어휴, 정말!'이라며 뾰로통한 얼굴이고……. 으음, 어떡하지?

"셰르! 조금은 배려하지 그래?"

"흥. 볼일이 있는 건 그쪽 아닌가? 왜 내가 그런 자들에게 신경을 써 줘야만 하지?"

"진짜 꼭 저러지!"

피피 씨가 항의했지만 셰르 씨의 태도는 변하지 않는다. 뭐, 이 정도로 바뀐다면 예전에도 고생하지 않았을 거야. 좋아, 결심했다.

"메구?!"

한 걸음 내디딘 나를 기르 씨가 당황하며 불렀다. 그런 기르 씨에게 웃어주면서 나는 한 번 돌아보았다.

"괜찮아, 기르 씨. 믿으니까, 믿어줘."

"!"

무슨 일이 있다면 구해줄 거라고 믿고, 나도 그때와는 달라졌으니까. 게다가 정말 괜찮을 것 같단 말이지. 그런 마음이 전해진 건지 기르 씨는 뻗으려던 손을 거두고는 살짝 고개를 끄덕였다. 그 과보호하는 기르 씨! 조금 감동적이다. 뭐 아무튼. 나는 바로 휙 앞을 보고는 셰르 씨에게 똑바로 걸어갔다. 등 뒤에서는 피피 씨가 반려인 자기가 있으니까 괜찮다고 기르 씨를 달래 주었다. 나이스 커버.

"……오랜만입니다. 셰르 씨."

손이 닿을 듯 말 듯 한 거리에서 멈춘 뒤 먼저 인사. 제대로 눈을 보면서 말하자 셰르 씨의 미간이 구겨졌다. 그렇게 싫어할 건 없잖아! 아니, 굴하지 말자. 제대로 부탁해야지.

"부디 제 특수 체질을 조사해 주실 수 있을까요?"

많은 걸 설명할 필요가 없다는 건 솔직히 편하다. 이렇게 단도직입적으로 부탁할 수 있으니까. 잠시 서로를 바라보는 나와 셰르 씨. 두근두근.

"……눈을 감아라."

"흐어? 아, 네."

짧은 말에 순간 괴성이 나오긴 했지만, 순순히 시키는 대로 따랐다. 정령이 보이도록 슈리에 씨가 마법을 걸어줄 때도 눈을 감고 긴장을 풀라는 말을 들었던 것 같았으니까. 아마 그런 느낌인 거겠지.

"······조금도 의심하지 않다니. 어리석군."

단순한 바보란 소리죠? 큭, 사실이라서 반박할 수 없어! 하지만 아마 쥬마 오빠만큼은 아니라고 보는데. 그건 중요한 게 아닌가. 아마 이 생각도 읽었을 셰르 씨가 한숨을 쉬었다. 어쩌 죄송합니다. 직후에 바람이 나를 확 감쌌다. 셰르 씨의 자연 마법이다. 슈리에 씨 때는 부드럽고 포근한 바람이었지만, 이 바람은 왠지 어설프다는 인상을 받았다. 단순히 힘 조절에 익숙하지 않다는 느낌? 난폭한 기척은 없으니까. 그게 전해져서 왠지 훈훈해졌다. 아, 셰르 씨 혀 차지 마세요. 괜한 생각 해서 죄송합니다!

그러는 사이에 바람이 슥 멎었다. 아무래도 특수 체질 조사가 끝난 모양이다. 조심조심 눈을 뜨자 그곳에는 눈이 살짝 커진 셰르 씨의 얼굴이. 응? 어라? 뭐지?

"······꿈 건너기다."

"꿈 건너기?"

그리고 역시나 간결하게 알려줬다. 피피 씨가 '설마' 하고 작게 중얼거렸다.

"저, 저기. 꿈 건너기는 무슨 능력이에요?"

듣는 게 무서운 느낌도 들지만 알려 달라고 할 타이밍은 지금밖에 없다. 물론 나중에 혼자서도 조사해 볼 생각이지만 정보는 많은 게 좋으니까. 빤히 바라보며 기다리자 셰르 씨는 미간을 한층 더 구긴 뒤 또 한숨을 쉬었다. 새, 생각을 읽혔어……!

"말 그대로다. 꿈을 통해 온갖 것들을 볼 수 있지. 과거도, 미래도, 다른 사람의 꿈도 건너가서 보고, 간섭할 수 있다. 예지몽, 과거몽 등의 상위 능력이지."

"상위……?"

"미래밖에 볼 수 없는 예지몽보다 뛰어난 능력이라는 뜻이다. 그런 것도 모르는 건가."

말 한마디 한마디에 가시가 장난 아니다. 심지어 옌나 씨의 예지몽 능력을 살짝 까고 있잖아. 그것도 충분히 대단한 능력이거든요? 하지만 꿈 건너기라. 그런 것치고는…….

"그…… 잠들어 있지 않을 때도 보는데요…….."

그렇다. 평범하게 생활하는 도중에 갑자기 보이는 일도 많다. 꿈은 잘 때 꾸는 거잖아? 그런 생각에 물어봤더니 아주아주 성대하고 긴 한숨이 돌아왔다. 한숨 너무 많이 쉬는 거 아닌가요.

"꿈을 건너는 능력이니까 술자가 자고 있을 필요는 없지. 언제, 어느 때든 건너갈 수 있으니까 꿈 건너기다. 잠들었을 때가 더 보기 쉽기는 하겠지만."

아, 그런 거야? 참고로 예지몽이나 과거몽도 깨어있을 때 볼 때가 있다고 한다. 듣고 보니까 여태까지도 그랬네. 그야 긴 한숨이 나올 법도 하다. 죄송합니다.

"이건 예상했던 것보다 더 대단한 특수 체질이구나……. 메구."

"어? 하지만 결국은 지금까지 알던 거랑 별로 다르지 않잖아요? 볼 수 있는 게 늘어난 것뿐이고…….."

오히려 늘어난 덕분에 뭐가 어떤 꿈인지 판단하기 어려워졌는데요. 미래라면 미래라는 걸 아는 게 나는 편한데. 하지만 그게 너무 태평한 생각이었다는 건 이어지는 설명을 듣고 바로 깨달았다.

"똑같을 리가! 알겠니? 보기만 하는 게 아니라 간섭할 수 있다는 거야. 그건 즉 과거나 미래, 사람의 정신에도 영향을 줄 수 있다는 뜻이지."

"어……?"

어, 그러니까, 무슨 소리냐면. 과거도 미래도 내 행동 하나로 바꿀 수 있다는 거야? 그건 사람의 생사에도 영향을 준다는, 거지……? 게다가 정신? 꿈, 이잖아. 자칫 잘못하면 꿈 주인의 정신을 망가트릴 수도 있다는, 그런, 뜻인가……? 뭐, 뭐야. 무서워. 내 능력이 얼마나 무시무시한지 깨달은 나는 동시에 어떤 일을 떠올리고 핏기가 싹 사라지는 걸 느꼈다.

"아, 나, 내가…… 지난번에, 꿈에서, 어깨를 만졌어……."

그래. 그건 아버지의 꿈이었다. 아버지의 과거. 별생각 없이 건드렸던 아버지의 어깨. 그냥 걱정돼서 격려하고 싶었던 것뿐이지만, 만약 그 사소한 행동이 지금 아버지에게 영향을 줬다면? 그게 좋은 방향이라면 그나마 다행이지만, 지금도 계속 괴로워하는 결과로 이어졌다면? 뭐가 어디에 어떤 식으로 작용할지 알 수 없으니까.

"아…… 어떡, 하지."

손이 떨린다. 아니, 전신이 떨린다. 그렇지 않아도 너무 많고, 지금도 계속 늘어나는 마력. 거기에 이런 무서운 특수 체질까지 가지고 있다. 뭐야. 나는 마음만 먹으면……. 사람을, 세상조차, 엉망진창으로 만들어 버릴 수 있는 거잖아.

——나 자신이, 무섭다.

"메구!!"

기르 씨의 다급한 외침이 들렸다. 안 돼. 이대로는 자아를 유지할 수 없어. 직감적으로 알았다. 그래, 지금까지 이런 식으로 의식이 날아갔던 거구나. 처음으로 이해하자 더욱 무서워졌다. 하이 엘프 마을에 있는데. 심지어 여기는 특히 청정한 땅인데 어째서 제어하지 못하는 거지? 아, 지금은 그런 건 상관없다. 어떻게든 해야 돼, 어떻게든…….

"방출해."

셰르 씨의 목소리가 들렸다. 어? 방출? 이, 이걸? 이 미쳐 날뛰는 마력을? 그런 짓을 했다간 이 근방이 엉망이 될 텐데. 그건 안 돼! 눌러야 해……!

"누르지 말라고 했다. 빨리 방출해."

그런데 셰르 씨는 어서 마력을 해방하라고 재촉했다. 왜? 어째서 그런 소릴 하는 거야?

"무슨……?!"

기르 씨가 막는 목소리도 들렸다. 역시 그렇지. 너무 위험하잖아.

"흥, 벌레 주제에 참견하지 마라."

"……메구에게 무슨 짓을 시키려는 거냐."

기르 씨의 마력이 부풀어 오르는 걸 느꼈다. 적의를 숨김없이 셰르 씨에게 향하고 있다. 그런데도 셰르 씨는 여유로운 표정으로 그런 기르 씨를 일별하더니 코웃음 쳤다.

"이런 어린아이의 마력을 내가 억누르지 못할 거라 생각하는 건가. 우둔하군."

어? 지금, 뭐라고……? 즉 셰르 씨는 나를…….

"쓸데없는 생각 하지 마라. 너희들의 덜떨어진 뇌는 처음부터 믿지 않았으니. 빨리 해방해라."

도와주려는, 건가? 넘쳐 버릴 듯한 마력에 괴로워하는 가운데 힐긋 피피 씨를 보았다. 그러자 그녀는 진지한 얼굴로 고개를 굳게 끄덕였다. 기르 씨는…… 벌레 씹은 듯한 얼굴이긴 하지만, 의도를 이해한 모양이었다. 살짝 고개를 끄덕였다. ……믿어보자. 셰르 씨를. 나는 어깨에서 힘을 뺐다. 마력을 해방하는 건 쉽다. 억누르려고 참지 않으면 그만이니까 아주 간단하다. 꽉꽉 쑤셔 넣었던 짐이 가방 안에서 푸학 터져 나오는 감각이라고 해야 할까. 포기하면 편해…… 하는 체념이 내 마음을 가볍게 만들어 준다. 물론 푸학 터져 나오는 건 내 방대한 마력이니 그런 평화로운 상황은 아니다. 몸에서 마력이 쭉쭉 빠져나간다. 하지만 전혀 걱정되지 않았다. 그만큼 내가 품고 있던 마력량은 어마어마했다는 소리다. 무서워라. 그리고 튀어 나간 마력은 어떻게 되었냐면…….

"이 정도로 큰 회오리바람을 보는 건 오랜만이네. 셰르가 만든 것보다 훨씬 대단한 거 아냐?"

"……그만해라, 피피."

"어라라, 미안해라."

셰르 씨의 자연 마법이 도와줘서 거대한 회오리바람으로 모습을 바꾸었습니다. 거목의 두 배 정도는 되는 크기까지 성장한 그 회오리바람은 주변의 나무들을 조금 휩쓸긴 했지만, 그 이상의 피해는 없이 똑바로 하늘을 향해 올라갔다. 히익, 자연재해라는 수준도 넘었잖아. 이걸 만들어 낸 게 내 마력이긴 하지만. 피피 씨의 태평한 멘트 덕분에 분위기가 살았다.

그러는 사이에 몸이 한결 편해진 걸 느꼈다. 눈앞에서 도시 두셋쯤은 파괴해 버릴 법한 회오리바람을 지켜봤던 시간은 체감 5분 정도? 내 마력으로 만들어 냈다고 생각하면 무시무시하지만, 그걸 눌러 주는 존재가 있다는 게 나를 냉정하게 만들어 준 것 같다. 무엇보다 끝까지 자아를 잃지 않았다는 게 자신감이 된 건지도. 뭐, 그건 이 장소의 환경이 크게 영향을 줬겠지만.

"하, 흐으으으…….".

마력 방출을 뚝 끊는 것과 동시에 비틀비틀 그 자리에 주저앉았다. 몸은 편해졌어도 정신적으로는 지쳤다. 그대로 조금씩 기세가 약해지는 회오리바람을 멍하니 바라보고 있었더니 바로 기르 씨가 달려왔다.

"메구, 괜찮아?"

걱정하는 얼굴로 그렇게 물어보는 기르 씨가 안심할 수 있도록 웃으려고 했다. 하지만 아마 흐물흐물 긴장감 없는 얼굴이 된 것 같은 느낌이다.

"괜찮아. 엄청 편해졌어. 조금 기운이 빠진 것뿐이야."

"윽, 그래."

기르 씨는 잠깐 목이 멘 것 같았다. 혹시 자기는 아무것도 하지 못했다는 생각을 하는 거 아닐까? 이해한다. 나도 자주 그렇게 자기혐오에 빠지거든.

"그러니까 조금만 더 안아 줄 수 있을까?"

그래서 나는 기르 씨에게 의지하고 있다고, 기르 씨가 있으면 안심할 수 있다고, 필요하다고 알린다. 적재적소. 이 말은 신물이 날 정도로 뼈저리게 통감하니까!

"……그 정도는 쉽지."

그래, 나는 기르 씨의 그 부드러운 미소를 더 좋아하니까.

마음이 조금 안정되고 나자 나는 기르 씨에게서 내려와 셰르 씨에게 후다닥 달려갔다.

"저기, 감사합니다!"

눈앞에 도착하자마자 나는 홱 머리를 숙였다. 정말로 크게 도움받았으니까. 오랫동안 뭉쳐있던 어깨를 싹 풀어준 것처럼 개운한 느낌이고. 그런 경험은 없으니까 모르지만.

"열흘 뒤."

"네?"

머리 위에서 그런 목소리가 들리는 바람에 다급히 허리를 펴고 되물었다. 하지만 세르 씨는 아무 말 없이 집이 있는 방향으로 빠르게 걸어가고 말았다. 어? 어?

"진짜 말이 부족하다니까. 미안해, 메구. 통역해 줄게."

당황하는 나에게 피피 씨가 쓴웃음을 지으며 도움의 손길을 내밀었다. 아무래도 열흘 뒤에 다시 여기에 와서 마력을 해방하라는 뜻인 모양이다. 어떻게 알아들으란 거야!

"하지만, 그래. 또 넘치는구나……."

이만큼 마력을 방출했는데 열흘 뒤에는 돌아가 버리는구나. 즉 근본적인 해결은 아니라는 뜻이다. 그야 그렇겠지. 흥.

"하지만 이제 대회에는 나갈 수 있지. 방출한 뒤 이삼일은 안정될 테니까."

"그렇구나! 와! 약속 지킬 수 있겠어."

걱정거리가 하나 해결된 건 솔직히 기쁘다. 게다가 해결 방법이 없는 것도 아니니까. 아빠가 나중에 가르쳐 준다고 했으니까. 꿈 건너기 능력도 마력 폭주도 분명 어떻게든 될 것이다. 그때 꿈속에서 건드렸던 아버지의 어깨도. ……그 꿈은 아버지의 꿈이라고 봐도 틀림없겠지. 상대가 아버지라면 만약 무언가 영향이 생긴다고 해도 괜찮다. 분명!

"기르 씨."

"음?"

하지만 역시 조금 걱정되니까. 돌다리도 두들겨보자.

"마왕성과 연락할 수 있을까……? 아버지에게 좀 확인하고 싶은 게 있는데……."

거리상 문제없을 테지만, 대회 준비 말고 다른 일로 부탁하는 건 조금 죄책감이 있다. 하지만 의지해도 된다고 했으니까! 부정적인 생각은 저리 가라!

"문제없어. 마왕과 연결하면 되는 거지?"

내 머리를 쓱쓱 쓰다듬으며 흔쾌히 받아들이는 기르 씨의 대답에, 그렇게 말해 줄 줄 알고는 있었지만 기뻤다. 에헤헤, 기르 씨에게 다이빙! 하아, 기르 씨 테라피 최고.

"사이가 참 좋네. 그래, 셰르가 못마땅해할 만해."

"? 셰르 씨는 화기애애한 걸 보는 거 안 좋아하나?"

딱히 다른 사람과 친하게 지내는 타입은 아닌 것처럼 보이긴 했지. 오히려 혼자 있는 걸 좋아할 것 같다. 나 같은 어리광쟁이는 마음에 안 들겠지. 죄송합니다. 하지만 회사의 노예로 살던 반동과 어리광을 받아주는 나날 덕분에 고쳐질 것 같지 않네요. 용서해주세요.

"으음, 그런 건 아니지만. 뭐, 됐어."

어라? 아니야? 셰르 씨는 수수께끼가 많은 사람이구나. 끄응.

마력 방출 덕분에 정신적으로 피곤한 것도 있었기에 우리는 우리가 빌린 집으로 돌아왔다. 그리고 나는 지금 수납 팔찌에서 꺼낸 소파에 앉아 담요를 덮고 그림자독수리 인형을 껴안은 채 기르 씨가 타준 차를 마시는 중이었다. 완전히 호사다.

"내가 탄 차는 그렇게까지 맛있진 않을 텐데……."

아니거든요! 이렇게까지 시중을 받아 놓고 불만이 있을 리가! 게다가 아주 맛있는걸! ……맛의 차이를 알지 못하는 것뿐일지도 모르지만, 그건 제쳐놓고.

"점심을 먹은 뒤에 마왕과 연락하마. 서두르는 건 아니지?"

"응! 그렇게 해줘. 기르 씨도 할 일 있지?"

하이 엘프 마을에서는 나가지 않는다고 해도 기르 씨도 대회 준비로 해야 하는 일이 있다. 나는 오늘은 이제 아무 데도 갈 예정이 없으니까 아무쪼록 착착 진도를 빼 주십쇼.

"그래, 미안하다. 방 근처에는 있을 테니까 무슨 일이 있으면 불러."

"응. 기르 씨, 일 열심히 해."

여유롭게 늘어져서 할 말은 아니었다. 죄송합니다. 기르 씨는 피식 눈매를 부드럽게 풀고는 내 머리를 한 번 쓰다듬고 후드와 마스크를 착용한 뒤 밖으로 나갔다. 업무 모드에 들어간 기르 씨는 역시 멋있다. 유능한 남자는 전환도 확실하다. 대단해.

"……낮잠 자기에는 이르고."

그리고 홀로 남겨진 나는 어떻게 시간을 때울지 고민했다. 아무것도 하지 않고 멍하니 있으면 생각이 부정적인 방향으로 흘러가지 않는다는 보장이 없거든. 모처럼 시간이 남아도니까 여기 오기 전에 오르투스에서 빌렸던 책을 읽기로 하고 수납 팔찌에서 책을 꺼내 느긋하게 독서 시간을 즐겼다. 왠지 이런 여유로운 시간은 오랜만인 느낌!

【피르쥐피피】

천천히 집으로 돌아가는 메구와 기르난디오를 배웅한 뒤 나는 후우 가슴을 쓸어내렸다. 거 봐, 내 능력이 없어도 괜찮았지? 그렇게 작게 중얼거렸지만 안 들렸겠지. 굳이 할 말도 아니고. 자, 나는 내 사랑하는 반려에게 가기로 할까. 터무니없이 서툰 그 사람에게로.

"셰르."

그의 집으로 찾아가 가볍게 세 번 노크. 그 후 문을 열고 이름을 부르며 안으로 들어갔다. 이게 평상시의 행동 패턴. 셰르는 익숙한 패턴을 바꾸는 걸 극단적으로 싫어한다. 사실은 들어오기 전부터 나라는 걸 눈치채고 있어도 이 과정을 거치면서 침착해지는 모양이란 말이지. 나도 괜히 그의 신경을 건드리고 싶은 건 아니고, 이 정도로 안정을 찾아 준다면 기꺼이 하지만!

"대답 정도는 해줄 수 있지 않아?"

그래, 이렇게까지 해주고 있으니까 그 정도는 돌려달란 말이야. 무심코 얼굴이 부루퉁해진다. 그런데도 매정하게 자기가 좋아하는 가죽 소파에 앉아있기만 하니까, 나는 뒤에서 그의 등을 꾹 눌렀다.

"무겁다."

"그런 생각 조금도 안 하면서."

다 알거든요. 쑥스러워서 하는 말이라는 건. 반려 사이에 괜한 고집을 부려 봤자 무의미한데. 네가 내 생각을 읽을 수 있는 것처럼 나에게도 네 마음이 대충 전해지니까. 반려니까 당연하지.

"들려줄 거지? 메구에 대해."

그대로 스르륵 세르의 허벅지 위에 모로 앉자 세르는 평소보다 더 미간을 구겼다. 어라, 우후후. 부끄러워하기는. 귀여워라. 아, 미안하다니까. 진지하게 들을 테니까 진심으로 마력 쓰지 말아줘.

"시초의 하이 엘프와 같은 힘이지? ……꿈 건너기."

"……그게 뭐."

세르의 허벅지 위에서 그의 유난히 찰랑거리는 은발을 잡고 땋으며 말을 이었다. 무심코 하게 된다니까.

"너무 강력해서 그 힘을 거의 사용하지 않고 평생을 마친 시초의 하이 엘프. 신이라는 지위에서 추락한 최초의 인물. 그건 즉, 원래는 신이라는 거잖아?"

"그러니까 그게 뭐 어떻다는 거지."

그런 먼 옛날 일은 이제 와서는 아무 상관 없다고 한다면 상관없기는 하지만. 무슨 말을 하고 싶은 건지 다 알면서. 솔직하지 않다니까.

"신으로 돌아갈 가능성이 있잖아. 메구라면."

눈치챈 거지? 네 마력량을 넘어설 미래가 온다는 걸. 사람들에게 사랑받고, 힘도 있고, 마물도 통솔할 수 있는 존재. 아직 어린아이인데도 그만한 가능성과 힘을 지니고 있으니까 생각한 적이 없을 리 없다. 한 번은 그것을 노리고 그 아이를 손에 넣으려고 했으니까.

"흥. ……이젠 관심 없다."

"그건 알아. 하지만 생각은 했었지?"

솔직히 말도 안 되는 이야기는 아니라고 본다. 메구는 언젠가 신조차 될 수 있다. 그건 이 사람의 오랜 꿈이기도 했다. 본인도 말하듯이 지금은 그런 생각은 조금도 하지 않는 모양이지만.

"그 시초의 하이 엘프는 사람으로서 사는 걸 선택한 어리석은 자 쪽이다."

"아, 그래. 신으로 돌아가려고 발버둥치던 쪽이 아니었지. 그러고 보면."

그래서 메구도 신이 되진 않을 거라고 말하고 싶은 거구나. 시초의 하이 엘프는 두 명. 한 명은 하이 엘프의 시조이자 신으로 돌아가려고 발버둥쳤던 자. 다른 한 명은 엘프의 시조로 꿈 건네기 능력을 지닌 자. 다만 누가 더 신의 힘을 많이 지니고 있었냐면 후자였단 말이지. 아무리 힘이 있어도 마지막에는 본인의 의사에 달렸다. 그렇기에 하이 엘프의 시조는 엘프의 시조를 맹렬하게 혐오했다. 옛날이야기로서 들은 적이 있다. 애쓰던 쪽이 상대방을 싫어하는 마음은 모르는 것도 아니다.

그나저나 이 관계, 마치 셰르와 메구 같은데. 할아버지와 손녀라는 입장도 그렇고 능력도 그렇고 아주 흡사하다. 성별까지는 모르지만. 이건 우연일까……?

"하지만 너는 메구에게 혐오감은 없잖아?"

"쓸모없다고 생각했던 어린아이에게 힘이 개화하려 하고 있다. 단지 그뿐인데 혐오도 호감도 없지."

"그런 거라고 해줄게."

시초의 하이 엘프들은 의견이 너무 반대라서 대립했다. 서로를 소중한 존재로 여겼기에 배신당했다는 마음이 컸던 게 아닐까. 어째서 이해해 주지 못하는 거냐고 의견을 내세우고……. 정말 인간미가 넘쳐난다니까. 이 옛날이야기를 들을 때마다 그렇게 생각했던가. 한 발만 잘못했어도 셰르와 메구도 대립했을지도 모른다. 하지만 그렇게 되지 않았던 건 아마 메구의 존재 덕분이겠지. 셰르는 하이 엘프의 시조와 마찬가지로 메구에게 고집스럽게 자기 의견을 밀어붙이려고 했지만, 메구는 엘프의 시조처럼 상대방을 포기하고 존재를 무시하지는 않았다. 제대로 자신의 뜻을 주장하고, 상대방을 배려했다. 그 차이는 크지. 덕분에 두 사람의 관계는 양호하다고는 할 수 없어도 험악해지진 않았는걸. 안심하기도 했다. ……그런데.

"셰르. 나는 결국 같은 길을 걷게 되지 않을까 으스스해……."

시초의 하이 엘프. 그 둘이 반목하는 바람에 당시 세상까지 휘말린 전쟁이 일어났다. 그건 대략 200년이나 이어졌다가 종결되었다. 그렇게 휘몰아치는 마력 속에서 태어난 자들이 있다. 마물과 거기에서 진화를 거친 아인들이다. 마물이나 아인들은 막 태어난 상태라 당시에는 자아를 잃는 일도 많았다. 지금도 마물형이 된 아인이 이성을 유지하지 못하게 되곤 하는 건 그 흔적이다. 그래서 그걸 통솔하고 마대륙의 실질적인 수장으로서 군림하는 자가 필요했다. 그것이 마왕. 사람은 변해도 그 존재는 계속 이어져 내려오고 있다.

"메구는 차기 마왕이잖아……? 운명이라는 게 정말로 있는 걸까. 그래서 곧 무언가 커다란 일이 일어날 것 같은 느낌이 들어서 무서워."

초대 마왕이 꿈 건너기의 특수 체질을 지닌 엘프의 시조였다는 건 우리 하이 엘프 말고 아는 사람은 없을 테지만.

"일어났을 때 생각하면 돼."

미래가 두렵다. 그런 내 뺨을 셰르가 가볍게 한 번 쓰다듬고는 나를 허벅지 위에서 내려놓고 일어났다.

"미래 같은 건 지금의 누적일 뿐이지. 예지할 수 있다고 해도 자신의 의사와 행동 하나로 바뀐다."

"지금을 계속 거듭해 나가면 좋은 방향으로 이끌어 갈 수 있을까?"

"흥. 추하게 발버둥 쳐야지."

계속 발버둥 쳤던 셰르이기 때문에 할 수 있는 말이었다. 그는 그저 선조의 생각을 증명하고 싶었던 거다. 자신이 신으로 돌아가면 하이 엘프 시조가 어째서 신으로 돌아가고 싶었던 건지 보여줄 수 있지 않을까. 이상만을 서로에게 강요하니까 의견이 갈라진 거라고. 그렇다면 결과를 보여준다면 무언가가 바뀔지도 모른다고. 그저 가족이 화해하길 바란 거지. 하이 엘프의 관습에 반발했던 옌나에게 조금이라도 알려주고 싶어서. 결과적으로 셰르도 이상을 강요한 것뿐이었지만. 무작정 직진하는 너를 보는 건 솔직히 힘들었어. 나는 그런 널 구하고 싶었어. 두 사람 사이에 서는 자로서 많이 대화했지. 하지만 반려로서, 셰르 곁에 섰기에 옌나는 점점 멀어졌다. 잘 풀리지 않아서 계속 답답했다. 그리고 어느 날엔가 포기해 버렸다. 그건 나에게도 망설임이 있었기 때문이라는 걸 지금은 안다. 이래도 되는 걸까? 내가 하는 일은 맞는 걸까? 하면서. 그래서 메구가 망설임 없이 곧은 눈으로 셰르를 봐준 것이 무척 고맙다. 애정을 듬뿍 받으면서 바란, 사랑으로 넘쳐나는 그 아이이기 때문에, 셰르에게 지금 눈앞에 있는 가족의 소중함을 깨닫게 해줄 수 있었던 게 아닐까?

"나도 발버둥 치겠어! 우리의 소중한 손녀인걸. 그 애는 누구보다 행복한 길을 걷길 바라! 셰르도 그렇게 생각하니까 도와준 거지? 발버둥 치려고 해준 거지?"

셰르는 내 말에 대답하지 않았다. 후후, 그럴 줄 알았지. 이렇게까지 직설적으로 말하면 당황해서 말문이 막힌다는 건. 그대로 침실로 가서 문을 쾅 닫아 버린 걸 봐도 부정하는 마음은 없다는 걸 알 수 있다. 하아, 메구나 기르난디오에게는 그의 진의는 전해지지 않겠지. 내가 알려줄 수도 있지만 그건 뭔가 아닌 느낌이고. 제일 좋은 건 눈치채 주는 건데……. 음, 메구라면 언젠가 눈치챌지도 모른다. 사람의 감정 변화에 민감하니까. 기대해야지!

어디. 셰르의 뜻도 확인했으니 이후 대책을 짜느라 고민 좀 해 보실까. 최종적으로는 본인이 열심히 할 수밖에 없다는 게 답답하지만! 게다가 마왕이나 오르투스의 두목도 이미 대책을 세워 놓은 것 같으니까, 기껏해야 메구의 마력 폭주 피해를 최소한으로 줄여주는 정도밖에 역할이 없을 것 같다.

"무투대회는 버티겠지. 준비에 시간도 걸리고, 그들의 대책에 걸어볼 수밖에."

마라에게도 또 상담해야겠구나. 지금은 바쁠 테지만 대회보다 메구가 더 중요하잖아. 그동안에도 위즈의 천리안으로 메구의 상황을 가끔 살펴보면서 마라에게 정보를 전해준 덕분에 메구를 여기에 오게 할 수 있었는걸. 계속해서 암약해야겠다. 물론 남들에게는 비밀로. 어라? 이게 손녀를 위하는 할머니의 마음인 걸까. 뭐든 다 해주고 싶어. ……얼굴도 보고 싶어졌다. 다음에 목욕이라도 같이 하자고 할까? 모처럼 내가 할머니라는 걸 알았으니까. 확 다가가도 괜찮겠지? 우후후, 기대된다!

【메구】

독서에 빠져있는 사이에 시간이 순식간에 지나갔다. 꼬르륵 배에서 나는 소리에 홱 고개를 들었다. 오, 정확한 배꼽 시계……! 기르 씨는 아직 돌아올 기척이 없다. 좋아, 그럼 돌아오기 전에 식사 준비해 놔야지.

"샌드위치 만들까."

기르 씨는 매 끼니를 챙길 필요가 없는 아인이다. 일주일 정도는 잠을 자지 않아도 괜찮다. 뭐, 성인이 된 아인은 대부분 그렇다고 하지만, 기왕이면 같이 먹고 싶으니까 기르 씨의 몫도 마련하겠습니다. 원래 오르투스의 규칙에 최대한 식사할 것, 사흘에 한 번은 잘 것, 같은 괴상한 규칙도 있고 말이지. 물론 나는 당연하게도 하루에 세 번 밥을 먹고 매일 잠을 잔다. 몸에 뿌리

박힌 이 습관은 좀처럼 바꿀 수 없단 말이지. 어린아이라는 이유만이 아니다. 그런고로, 준비 개시! 주먹밥이나 샌드위치 같은 간단한 거라면 나도 만들 수 있으니까! 바로 수납 팔찌의 목록창을 열고 재료를 확인. 그 안에서 몇 개 고른 뒤에 부엌에 서서 샌드위치를 만들기 시작했다. 기본적으로 속재료는 완제품을 사용합니다. 치오 언니나 다른 요리 담당들이 만들어 준 걸 하이 엘프 마을에 오기 전에 많이 받아왔거든. 아예 모두 완성된 걸 들려주지 않는 점에서 내 마음을 잘 이해해 주고 있다. 조금이라도 내가 만들었다고 하고 싶단 말이야! 완전히 어린아이다. 애 맞지만. 룰루랄라 콧노래를 흥얼거리며 착착 빵 사이에 끼웠다. 빵도 세 종류나 되니까 골라 먹는 재미! 크루아상 같은 빵으로는 햄, 치즈, 양상추 샌드위치와 달걀 샐러드 샌드위치. 식빵으로는 커틀릿 샌드위치. 푹신하고 하얀 빵에는 슈베리잼 샌드위치와 생크림, 나바바 샌드위치. 어떤 빵에는 어떤 재료가 어울리는지 같은 자세한 건 모르지만, 개인적인 취향으로 조합했다. 생긴 것도 그럴싸하고 제법 괜찮은 것 같은데.

"……너무 많이 만들었나?"

그만 흥에 겨워서 오버하고 말았습니다. 내가 먹을 수 있는 건 기껏해야 세 개. 위가 작은 게 원통스럽다. 뭐, 남은 건 또 수납해 놓으면 되나. 시간의 흐름을 신경 쓰지 않아도 되는 수납 팔찌는 정말 너무 편리하다.

"미안. 늦었지."

"기르 씨! 다녀오셨어요!"

그때 타이밍 좋게 기르 씨가 돌아왔다. 살짝 조급한 모습이다. 늦어진 걸 신경 쓰는 걸까. 하지만 노 프라블럼! 바로 고개를 돌리자 기르 씨는 놀란 얼굴로 이쪽을 보고 있었다. 흐흥, 맛있어보이지? 두 손을 허리에 짚고 가슴을 쫙 폈다.

"아주 좋은 타이밍이었어! 잘 만들었지?"

"그래, 맛있어 보이는군. 메구가 만든 건가."

기르 씨는 그렇게 말하며 마스크를 내리고 웃으며 머리를 쓰다듬어 주었다. 에헤헤. 준비한 보람이 있었습니다! 바로 샌드위치를 접시에 담아 테이블로 가져갔다. 기르 씨도 도와 줬다!

"이번엔 내가 차를 타올게!"

"괜찮겠어?"

"아까는 기르 씨가 타줬잖아. 맛있게 탈 수 있게 되려면 연습해야 한다고 치오 언니도 그랬고. 그, 연습대로 삼는 것 같아서 미안하지만……."

즉 초보가 타는, 딱히 맛있을 리가 없는 차를 먹인다는 소리니까. 아니, 그렇게까지 맛없진 않을 거다. 아마도. 자신감이 없어진 나머지 뒤에 가서는 말문을 흐리고 말았다.

"메구가 타주는 거니까. 기꺼이 연습대가 될게."

멋있어!! 뭔가 요즘 케이 씨 같은 말을 하게 된 것 같지 않아?! 파괴력이 어마어마한데요! 케이 씨는 숨 쉬듯이 자연스럽게 심쿵 발언을 하니까 익숙해졌지만, 기르 씨는 말수가 적은 것도 더해져서 효과는 굉장했다. 심장을 관통한다. 두근거렸다. 덕분에 포트에 물을 받는 손이 떨리잖아. 펴, 평소에는 더 잘 할 수 있거든? 그러니까 거기 미남분, 턱 괴고 응시하지 말아 주시겠습니까.

어떻게든 간신히 차도 다 탔으니 드디어 런치 타임! 샌드위치도 차도 맛있다고 해주면서 먹는 기르 씨는 친절함의 화신이었다. 장래에 좋은 신랑이 될 것 같다. 신부가 될 사람은 행복하겠네. 참고로 너무 많이 만든 건지도 모른다는 걱정은 헛수고였다. 기르 씨가 거의 다 먹어 줬거든. 많이도 먹는구나. 부러워라. 나는 역시나 모든 종류를 다 먹지 못했기에 달걀 샐러드 샌드위치와 잼 샌드위치를 킵해 놨다. 모처럼 만들었으니까. 전부 맛을 보고 싶잖아. 나중의 즐거움으로 남겨놔야지. 이렇게 식량 비축이 쌓여 가는구나. 이 세상에 먹고 싶은 게 넘쳐나는 게 문제다. 행복한 고민이다.

"마왕에게 연락하겠어?"

잠시 휴식 타임을 즐긴 후 기르 씨가 말을 꺼냈다. 나는 즉각 부탁한다고 머리를 숙였다. 일과는 별개로 연락해 달라고 하는 거니까 이런 건 제대로 인사해야지. 매번 그렇기는 하지만 고지식하다며 쓴웃음을 지어도 그만두지 않을 거니까요! 친한 사이에도 예의는 차려야 하는 법! 기르 씨는 바로 그림자새를 꺼내 마왕성에 있는 아버지에게 날려 보냈다. 일도 하고 있을 테니까 어쩌면 금방 대화하진 못할 수도 있으니 책이라도 읽으면서 기다릴까 했는데 기우였습니다. 고작 몇십 초 뒤에 아버지에게서 응답이 돌아왔다. 빨라!

『메구가! 나와! 대화하고 싶단 말이냐?! 나도 대화하고 싶었다! 메구!』

……이거 일을 던져놓고 온 거 아니지? 맞을지도. 그런 거라면 크론 씨, 죄송합니다. 재상님과 아버지 밑에서 일하는 다른 분들에게도 정말 죄송합니다. 바늘방석에 앉은 기분이 들면서도 바로 알려줄 수 있을 것 같아서 사실은 안심했다.

"아버지, 안녕! 지금 대화해도 괜찮아?"

『아아, 메구여. 물론 괜찮단다. 메구와 대화하는 건 무엇보다도 우선해야 하는 사항이니까. 염려하지 말거라.』

아니, 걱정해야지. 그 한마디에 엄청나게 걱정됐거든? 뭐, 됐다. 이 사람은 항상 이러니까 예상은 했다. 그렇다면 내가 해야 할 일은 하나. 바로 용건을 끝내고 빨리 일하러 돌아가라고 해야지.

"있잖아, 이상한 걸 물어보는 건지도 모르지만……"

『이상한 질문이든 어떤 질문이든 환영한다!』

아주 적극적이다. 기르 씨도 이마에 손을 짚고 있다. 아버지의 마음은 이해하지만 진행해야 하니까! 꽤 진지한 이야기라고.

"아버지. 최근에 꿈 안 꿨어? 음, 그러니까, 옛날 꿈. 마력이 폭주했을 때……"

『?!』

그림자새 너머로 아버지가 숨을 삼키는 게 전해졌다. 정곡인가? 이 이야기만 들으면 수상한 느낌만 들 것 같아 나는 그대로 간단히 설명했다. 내 특수 체질이 꿈 건너기라는 거였고, 얼마 전에 그 꿈속에 나도 들어갔다는 것 등등.

"나는 다른 사람의 꿈에 들어간 줄은 몰라서……. 그게, 꿈속에서 아버지의 어깨에 손을 올려 놨거든. 그건 꿈을 건드린 게 되는 거 아닐까. 그래서……."

여전히 나는 설명을 잘 못하는구나! 그래도 잘 전해진 건지, 그림자새 너머에서 아버지가 자상한 목소리로 내 이름을 불렀다.

『메구. 메구, 괜찮다. 그래, 그 손은 메구였구나…….』

그 손? 그렇다는 건 역시……!

"죄, 죄송합니다! 역시 나 아버지의 꿈을 맘대로……."

『진정하거라, 메구. 처음에 말하지 않았느냐. 괜찮다고.』

패닉에 빠질 뻔한 나를 아버지의 목소리와 등을 쓰다듬어 주는 기르 씨의 손이 달래 주었다. 그, 그래. 괜찮다고 했었지. 심호흡하자. 당황하면 안 돼. 이렇게 작은 일로 마음이 흐트러지는 것도 마력이 불안정하기 때문이야. 이유를 떠넘길 수 있다는 건 상당히 마음이 편해지는구나. 원인을 안다는 것만으로도 안심도가 올라가는 모양이다. 후우.

『확실히 메구의 말대로 나는 얼마 전에 과거의 꿈을 꾸었지. 그리고 어깨에 손이 올라온 것도 느꼈다.』

"그렇구나……. 나는 진짜로 꿈에 간섭할 수 있는 거야. 앞으로는 더 조심해야겠다."

지금은 위험하다는 걸 이해하고 있으니까 조심할 수도 있다. 중요한 건 앞으로 어떻게 하는지. 그래, 앞으로 조심하면 돼. 이 정도로 끝나서 다행이라고 생각해야지. 아버지에게는 면목 없지만.

『사실 그 꿈은 여태까지도 여러 번 꾼 적이 있었단다. 하나 어깨에 손길을 느낀 건 처음이었지. 그렇기에 특별히 인상에도 남았다. 하지만 착각하지 말거라.』

"착각?"

그 꿈을 여러 번 꿨다는 것도 충격이었고, 처음 그 꿈을 바꿔 버렸다는 사실에 간담이 서늘해지기도 했다. 그건 아버지에게는 악몽이니까. 꿈이긴 하지만 실제로 일어난, 과거의 고통스러웠던 기억인걸. 아버지에게는 중요한 꿈에 간섭해 버렸다는 건 역시 큰일 아니야?!

『그건 구원이었다. 여태까지는 그 꿈을 꾼 뒤에 한동안 마음이 안정되지 않았지. 하나 손길을 느낀 날의 아침은 마음이 무척 따뜻했다. 두려움도, 고통도 그 손의 온기가 전부 지워 주었지.』

구원……? 내 경솔한 행동에?

『그러니 메구. 나는 그 손의 주인에게 고마워했다. 그런데 지금 그 손의 주인이 누구인지 알게 되었지 않니. 그것도 사랑하는 딸이었다니. 이보다 기쁜 일이 없구나.』

고맙다는 아버지의 목소리. 직접 인사할 수 있을 줄은 몰랐다며 쾌활하게 웃는다. 그 말을 듣자……. 무심코 눈물 한 방울이 흘러내렸다. 나는 꿈에 들어가서 간섭할 수 있다는 내 힘을 무서운 것이라고만 생각했다. 악의가 없어도 상대의 정신을 공격할 가능성이 있으니까. 하지만 아버지는 내 손길을 느끼고 구원받았다고 해주었다. 그래, 구원할 수도 있는 거구나. 그것을 알자 가슴이 벅차올랐다.

"다, 행이다……. 아버지에게, 아무 일도 없어서……!"

무엇보다 아버지가 무사했다는 사실에 진심으로 안도했다. 괜찮다는 건 알았다. 무슨 일이 있었다고 해도 아버지라면 괜찮다고. 하지만 역시 아버지니까. 딸인 내가 무의식이든 아니든 공격해버렸다는 죄책감에 짓눌릴 것 같았다. 그야 강하다는 건 아주 잘 알긴 하지만! 심정적인 문제다.

『메구, 걱정해 주었구나. 큭, 딸이 사랑스러워……! 당장 껴안아 주고 싶구나.』

그 타이밍에 익숙한 주접 모드인 그 목소리가 들리자 나도 모르게 웃음이 나왔다. 아아, 다행이다. 정말 다행이다.

『그나저나 꿈속에 메구가 나타나 주다니 참으로 행복한 능력이 아닌가! 나는 어지간하면 자지 않는 데다 꿈도 거의 꾸지 않지만, 가끔 꾸는 꿈에 메구가 있다면 자는 것도 괜찮겠군.』

심지어 행복하다니. 하지만 이 사람은 이런 사람이지. 또 아버지의 꿈에 들어가면 어떡하나 걱정했는데, 이 반응을 보면 괜찮을 것 같다. 어쩌면 내가 그렇게 생각하도록 일부러 말해준 건지도 모르지만. 아버지라면 진심이 9할일 테니까 뭐라 말할 수 없다.

"어휴. 그럼 취침 시간을 확보할 수 있을 만큼 여유롭게 생활해 줘."

『음, 그도 그렇군. 빨리 일을 끝내고 쉬는 시간도 만드마.』

어쨌거나 내가 지금 가장 하고 싶은 말은 이거다.

"……고마워. 아버지."

아버지도 부모라는 걸 실감했다. 제대로 나를 생각해 주고 있다는 분명한 애정을 느꼈다. 그 왜, 아버지는 푼수라는 이미지가 강해서 그만 커다란 동생을 보는 눈으로 보게 되는 구석이 있었거든. 그래도 이런 부분에서는 의지가 되는 일면을 보여주는구나.

『인사라면 내가 해야 하지 않나? 나는 왜 지금 메구에게 고맙다는 말을 들은 거지?』

뭐, 이런 식이니까 자각은 없어 보이지만! 그래도 무의식적으로 그런 반응을 했다는 것이기에 기뻤다. 정말 고마워. 아버지가 내 아버지라 행복해!

2 마을에서 떠나다

그 외에 다른 설명도 하고 싶었지만, 시간을 너무 빼앗을 수도 없어서 그림자새 통신을 마쳤다. 자세한 이야기는 편지에 써서 보내겠다고 약속하고 끊었단 소리다. 기르 씨가 가차 없이 '시간 됐다'라며 뚝 끊어 주지 않았다면 날이 저물 때까지 대화했을지도 모른다. 굿잡이긴 한데, 그 무자비함에는 움찔거렸다. 대화를 길게 끌려고 하는 건 눈치채고 있었지만, 여기서는 마음을 독하게 먹지 않으면 크론 씨나 다른 사람에게 미안하니까 어쩔 수 없지!

"잘됐구나."

쓴웃음을 지으며 사라져가는 그림자새를 바라보고 있었더니 기르 씨가 그렇게 말하며 머리를 쓰다듬어 주었다. 지금 대화로 내가 안심한 걸 알아본 모양이다.

"응. 아버지와 연결해 줘서 고마워, 기르 씨."

"그 정도는 상관없어. 하지만."

기르 씨는 그대로 내가 앉아있던 테이블의 반대쪽 의자에 앉더니 뭐든 다 간파했다는 듯 턱을 괴었다.

"안심한 것만은 아니지? 무슨 생각을 했길래."

"기르 씨 대단해……. 셰르 씨처럼 생각을 읽을 수 있는 거야?"

순수하게 감탄했다. 기르 씨는 요즘 내 생각을 읽는 게 아닌가 의심이 들 만큼 속속들이 눈치채는 게 너무 신기하다. 옛날부터 눈치 빠르게 배려해 주는 사람이긴 했지만, 요즘은 특히 나를 잘 이해하는 것 같은 순간이 늘어난 느낌이다.

"생각까지 읽지는 못하지만 막연하게 알아차리는 것뿐이야. 메구가 내……."

거기까지 말한 기르 씨가 입을 다물었다. 그대로 무언가 생각하듯 시선을 대각선 아래로 내려버렸다. 뭐지?

"내가 기르씨의?"

"음, 아니. 메구는 훤히 다 보이니까. 얼굴에 금방 드러나."

억, 그 정도로?! 얼굴에 다 티난다는 자각은 있지만 성장하면서 개선된 줄 알았는데! 어른이 되어도 다 보이는 사람은 다 보이는 법이니까 나도 평생 못 고치는 건지도 모르겠다. 윽, 그건 그거대로 부끄러워. 나는 두 손으로 뺨을 꾹 눌렀다.

"봐, 훤히 보이잖아."

괜히 했다. 아, 이런 부분도 포함해서 다 보인다는 거구나! 나는 어떻게 해야 하지. 포기할 수밖에 없는 걸까. 훌쩍. 기르 씨가 소리 내어 웃는 건 여전히 귀중한 일이니 그걸 들은 건 이득 본 기분이지만. 웃음의 대상은 나다 메구야. 조금만 더 힘을 내봐, 마이 표정 근육. 뭐, 지금은 그런 건 됐다. 모처럼 기르 씨가 들어주는 자세에 들어갔으니까 말해버려야지. 나는 부끄러워서 뜨거워진 얼굴을 손으로 파닥파닥 부채질하며 말하기 시작했다.

"아버지 이야기를 듣고 꿈 건너기가 다른 사람에게 위해를 가하기만 하는 게 아니라는 걸 알고서…… 안심한 건 맞아. 하지만 남의 꿈속에 들어가는 게 위험하다는 건 달라지지 않았잖아."

근본적인 해결은 아니란 말이지. 이번에는 우연이다. 운이 좋았던 것뿐이라고 생각해야 한다. 안심하고 남의 꿈에도 들어갈 수 있다며 낙관할 수 없다. 위험하다는 걸 이해해놓지 않으면 나는 앞으로 많은 사람을 무차별로 상처 주게 될지도 모른다. 그러니까 이 능력에 대해서 더 자세히 조사하고 싶다. 그런 이야기를 기르 씨에게 설명하자 기르 씨는 그럼 지금부터 조사하러 가자고 제안해 주었다.

"피르쥐피피가 말하더군. 책을 조사하고 싶다면 마음대로 하라고. 셰르멜호른도 허락한 모양이야."

"내가 조사하고 싶어 할 걸 알고 있었다는 거구나. 와, 역시 셰르 씨. 직접 말해 주면 좋을 텐데."

군이 피피 씨를 통해서 전달하는 점이 셰르 씨답다고는 생각하지만. 그래도 협력해 주는 건 알았고, 지금은 그걸로 충분하다. 아니, 평생 그 성격은 안 변할 것 같지만. 그래야 셰르 씨지. 불만이 없는 건 아니지만, 아무튼 그 호의를 받아들여 나는 기르 씨와 함께 서고에 가려고 집을 나섰다. 하지만 어디에 가야 하는지 몰라서 우선은 위즈 씨부터 찾기로 했다. 무슨 일 있으면 말하라고 했었고.

집들이 옹기종기 모인 방향으로 가자 금방 위즈 씨를 발견했다. 오전에 채집해 온 약초와 나무 열매 등을 정리하러 가는 도중이라고 했다. 불러 세워서 미안하네.

"서고라, 그래. 족장 허가도 받았다고 했지? 내가 가려던 곳과 방향도 같으니까 같이 가자."

그러니까 신경 쓰지 않아도 된다며 위즈 씨는 나를 향해 웃어 주었다. 어라? 또 미안해하는 게 얼굴에 드러나 있었나? 표정 근육이 파업해 버린 모양이라 양쪽 뺨을 손으로 살짝 꼬집어 줬다. 창피해……! 그대로 위즈 씨를 따라가기를 몇 분. 묘지와 샘이 있는 장소에서 오른쪽으로 틀어 나아가자 얼마 후 몇 개의 오두막이 세워져 있는 게 보였다. 이런 곳에 오두막이 있었나 하고 놀랄 정도로 주변 나무와 동화된 외관이었다. 거주용 오두막보다 더 나무와 일체화했다고 해야 하나. 트리 하우스에 가까우려나? 하지만 오두막의 형태는 남아 있는, 참으로 신기한 외관이었다.

"가장 오른쪽에 있는 게 서고야. 마음대로 둘러봐."

"어? 보면 안 된다거나 건드리면 안 되는 건 없는 거예요?"

마음대로 보라는 하면 보통은 당황하겠지? 하이 엘프의 장서인걸? 다양한 지식이 책에 담겨 있을 거 아냐. 오히려 마음대로 보고 다니라니까 무서운데요. 그런 생각에 물어본 건데, 위즈 씨는 어리둥절한 얼굴이었다. 어? 이상한 소리 했나?

"지금 자기가 원하는 정보만 보이게 되어있으니까 아무 문제 없어. 아, 혹시 다른 서고는 안 그래?"

뭐야 그 신기한 관리 시스템. 즉 원하는 정보가 담긴 책만 열람할 수 있다는 거잖아? 그런 나에게 눈을 가늘게 뜨고 서고를 둘러보던 기르 씨가 설명해 주었다.

"복잡한 술식이 걸려있군. 원하는 정보라면 얼마든지 조사할 수 있지만 그것 말고는 찾으려고 시도조차 불가능해. 인식 저해

계통의 마법도 걸려 있고."

"맞아. 원하지 않는 정보는 처음부터 필요 없잖아. 다른 곳으로 눈이 가버리면 조사에 방해만 되고. 제대로 집중할 수 있도록 만들어 놓은 거지."

그건 반대로 말하자면 뭘 조사할지 머리에 콱 박고 시작하는 게 아니면 서고에 들어와도 원하는 책이 손에 들어오지 않는다는 걸까. 뭐야 그거, 엄청 복잡한 마법이잖아. 하지만 그게 그냥 효율적이기 때문이라는 이유로 설치해 놓았다는 부분에서 하이 엘프의 마법 수준이 보였다. 참고로 조사 도중에 다른 걸 조사하고 싶어졌을 때는 그 분야의 책도 보이게 된다고 한다. 참 친절하다. 그래도 한눈팔면서 관심 가는 책을 뒤져보는 것도 도서관의 맛이라고 생각하는데. 효율을 중시하는 거겠지. 근데 잘 생각해 보면 원하는 정보라면 누구나 손에 들어올 수 있다는 것도 좀 위험하지 않나? 나쁜 생각을 하는 사람이 들어오면 그 정보를 어디에 쓸지 모르잖아.

"너희를 믿는다는 거야. 허락해 준 족장도 그런 이유고."

그런 생각도 간파당한 건지 위즈 씨는 그렇게 말하며 웃었다. 그래, 믿어 주고 있는 거구나. 가슴이 따뜻해진다.

"그럼 나는 왼쪽에서 두 번째 오두막에서 작업할 테니까. 무슨 일 있으면 말해. 돌아갈 때도 얘기해 주고."

"알겠습니다! 위즈 씨, 고마워요!"

가볍게 손을 흔들고 등을 돌린 위즈 씨에게 인사한 뒤 기르 씨에게 고개를 돌렸다. 눈이 마주친 기르 씨가 살짝 고개를 끄덕였기에 우리도 서고를 향해 걸어갔다. 머릿속으로 '특수 체질 꿈 건너기에 대해'라고 거듭 중얼거렸다. 과거에 같은 능력을 지닌 사람의 기록이 있다면 좋겠는데. 없어도 이 능력에 잘 맞춰 나가기 위해 조금이라도 정보가 필요하다. 그렇게 기도하며 오두막 앞에서 멈췄다. 그리고는 살짝 숨을 들이마셨다가 내신 뒤 두근거리는 마음으로 서고의 문을 열었다. 그 순간 뭐라 말할 수 없는 공기를 느끼고 소름이 돋았다. 싫은 느낌은 아니다. 뭐라고 하지. 신성한 공간에 들어온 듯한, 그런 신비한 감각이다.

"그럼 나는 여기서 기다릴게."

"어? 기르 씨는 같이 안 들어가?"

문 앞에서 기르 씨가 그렇게 말하길래 고개를 갸웃거리자 기르 씨의 눈매가 부드럽게 풀어졌다.

"마력으로 찾아봐. 메구라면 할 수 있어."

"찾는다고?"

이 서고에서 느껴지는 마력을 내 마력으로 조사해 보라는 뜻이라고 한다. 가능할까?

"그만한 마력을 보유했으니까. 게다가 너는 똑똑하지. 많은 걸 느낄 수 있을 거다."

또, 똑똑하다니! 어쩐지 쑥스럽다. 칠칠맞게 얼굴이 풀어지려는 걸 꾹 참으며 시키는 대로 해보기로 했다. 뭐든 도전이다. 게다가 마력을 쓰면 폭주도 억누를 수 있다고 하니까. 미미한 수준이지만 안 하는 것보다는 낫다. 스윽 눈을 감고 서고에 집중했다. 마력을 전신에 두른 뒤 천천히 서고로 흘려보냈다. 동시에 서고의 마력도 내 안으로 들어오는 듯한 이미지. 서고의 마력과 내 마력을 조금 융합시키는 느낌이다. 방식을 왜 알고 있는 건지는 나도 신기하지만……. 아마 바로 옆에서 이런 마법을 쓰는 길드원들을 봐왔기 때문인지도. 즉 어깨너머 본 걸 흉내 낸다는 소리다. 그러자 정보가 느껴지기 시작했다. 머릿속으로 흘러들어오는 게 아니라 느껴진다. 이건 신기한 감각이다. 말로 느끼는 게 아니니까 내가 언어화할 필요가 있는 것 같다. 어디보자. 배제, 사람, 마법, 한 명……. 아, 즉 이 서고는!

"한 명밖에 못 들어간다? 그리고 마법도 못 쓴다?"

"정답."

내가 외치자 기르 씨가 머리를 쓰다듬어 주었다. 야호! 그리고 한층 자세한 것도 가르쳐 주었다. 안에는 정령도 들어가지 못한다는 것, 단 특정 정령은 저곳에 살고 있으며 그 아이들이 여기를 지킨다는 것, 그리고 아까 설명해 준 시스템에 대해. 그 외에도 많이 있지만 중요한 건 그 정도라고 한다. 대, 대단해라. 그렇게까지 읽어낼 수 있구나.

"이건 익숙함의 차이야. 궁금한 게 있거나 위화감을 느끼면 지금처럼 해 봐. 점점 많은 걸 읽어 낼 수 있게 될 거다."

"오오, 알았어!"

할 수 있는 일이 늘어난 게 왠지 신나! 다들 당연하게 마력을 써서 정보를 읽는 걸 봐 왔지만, 내가 하는 건 처음이었단 말이지. 조사하기 전에 다들 가르쳐 주니까. ……어라? 그럼 왜 이제 와서 가르쳐 준 거지?

"다만 누군가가 있을 때만 하도록 해. 대상에 따라서는 정보 과다로 두통이 일어날 수 있어. 메구는 마력도 많아서 제대로 제어하지 못하면 모든 정보가 흘러들어오니까."

히익, 그런 위험이 있었구나! 그래, 그래서 지금까진 쓰게 하지 않았구나. 하지만 지금도 아직 불안정하지 않냐고 묻자, 지금은 기르 씨가 보조해 줬다고 한다. 모, 몰랐어. 역시 기르 씨. 하지만 그렇구나, 그렇다면 혼자서 마음대로 시도하지 말아야겠다. 그래도 가르쳐 주었다는 건 내가 약속을 지킨다고 믿어 준다는 거잖아. 그 신뢰에 부응하기 위해서라도!

"나는 이 근처에서 일하고 있을게. 끝나면 불러."

이름을 부르면 알 수 있다고 했다. 너무 만능이다. 뭐, 하루 이틀 일이 아니긴 하지. 문 앞에서 기르 씨를 배웅한 나는 드디어 서고로 발을 들여놓았다.

안으로 들어가자 문이 자동으로 닫혔다. 무슨 공포 영화도 아니고! 하지만 안에는 보라색으로 빛나는 정령들이 둥실둥실 떠 있고 환영하는 뜻도 느껴지니까 무섭진 않다. 글자의 정령인가? 오르투스에 있는 사서, 요정족 모니카 씨의 계약 정령이 이런 느낌의 색인데 글자의 정령이었으니까 아니라고 해도 비슷한 성질을 지녔을 거다. 정령들과 대화하고 싶긴 하지만 목적을 잊으면 안 되지. 좋아, 조사하자. 먼저 서고 내부를 휙 둘러보았다. 실내를 가득 채운 목제 책꽂이에 책이 꽉꽉 채워져 있었다. 책이라고 해도 종이 다발을 간단히 철해 놓은 구조로 통일되어 있다. 책등이 없으니까 무슨 내용인지도 알 수 없다. 하나 빼서 확인해 보려고 했는데 아무리 해도 빠지지 않는다. 이게 지금 나에게 필요한 책이 아니기 때문인가보다. 흠. 어라? 이거 어떻게 찾아야 하는 거지? 어디를 봐도 비슷한 책밖에 없다. ……아니, 당황하지 말자. 원하는 정보를 머리로 뚜렷하게 생각해야만 하는 거였지. 가볍게 심호흡한 나는 다시 눈을 감고 머릿속으로 필요한 정보를 강하게 떠올렸다. 내 특수 체질에 관련된 정보가 필요해. 꿈 건너기를 다루는 법이나 같은 능력을 지닌 사람 등, 어떤 사소한 정보라도 괜찮으니까 알고 싶어……! 좋아. 다시 눈을 뜨자 예상치 못한 광경이 들어왔다.

"흐어……."

나도 모르게 괴성이 나왔다. 내 주변에 몇십 권이나 되는 책이 둥둥 떠 있었으니까! 나를 포위하듯이 둥실둥실 떠 있는 책들. 폴터가이스트? 아니구나. 정령들이 가져다 준 것뿐이었다. 휴. 하지만 공포 영화처럼 연출하지 말았으면 좋겠다. 일부러 그런 게 아니라는 건 알지만!

"고마워. 하지만 한꺼번엔 못 읽겠다……."

도와준 정령들에게 인사하면서도 이렇게 많은 양은 한 번에 다 못 읽는 데다 들지도 못한다. 마법을 쓰지 못하는 나는 힘도 별로 없기 때문이다. 비실비실해서 죄송합니다. 그러자 그걸 알아차린 건지 다른 정령들이 한곳에 모이기 시작했다. 그 방향을 보자 책상 발견. 아하, 저기서 읽으면 되는 거구나? 아니, 근데 아까는 없지 않았어? 미스테리한 현상이다. 뭐, 그런 마법이겠지. 아까 기르 씨가 조사한 기타등등 마법 중 하나인 모양이다.

그런 생각을 하고 있었더니 놀랍게도 허공에 떠 있던 책이 일제히 책상을 향해 날아가 차곡차곡 쌓이기 시작했다. 정령들이 날라주는 것이다. 친절해라! 모처럼 자리를 마련해 줬으니까 저기서 좀 읽어야지. 정령들에게 다시 고맙다고 인사한 뒤 나는 책상 앞에 앉아 책을 읽기 시작했다.

똑똑똑 소리에 퍼뜩 고개를 들었다. 아차, 독서에 너무 몰두했던 모양이다. 허둥지둥 지금 읽던 책을 덮고 소리가 들리는 쪽으로 고개를 돌리자 이어서 목소리가 들렸다.

"메구, 슬슬 돌아갈 시간이야."

기르 씨의 목소리다. 어라? 벌써 그렇게 지났나? 하지만 아직 두 번째 책을 중간까지밖에 못 읽었는데. 책을 읽을 때 시간이 오래 걸린단 말이지. 한 번에 다 읽을 수 있을 거라는 기대도 없었으니까 내일 또 와야겠다. 그렇게 정한 뒤 '네' 하고 대답하며 문으로 향했다.

"저기, 이 책은 어떻게 정리하면 돼?"

차마 이대로 두고 갈 수도 없어서 물어보자 책상에 놓여있던 책이 둥실 떠오르더니 여기저기로 날아가며 책꽂이에 수납되었다. 오오, 대단해라. 여기 정령들도 우수하구나.

"고마워. 내일 또 올게."

열심히 일한 정령들에게 인사하고 문에 손을 올리자 대답하듯 은은하게 깜빡이는 보라색 빛. 왠지 귀엽다. 나는 가볍게 손을 흔든 뒤 서고를 뒤로했다.

"많이 집중했던 모양이군."

돌아가는 길, 손을 잡고 걸으며 기르 씨가 그렇게 말을 걸었다. 위즈 씨의 일이 끝났는데도 내가 나오지 않아서 위즈 씨는 먼저 돌려보냈다고 했다. 확실히 기다리게 할 수도 없지.

"기르 씨도 기다리게 해서 미안해."

"신경 쓰지 마. 나도 그동안 일했으니까."

내 사과에 그런 일로 사과하지 말라는 대답이 돌아왔다. 그래서 고맙다고 정정하자 기르 씨가 잘했다며 살며시 웃었다. 에헤헤.

"그래, 무투대회 일정이 정해졌다는 연락이 왔어."

"어? 진짜?!"

기쁜 정보다. 여태까지 대략 이 정도의 기간이라는 막연한 일정밖에 없었단 말이지. 지금부터 달이 여섯 번 돌고 만월이 뜨는 날이라고 했다. 대충 반년 뒤인가. 의외로 빠르다. 추진하는 사람들이 아주 우수하다는 게 잘 느껴진다. 좋아, 그럼 나도 반년 동안 착실히 수행해야겠다. 출장하는 이상 한심한 모습은 보여줄 수 없지. 아스카, 룬, 구트, 그리고 응원하러 와주는 울바노에게도 멋있는 모습을 보여주고 싶어! 생긴 건 이래도 사실은 굉장하다고. ……겉보기에 부실하다는 건 알거든요. 그래서다. 마력 제어 방법과 특수 체질인 꿈 건너기 공부도 있으니까 제법 바빠질 것 같다. 하지만 해야 할 일이 있으니까, 목표가 있으니까 더 노력할 수 있다.

여기 오기 전에는 불안으로 가득했지만, 한 걸음 한 걸음 나아가고 있다는 실감을 느낀다. 괜찮아, 넘어설 수 있어. 기르 씨를 잡은 손에 꾹 힘을 주자 그걸 알아차린 기르 씨가 이쪽으로 얼굴을 돌렸다.

"나 열심히 할게. 그러니까, 너무 무리하고 있으면 가르쳐 줘."

나는 집중하면 주변이 눈에 들어오지 않는 경향이 있으니까. 정확하게는 조금만 더 하면 가능하지 않을까? 하면서 계속 간단 말이지. 그 탓에 하세가와 메구일 때 고생했으면서. 하지만 이건 그냥 타고난 천성이라고 포기해 버렸다. 그래서 이렇게 부탁하기로 했다. 주변에 잘 의지하기로 하고서. 그것만으로도 충분한 진보잖아?

"그래, 맡겨 줘. 만약 너무 무리하고 있으면 온 힘을 다해 어리광 부리게 만들게."

"윽, 벌이 벌이 아닌데⋯⋯?!"

온 힘을 다해 어리광을 부리게 만든다니 대체 뭔데. 궁금하기도 하고 당해 보고 싶은 마음도 있지만. 그거다. 인간 마약 방석 같은 그런 거. 참 무시무시하다. 어느 의미 나에게는 딱 맞는 벌인 건지도 모른다. 하지만 그걸 선택하는 게 기르 씨답다는 생각에 그만 웃음이 터지고 말았다. 기르 씨도 같이 웃고 있다. ⋯⋯아아. 왠지 행복해라. 이 행복을 계속 지키고 싶다. 이때 처음으로 가슴속 깊은 곳에서 느껴진, 안쪽에서 샘솟아 오르는 듯한 뜨거운 '무언가'. 내가 그 정체를 깨닫는 건 아주아주 한참이 지난 뒤였다.

"신세 많이 졌습니다!"

"쓸쓸해지겠네. 또 와."

"물론이죠."

드디어 하이 엘프 마을에서 떠나는 날이 왔다. 무투대회 일정이 정해지고 약 반년, 여기서 많은 것들을 흡수한 것 같다. 먼저 서고에서 공부. 매일 시간을 정해서 책을 읽는 나날이 한동안 이어졌다. 시간을 정한 건 처음 서고에 갔던 다음 날부터. 내가 무심코 독서에 몰두해 버리니까 기르 씨가 선을 그어 줬다. 정확한 조치였습니다……. 안 그랬다간 종일 서고에 틀어박혀 있었을 것이다. 흥미진진한 내용이 많아서 재미있었단 말이야! 책을 읽은 뒤에는 운동. 대회에 나가려면 훈련은 빼놓을 수 없지! 전보다 다소 체력도 붙지 않았을까? 솔직히 운동능력이 얼마나 성장했냐면…… 음. 하지만 마법은 많이 성장했다고 자부한다. 내 마력으로 온갖 것들을 탐색하는 연습도 매일 했으니까! 하지만 아직 마력이 너무 방대해서 불안정하니까 누가 봐주지 않을 때는 하면 안 된다고 했다. 하아, 정말 난감하다니까. 이것만큼은 타고난 체질이라고 생각하고 받아들일 수밖에 없지만. 이 세계에 처음 왔을 때가 그립다. 그때는 정령들에게 마력을 빚져가면서 썼는데 많이도 성장했다. 너무 성장해서 그렇지……. 그리고 꿈 건너기에 대하여. 서고에서 조사해 보자 시초의 하이 엘프가 어떻고 저떻고 하는 이야기가 나왔다. 그걸 처음 알았을 때는 규모가 너무 커서 현실도피도 했었다. 그렇다고 피하기만 할 수는 없었기에 온갖 책들을 마구 읽었다. 덕분에 많은 걸 알아서 내 머리와 마음도 꽤 차분해졌다. 게다가 시초의 하이 엘프가 어떻다는 이야기는 거의 신화 같은 수준이었으니까. 이 세계의 성립을 역사서로 공부했다는 감각이다. 너무 옛날 일이라 지금하고 연결이 안 된다고 해야 하나. 하지만 거기까지 거슬러 올라가지 않으면 정보가 없었단 말이지. 그래서 이렇게 얻은 지식을 바탕으로 내가 해야 할 일도 몇 가지 판명되었다. 한마디로는 부족하니까 중요한 부분만 말하자면, 꿈 건너기는 의지의 힘으로 꿈을 꾸지 않는다는 선택이 가능하다는 부분이다. 에게, 하겠지만 이건 나에게는 가장 중요한 사항이다. 보고 싶지 않은 꿈을 보지 않아도 된다잖아. 이런 걸 원했다고! 그야 여태까지 예지몽에게 도움을 받긴 했다. 하지만 비교적 중요하지 않은 내용을 주로 보기도 했고, 중요한 꿈이라면 그건 그거대로 너무 의식해서 정신력이 팍팍 소모된단 말이지. 그래서 지금도 나는 그 의지의 힘으로 꿈을 꾸지 않는 훈련 중이다. 그로부터 한 번도 안 봤는데, 그게 우연인 건지 훈련의 성과인 건지는 모른다. 그래서 언제 보게 되어도 괜찮도록 꿈 건너기 대책법도 머릿속에 집어넣었다. 성공할지 실패할지는 제쳐놓고, 아는 건 중요하니까! 그리고 열흘에 한 번씩 셰르 씨가 내 마력을 방출시키는 걸 도와주었다. 매번 말수는 거의 없었지만. 아침에 일어났을 때 위즈 씨나 피피 씨가 말을 전하러 와 주고, 아침을 먹으면 바로 처음 마력을 방출했던 장소에 가서 그때처럼 마력을 해방한다. 그때 셰르 씨가 하는 말이라고는 '해라' 하고 '열흘 뒤' 정도가 전부 아닐까. 알고는 있지만, 조금만 더 다가가고 싶었다. 모처럼 하이 엘프 마을에 머무르는 거니까. 그래도 끝까지 거리감을 좁히지는 못했다. 물리적으로도 마음의 거리로도. 뭐, 어쩔 수 없나. 언젠가 더 대화할 수 있게 되면 좋겠다. 참고로 나는 매번 웃으면서 꼬박꼬박 인사했거든! 반응이 없어서 서글펐지만! 그래도 굴하지 않을 거야. 셰르 씨와는 거리가 줄어들지 못했지만 피피 씨와는 같이 목욕도 했고 많이 친해졌으니까 됐어! 또 오겠다고 거듭 손을 흔든 뒤 나는 기르 씨와 함께 하이 엘프 마을을 뒤로했다.

각종 수행과 준비와 공부를 마친 지금의 메구 씨는 과거의 메구 씨와는 차원이 다릅니다요! 파워 업 메구다. 촐싹거리고 있다는 건 인정한다. 흐아앙, 그치만 마음만이라도 의식적으로 세게 나가지 않으면 무투대회에 참가한다는 긴장감에 전신이 떨릴 것 같단 말이야! 내, 내가 이렇게 실전에 약했던가?

"우리는 이대로 회장으로 갈 거다. 길드에 돌아가는 건 돌아가는 셈이니까."

하이 엘프 마을을 나와서 기르 씨가 하는 말에 고개를 끄덕였다. 오르투스가 그립긴 하지만 여기서부터 오르투스가 있는 릴트레이는 동쪽에 있는데, 지금부터 갈 대회 회장인 세인슬레이는 서쪽에 있으니 한 번 뒤로 돌아갔다가 가는 셈이 된다. 그건 아무래도 시간 낭비지. 게다가 길드에 돌아가지 못하는 것뿐이지 대회에 참가하는 사람들과는 거기서 만날 수 있고.

"기르 씨, 안 피곤해?"

이동 방법은 당연히 그림자독수리를 이용한 황새 택배 되시겠습니다. 아무리 훈련했다고 해도 직접 등에 탈 수 있는 건 아니라, 나는 여전히 바구니를 탄다. 분해라. 물론 마력이 넘쳐나니까 회장까지 후우의 힘을 빌린 자연 마법으로 날아갈 수도 있다. 다만 속도가 안 나온단 말이지. 왜냐고? 무섭거든.

"오르투스에서 곧장 향하는 것보다는 훨씬 가까우니까. 문제없어."

확실히 여기는 중간 지점이니까 처음 예정보다 더 편하긴 할 거다. 하지만 나만 편하게 간다고 생각하면 좀.

"게다가 두목의 지름길을 써도 된다고 했어. 내일 저녁이면 도착할 거다."

아하, 반칙 루트 말이구나. 그거라면 기르 씨의 부담도 한결 줄어들겠지. 아빠에게 마음속으로 고맙다고 인사했다. 만나면 직접 말해야지!

"그럼 갈까."

"응! 잘 부탁드립니다, 기르난디오 씨!"

똑바로 이름을 부르며 부탁하자 기르 씨의 눈매가 피식 부드러워지더니 그림자독수리의 모습으로 변했다. 언제 봐도 멋있어라. 아인은 이게 부럽단 말이지. 나도 변신 같은 거 해보고 싶다. 불가능한 소원이지만. 아차, 넋 놓고 구경할 때가 아니지. 준비된 바구니에 폴짝 들어가 알아서 천을 꽉꽉 묶었다. 그 후 고정 마법을 걸고 기르 씨에게 시선을 보냈다. 그림자독수리의 날카로운 눈동자가 내가 건 마법을 점검. 문제없이 잘 걸린 건지 그림자독수리 기르 씨는 고개를 까딱 끄덕였다. 그 모습으로 고개를 끄덕이는 건 왠지 귀여워서 무심코 얼굴이 풀어졌다. 내가 건 마법에 기르 씨의 합격 도장을 받은 것도 아주 기쁘다. 수행의 성과가 바로 나온 모양이다. 흐흥. 살짝 콧대가 높아진 그때 몸이 부드럽게 뜨는 게 느껴졌다. 위를 보자 기르 씨가 커다란 날개를 펼치고 있다. 직후 쭉쭉 고도가 올라가더니 순식간에 상공으로. 하이 엘프 마을이 있던 부근이 이미 어디인지 알 수 없을 만큼 높다. 어, 어라? 평소보다 빠르지 않아?

『속도 낸다.』

"어? 으, 앗!"

기르 씨의 텔레파시가 들린 순간 몸만 그 자리에 남겨진 듯한 감각. 허둥지둥 바구니 가장자리를 꽉 붙잡았다. 으아아, 빠르잖아! 이렇게 빨리 날 수 있었어?! 평소에 얼마나 느릿느릿 날았던 건지 지금 처음 알았네! 속도에 익숙해진 뒤 힐끔 위를 보자 기르 씨에게서 어딘가 즐거워하는 분위기가 느껴졌다. 노, 놀렸구나?! 부루퉁해서 기르 씨를 노려보았다.

『응, 미안. 반응이 재미있어서.』

"으아아! 아빠랑 똑같애!"

요즘은 기르 씨도 이렇게 나를 놀리는 일이 늘어났다. 다른 사람과 비교하면 빈도도 뜸하고 별로 대단한 것도 아니고 금방 사과해 주지만. 제법 곤란하면서도 조금 기쁘기도 했다. 기르 씨도 이런 짓을 한다는 걸 느낀다고 해야 하나, 마음을 열어 주는 것 같기도 하거든. 보호 대상에서 대등한 존재가 되어가고 있다고 할까. 자만일지도 모르지만.

『메구라면 이 정도는 괜찮을 거라고 생각했어. 예전이었다면 도저히 불가능했지.』

"윽, 비겁해. 그렇게 말하면 화낼 수 없잖아……."

즉 내 성장을 인정하고 그걸 확인할 겸 한 행동이란 거잖아? 화낼 수 없다. 오히려 기쁘다. 확실히 여기에 막 왔을 때의 나였다면 여유롭게 날아갔을 자신이 있다. 그렇게 생각하면 나 정말 강해졌구나.

『이 속도에 익숙해지면 혼자서도 따라올 수 있게 되는 날도 가까워지겠지?』

"아…… 그렇구나. 그럴지도."

하지만 내가 이 속도를 내는 것과 타고 있는 상태에서 속도인 건 역시 좀 다른 느낌이 든다. 속도는 낼 수 있어도 장애물 같은 게 나타났을 때 대응할 자신이 없거든. 그냥 갖다 박고 추락할 것 같다. 나는 둔감하니까. 계속 정진해야지.

"역시 당분간은 계속 태워 달라고 할래."

결론, 좀 더 의지하겠습니다! 기르 씨에게서 어쩔 수 없다는 듯 기쁘다는 듯한 느낌이 전해졌다. 기르 씨도 의지하면 좋아하더라. 그래서 마구 어리광 부리는 나도 좀 문제가 있지 않나 싶지만, 성장은 멈추지 않았으니까 지금 실컷 해놔야지. 같이 하늘 산책은 하고 싶다고 말하자 그건 생각해 보지 못했었다고 하는 기르 씨. 뭐, 하늘은 산책해 봤자 뭐가 있는 것도 아니긴 해. 하지만 길거리나 숲을 하늘 위에서 구경하는 건 그거대로 신선할 것 같잖아. 게다가 기르 씨가 있으면 어떤 곳이든 즐겁고!

『그런, 가……. 그것도 좋지.』

솔직하게 생각한 바를 이야기하자 기르 씨가 쑥스러워했다. 확실히 작업 멘트 같았을지도. 하지만 진심이니까 괜찮아! 놀림 당한 것도 갚아줘서 나는 만족이다. 흐흥.

기르 씨와 재잘재잘 떠들어서 그런가 하늘 여행은 아주 즐거웠다. 기르 씨가 상당히 속도를 냈던 건지 예정보다 훨씬 일찍 마왕국 최남단에 있는 마을에 도착했다. 어라? 아직 저녁도 안 됐는데? 원래대로라면 여기엔 오늘 밤에 도착할 예정이었는데. 하지만 늦는 것보다는 훨씬 낫지. 오늘은 이 마을에서 하룻밤 자기로 처음부터 정해 놨으니 일찍 도착했다고 여관 사람에게 말해야겠다. 그런 생각을 하며 인간형으로 돌아온 기르 씨와 마을에 들어가자 그곳에는 이미 선객이 기다리고 있었습니다.

"메구!! 보고 싶었다!"

"아버지?!"

마왕님이다. 마을 사람들에게 압박을 주지 않으려고 배려한 건지 기척을 지우고 있었던 모양이라 전혀 눈치채지 못했어! 깜짝이야! 하지만 한 번 발견하고 나면 그 존재감과 미형 때문에 마구마구 튀고 있었다. 채 숨겨지지 않는 아우라까지.

"여, 메구. 잘 지냈나 보네."

"리히토! 그리고 크론 씨도! 같이 있는 다른 사람들은 대회에 출장하는 사람들이야?"

익숙한 얼굴들을 보고 웃음이 나왔다. 본 적 있는 사람들이 몇 명 주변에 있으니까 확인하는 의미도 담아서 그렇게 물어보자 리히토가 고개를 끄덕였다.

"그래. 그리고 저기. 저쪽."

리히토가 엄지로 슥 가리킨 장소에 시선을 돌리자 건물 뒤에서 살그머니 이쪽을 살피는 짙은 파란색 인영을 발견. 저, 저건……! 나는 기뻐서 이름을 부르며 달려갔다.

"울바노!"

"어, 으, ……메, 메구…….."

아차, 목소리가 조금 컸던 건지 울바노가 몸을 부르르 떨었다. 실수했다. 하지만 시선을 돌리지 않고 내 이름을 마주 불러 주었으니까 저절로 얼굴이 히죽거렸다. 기, 기뻐라!

"저기, 메구? 마음은 이해하지만 달려갈 상대를 잘못 선택한 거 아니냐?"

울바노의 두 손을 붙잡고 붕붕 위아래로 흔들며 재회를 기뻐 하는 내 귀에 리히토의 민망해하는 목소리가 들렸다. 달려갈 상 대? 고개를 갸웃거리며 돌아보자 굉장한 미형인 마왕님이 무릎 을 껴안고 웅크리고 있었다. 아뿔싸……! 울바노도 당황한 건지 허둥거리고 있다. 울바노에게 미안하다고 하자 괜찮으니까 가 보라는 눈치 빠른 대답. 정말 우리 아버지가 저 모양이라 미안. 하지만 이건 내가 불러온 사태다. 내 판단 실수다. 하지만, 그치 만, 이름을 편하게 부르게 된 게 너무 기뻤단 말이야! 그 울바노 가! 신날 만도 하잖아. 하지만 지금은 이쪽. 조심조심 아버지에 게 다가가자 '어차피 아버지보다는 친구지. 어쩔 수 없어. 하지 만 아무리 그래도 너무 심한 거 아닌가? 나도 계속 만나고 싶어 서 꾹꾹 참고 또 참았는데……' 등등 끝도 없는 한탄을 불경처럼 중얼중얼 외고 있는 게 들려서 반사적으로 주춤했다. 아니, 안 되지. 참자 메구야. 어쩔 수 없어……. 여기선 정신력이 깎여나가는 것도 감수하자. 남들 앞에선 가능하면 하고 싶지 않았지만 스킨십이다. 좀 부끄럽지만. 나는 굳게 마음먹고 아버지의 등에 와락 올라탔다.

"헉. 어, 메구?"

"아버지, 오랜만에 만나지! 잘 자고 있어? 어디 안 아파?"

아버지의 등에 꼭 매달리며 궁금하던 점을 물어봤다. 그 후로 악몽은 꾸지 않았을까, 일이 바빠서 피곤하진 않을까 등등. 대회도 있으니까 당연히 바빴을 테지만, 역시 무리하지 않았으면 좋겠다.

"메, 메구……!"

"으앗, 헉?!"

그러자 감격한 건지 아버지가 벌떡 일어나더니 나를 번쩍 안아 들어서 괴성이 튀어나왔다. 소위 비행기다. 차마 이거까진 부끄러우니까 그만!

"나는 전혀 무리하지 않았다. 지금도 보아라, 덕분에 기운이 났구나. 고맙다, 메구!"

"아, 아, 알았으니까 그만 내려줘! 다들 보잖아."

'아하하, 우후후' 하는 환청이 들릴 듯한 기세로 신이 나서 그 자리를 빙글빙글 도는 아버지에게 항의했다. 비행기 태운 채로 빙글빙글 돌지 말라고. 그렇지 않아도 눈에 띄니까! 다들 훈훈해하는 눈빛으로 쳐다보지만 말고 말려줘! 내 얼굴이 새빨개진

걸 알아차린 건지 아버지는 그제야 도는 걸 멈추고 내려주었다. 메구는 부끄러움을 많이 탄다니, 이 상황에선 내가 아니어도 부끄러워하거든! 으아아.

"아버지네 일행도 지금은 대회장에 가는 중이야? 우연?"

얼굴의 열기가 가라앉은 뒤에 물어보자 회장으로 가는 도중인 건 맞다고 대답이 돌아왔다. 그럼 우연은 아니라는 거네?

"기르가 가르쳐 주었다. 대략 언제 이 마을에 도착할 거라고."

"기르 씨가?"

생각지도 못한 상황에서 나온 이름에 기르 씨를 올려다보자 가볍게 고개를 끄덕이며 대답해주었다.

"그래. 마왕 일행도 한 번 이 마을에 들린다는 건 알고 있었으니까. 오랜만에 하는 재회는…… 이 장소에서 하는 게 정답이었지?"

회장 근처는 사람이 더 많이 있겠지. 거기서 오랜만에 재회했다면. 북적북적한 인파 속에서 조금 전의 비행기를……. 여기라서 다행이다!! 기르 씨 천재!!

"그럼 같이 회장까지 갈 수 있어?"

"그러고 싶은 마음은 간절하다만, 따로 가야 한다. 유진의 지름길을 쓰는 거지? 나만이라면 모를까 다른 자들도 있으니까."

살짝 기대를 담아서 그렇게 물어보자 정말로, 진짜 너무나 가슴이 아프다는 듯 대답하는 아버지. 중간부터 목소리를 작게 죽여서 속닥거린 말을 듣고 이해했다. 일단 비밀 루트니까. 대회에 출장하는 사람들도 같이 가야 하니까 이용할 수 없다는 건 확실하다. 마왕님만 따로 가는 것도 이상하고.

"우리는 오르투스가 개발한 대인원 수차를 타고 갈 거야. 저기 세워져 있지? ……버스라고 하더라."

"버스."

내 어깨에 툭 손을 올린 리히토가 웃으면서 가르쳐 주었다. 누가 지은 이름인지는 물어보지 않아도 알 수 있었다. 당연히 아빠다. 괜히 다른 이름을 쓰는 것보다는 외우기 쉬워서 좋지만!

"대회를 관전하는 사람들도 이 버스를 타고 같이 갈 예정이야. 즉 저 버스는 여기서부터 대회장까지 왕복 전용이라는 거지."

"아하. 마왕성의 마크가 달려 있는 건 평범한 수차랑 헷갈리지 말라고?"

"맞아. 뭐, 버스 같은 커다란 탈것 자체가 처음 보는 셈이니까 헷갈릴 일도 없지만 신뢰감을 주잖아?"

리히토의 설명에 고개를 끄덕이며 조금 떨어진 곳에 있는 버스를 바라보았다. 눈에 띄는 위치에 마크가 달려 있어서 마왕성 소유인 줄 알았네. 어느 의미 그럴지도 모르지만. 다들 아는 저 마크라면 처음 타는 수차라고 해도 다들 안심하고 탈 수 있으니까 나이스 아이디어입니다!

"슬슬 가셔야 합니다, 자하리아슈 님. 통행에 방해됩니다."

잠시 아버지와 리히토와 대화하고 있었더니 적당한 때를 봐서 크론 씨가 말을 꺼냈다. 마왕국 사람들은 지금부터 버스를 타고 회장으로 간다고 했다. 굳이 밤에 이동할 필요는 없지 않나 했는데, 그게 평소 길을 쓰는 사람들을 방해하지 않아서 좋다나. 아하, 그 부분은 오르투스와 같은 생각이구나. 대회가 있다고

다 함께 우르르 이동했다간 평소 길이나 수차를 이용하는 사람들이 불편해할 거라고 했었지.

"게다가 자하리아슈 님께서 계신 것만으로도 마물은 방해하지 않습니다. 버스에 자기만 하는 간단한 일이죠. 잘 되셨군요."

"어쩐지 말투에 가시가 난 것 같구나, 크론……."

밤은 마물이 활발하게 활동하는 시간대라는 문제도 마왕님의 존재로 클리어. 음, 확실히 크론 씨의 말 구석구석에서 가시가 느껴진다. 분명 바쁜 와중에 아버지가 자꾸 탈주하려고 해서 신경이 날카로워진 거겠지. 아버지가 항상 죄송합니다.

"그래, 벌써 가야 하는구나."

모처럼 만났는데 벌써 헤어진다고 하니 조금 아쉽다. 계속 하이 엘프 마을에 있었기 때문에 평소보다 더 그리움이 커졌을 뿐이다. 그래, 순전히 그래서다.

"윽, 이럴 수가……! 보이지 않는 뭔가가 발목을 잡는구나……!"

"자하리아슈 님, 빨리 버스에 타십시오."

내 중얼거림이 들린 모양이었다. 아버지는 가슴을 누르며 이쪽을 향해 부들부들 손을 뻗었다. 크론 씨가 찰싹 때려서 치워 버렸지만. 가, 가차 없네.

"괜찮습니다, 메구 님. 회장에서 다시 만날 수 있습니다. 거점이 오르투스와 가까우니까요."

그리고 나에게는 친절한 설명을 잊지 않는 크론 씨. 무표정이지만 목소리가 부드러워서 나를 배려해준다는 게 잘 전해졌다. 그래, 또 금방 만날 수 있어. 시간이 비면 같이 구경 다니는 것도 좋겠지. 분명 많은 가게가 기회를 노리고 출점했을 테니까. 후후, 기대된다!

"어, 그러니까 또 보자. 메구의 시합도 기대할게."

"윽, 리히토. 그 말은 하지마……."

잊어가고 있던 걸 상기시켰다. 위가 쿡쿡 쑤셔……!

"나도…… 기대할게. 메구의 시합."

"으으, 울바노까지."

긴 앞머리 너머로 물끄러미 바라보면서 말하니까 압박감이 두 배! 끄응, 꼴사나운 시합은 절대 못 보여주겠는데. 힘내야지!

"울바노, 그리고 리히토, 님도. 빨리 버스에 타십시오."

이런, 크론 씨와 리히토는 아직 삐걱거리는 모양이다. 둘 다 서로의 눈을 보려 하지 않아서 그럴 것 같기는 했지만. 리히토? 아직 진전이 없는 거야? 그런 뜻을 담아 시선을 보내자 리히토가 눈치채고 쓴웃음을 지었다.

"이래 봬도 노력하고 있어."

"흐응."

뭐, 쉽지 않은 일이긴 하다. 하지만 보기만 하는 건 꽤 답답하단 말이지. 인사하고 떠나는 리히토에게 가볍게 손을 흔들고 있었더니 울바노가 아직 이쪽을 보고 있다는 걸 알아차렸다.

"울바노, 안 가도 돼?"

"으, 그게……."

말을 걸자 우물쭈물하더니 푹 고개를 숙이고 말았다. 하지만 그 자리에서 움직일 마음은 없어 보인다. 왜 그러는 거지? 의아해서 얼굴을 살피려고 한 그때, 울바노가 휙 머리를 드는 바람에 코앞에서 눈이 마주쳤다.

"메구를 만나서 기쁘, 다, 고, 으아."

"으헉, 깜짝이야!"

울바노는 고개를 들면서 소리치기도 했고 눈앞에 얼굴이 있어서 나도 깜짝. 하지만 나보다 울바노가 더 놀란 모양이었지. 허둥지둥 얼굴이 새빨개져서 뒤로 물러나는 울바노의 손을 살며시 잡아서 멈춰 세웠다.

"나도 울바노를 만나서 기뻐! 회장에서 다시 만나자."

"어, 그게, 으, 응……!"

좋아! 살짝 억지를 쓴 감이 있긴 했지만 대화가 성립되었어! 기뻐서 생글거리고 있었더니 늦었다고 걱정된 건지 리히토가 돌아와 울바노의 팔을 잡아당겼다.

"자, 이만 가자. 나 참. 뭐, 울바노는 메구의 팬이니까 어쩔 수 없나."

"팬?"

"어. 동경하는 것 같더라. 조련사가 따로 없어요."

"조련사라니……."

뭔 소리냐고 물어보려고 했지만 리히토는 울바노를 질질 끌고 가듯이 버스로 가버렸다. 울바노는 얼굴이 빨개진 채 굳어있었거든. 어째 미안해라. 넘어지진 않을지 걱정이다. 그나저나 팬이라. 어쩐지 민망한데. 별로 대단치도 않은데. 마왕의 피가 영향을 주는 걸까. 조금 더 익숙해지면 편한 친구처럼 지낼 수 있게 될까. 앞날은 멀지만 언젠가는 그렇게 되면 좋겠다. 옆으로 기르 씨가 슥 다가오는 기척을 느꼈다. 내가 대화하는 동안 살짝 뒤로 물러나서 지켜보고 있었던 모양이다. 대화에 끼어들어도 괜찮은데. 하지만 기르 씨는 별로 잡담을 즐기지 않는단 말이지. 아니, 피하는 수준이다. 강요는 안 하겠습니다. 버스 이동 팀이 버스에 다 탈 때까지 그 자리에서 기르 씨와 함께 지켜보고 있었더니, 버스에 타기 직전 리히토가 한순간 이쪽을 돌아본 것 같은 느낌이 들었다. 하지만 그대로 버스에 타버렸으니까 착각인가? 이쪽을 본 게 아니었다거나?

"저 녀석……."

"기르 씨?"

하지만 기르 씨는 무언가 느낀 모양이다. 뭐지? 고개를 갸웃거리는 내 머리 위에 기르 씨가 가볍게 손을 올려놓고 아무것도 아니라고 대답했다.

"곧 어두워지겠다. 여관으로 가자."

"……응. 알았어."

아마 말할 생각이 없는 거겠지. 필요하다고 느끼면 말해줄 테고. 궁금하긴 하지만 억지로 물어볼 건 아니니까. 넘어가 주기로 하자.

"저녁밥은 뭘까!"

"메구는 많이 먹지도 못하면서 식탐은 있구나."

부정은 안 해! 왜냐하면 맛있는 건 사람을 움직여주니까! 먹는 것, 그것은 즉 산다는 것!

3 동료들과 합류

마왕국 마을의 여관에서 하룻밤 잔 우리는 아침 일찍 일어나 바로 여행 준비를 했다. 기르 씨가 어젯밤처럼 간다면 그리 서두르지 않아도 예정대로 도착할 수 있다고 하긴 했지만. 너, 너무 기대돼서 눈이 알아서 떠지더라고. 그치만 오르투스의 동료들을 만나는 거잖아! 오랜만이란 말이야!

"오르투스에서 참가하는 사람들은 각자 따로 움직였지만 이미 전원 회장에 도착한 모양이군."

"어, 그래?"

마을 밖으로 나와 내가 탈 바구니에 천을 세팅하고 있었더니 그림자새로 연락하고 있었던 듯한 기르 씨가 그렇게 가르쳐 주었다. 그 이야기를 들으니 더욱 가슴이 두근거려! 뒤에서 기르 씨가 쿡쿡 웃었다.

"서둘러 갈까?"

"부, 부탁드립니다……."

심술궂게 웃는 기르 씨는 살짝 섹시함이 감돌아서 심장에 안 좋다. 미남이니까 조심하세요.

"어제보다 속도를 올려볼까……. 떨어지지 않도록 조심해. 떨어져도 반드시 받을 거지만."

"노, 노력할게."

떨어지는 건 싫다. 그 속도로 날다가 바구니에서 휙 날아가다니 너무 무섭다. 기르 씨의 철통 보안이 있으니까 다칠 일은 없다는 안심감은 있지만. 아니, 그래도 무서운 건 무서우니까 바구니 꽉 잡고 있어야지. 바구니에서 머리도 안 내밀면 분명, 분명 괜찮을 거야! ……그렇게 생각했던 내가 안이했다.

"으히이이이이익……."

현재 낙하 중입니다! 마음도 단단히 먹었는데 어떻게 이럴 수가! 바구니도 꽉 붙잡았고, 머리도 숨겼고, 완벽했는데! 이 몸이 너무 가벼워서 멋지게 휙 날아갔다. 손아귀에 힘이 조금만 더 셌다면 날아가지 않았을지도 모르지마아아안!

"윽, 후우야아아아!"

『맡겨줘, 주인님!』

하지만 나도 그냥 낙하하기만 하는 건 아니다. 속수무책으로 떨어지진 않는다. 후우를 부르면 그것만으로도 쇼가 바로 통역해서 후우에게 전달해 준다. 이번에는 미리 떨어지면 받아 달라고 부탁해놨으니까 시간차도 거의 없다. 바로 부드러운 바람이 나를 감싸며 허공에 둥실 떴다. 바람으로 된 비눗방울 속에 있는 듯한 감각이다.

『괜찮아? 메구.』

그때 조금 위에서 그림자독수리 모습인 기르 씨가 다가왔다. 목소리는 아주 침착하다. 왜냐고? 당연하지! 나는 부루퉁한 얼굴로 항의했다.

"기르 씨, 내가 날아갈 거 알고 있었지!"

알면서 일부러 그런 속도를 낸 거다. 이것도 다 훈련을 위해.

알아, 알지만, 역시 바구니에서 떨어지는 건 무서웠다고! 하지만 기르 씨에게 악의는 없다. 예고 없는 피난 훈련 같은 거라고 본다. 그거 무서웠지……. 초등학생 때 싫어하는 행사 톱 쓰리에 들어간다.

『미안해. 하지만 이 정도는 이제 괜찮잖아? 게다가 내가 곁에 있으면서 다치게 할 일은 없어.』

"알긴 하지만! 알고는 있지만!"

뺨을 복어처럼 부풀리며 그대로 바구니 안으로 돌아왔다. 지금은 그림자독수리 모습이니까 실제로 웃고 있는 건 아니지만, 쓴웃음을 짓는 기르 씨의 모습이 훤히 보인 느낌이 든다. 끄으응.

『제대로 대응할 수 있다는 것도 확인했으니까 이제는 안 해. 기분 풀어 줄래?』

기르 씨는 거짓말하지 않는다. 그런 사람이 이렇게 말한다면 정말 안 할 테지만, 기분 말이지……. 어떻게 할까……. 딴청을 부리면서 토라져 있었더니 달콤한 제안이 날아왔다.

『……회장에 도착해서 시간이 난다면 어디든 원하는 곳에 데려가 줄게.』

"진짜?!"

단순하다는 건 자각하고 있다. 그러니 속으로 웃지 마. 다 전해지거든? 하지만 원하는 곳에 데려가 준다는 건 매력적이다. 세인슬레이는 상당히 나아졌다고는 하지만 치안이 안 좋으니까 함부로 돌아다니지 말라고 그랬거든. 기르 씨가 있으면 친구들하고 노점을 돌 수 있어! 구트랑도 편지로 약속했었고. 후후, 기대된다!

그 후 하늘 여행은 약속에 관한 이야기도 하고 대회에 대해 이런저런 예측도 해보는 등 신나게 대화하며 즐거운 시간이 되었다. 기르 씨는 잘 들어주니까 자꾸 조잘조잘 말하게 된단 말이지. 이미 조금 전 일은 잊어 버리고 기분이 풀린 나였다. 어라? 나 어쩐지 기르 씨의 손바닥 위에 있는 거 아니야? 뭐, 상관없나.

대회 회장이 있는 마을 입구 주변에 도착한 게 마침 점심시간. 그 후로 내가 날아가는 속도를 파악한 기르 씨가 아슬아슬하게 안 날아갈 수 있는 속도를 유지하며 이동해 준 덕분에 예상했던 대로 일찍 도착했다. 내가 날아갔던 건 그 아슬아슬한 선을 가늠하기 위해서이기도 했다는 모양이다. 그 후엔 수다 떨 여유도 생겼으니 역시 제대로 배려해 주었다는 걸 느꼈다. 뭐, 기르 씨니까.

"참가자는 광장 한곳에 모여서 캠핑하는 거랬지?"

인간형으로 돌아와 평소처럼 후드와 마스크를 착착 장착한 기르 씨에게 확인하는 의미도 담아서 물어보았다. 조금 전에 하던 이야기이기도 하다.

"그래. 마을 여관은 대회에 맞춰서 임시로 많이 증설했지만, 거기는 일반 손님을 받는다고 하니까."

대회 운영을 맡은 특급 길드는 최대한 자기들끼리 알아서 한다는 의견으로 만장일치를 봤다고 했다. 그 부분은 다들 협력적

이구나. 애초에 대회를 여는 건 마을 부흥이 목적이니까 당연하
다면 당연하니까.

"그나저나 사람 참 많다. 기르 씨처럼 마물형으로 여기에 오
는 사람들도 좀 있었고."

"대회 개막이 가까이 다가왔으니까. 앞으로 더 늘어날 거다."

그것도 그런가. 우리처럼 출장자는 사전 준비나 회장 분위기
에 적응하기 위해서 일찍감치 도착하기로 했지만, 관전만 하는
사람은 그렇게 일찍 올 필요는 없지. 기르 씨에게 손을 맡긴 김
에 나는 주변을 실컷 두리번거렸다. 정말 다양한 아인이 있다는
게 실감이 간다. 털북숭이 귀나 꼬리가 달린 반마형은 평소에도
자주 보지만, 이동하기 위해 다들 마물형 모습을 하고 잇는 이
광경은 처음이었으니까. 하지만 세인슬레이의 사막 지대는 털이
있는 아인들에겐 힘든 모양이다. 털 사이에 모래가 섞인 게 불
편하다는 듯 몸을 푸다닥 털거나 뒷발로 긁어대는 모습이 여기
저기에서 보였다. 오르투스로 말하자면 니카 씨나 레키가 고생
할 것 같다.

"어, 어라? 마을은 저쪽 아니야?"

문득 정신을 차리자 기르 씨가 마을과는 반대쪽으로 걷고 있
었다. 점점 왼쪽으로 빗나가는 느낌. 그쪽에 뭐가 있는지 궁금
해서 물어보자 야영용 광장을 이쪽에 마련해 놨다고 한다. 마
을 안에 만드는 게 안전하긴 하지만 광장의 넓이를 우선한 모양
이었다. 대회 출장자나 실력에 자신이 있는 사람이 이용하니까
자기 몸은 스스로 지킬 수 있을 거라는 판단이라나. 마대륙이기

때문에 가능한 결정이구나. 인간이었다면 이렇게는 안 되지.

"오르투스의 거점도 그곳에 있어. 장소는 미리 지정해 놔서."

거기서 다들 기다린다는 기르 씨의 말에 가슴이 두근거렸다. 마을을 산책하고 싶은 마음은 있지만, 길드원들을 만나고 싶은 마음이 더 크거든! 나는 살짝 폴짝거리며 걸어갔다. 길을 오가는 사람들이 쿡쿡 웃었다. 미, 민망해……! 그리고 몇 분 뒤, 모래밖에 없던 가도가 일변하여 잔디가 깔린 광장이 불쑥 나타났다. 그곳이 야영용 광장이라는 게 한눈에 알 수 있었다. 걷기 불편하던 길이 갑자기 푹신해지자 기분도 업. 주위를 둘러보자 다들 기뻐하는 얼굴인 걸 보면 분명 같은 마음인 거겠지. 이번에는 광장을 두리번두리번. 간이 로프로 간단하게 구역을 분리해 놓은 모양이다. 소인원용 공간, 다인원용 공간 등을 대강 나눈 듯하다. 오르투스는 다인원용일 테니까 안쪽일 것 같다는 생각에 시선을 돌리자 그곳에 익숙한 사람들이 서 있는 게 보였다. 그중 한 명과 눈이 마주치자 나는 무심코 달려갔다.

"아빠!"

"오, 메구!"

그 기세 그대로 다이빙! 아빠는 나를 어렵지 않게 받아내더니 그대로 안아 주었다. 와아! 오랜만에 보는 아빠다! 여전히 내가 선물한 하늘색 넥타이를 매고 있다. 헤헤헤.

"잘 지냈나 보네. 게다가 강해졌어."

"느껴져?"

"막연하게. 열심히 했구나. 수고했다."

나를 안아 든 아빠는 나를 관찰하면서 그렇게 말했다. 느껴지는구나. 그것도 대단한데. 수고했다며 머리를 쓰다듬어 주는 이 손바닥의 감각도 오랜만이라서 기쁘다.

"기르도 고생했고. 문제는 없었나 보네."

"그래. 문제없다."

이어서 뒤에서 따라온 기르 씨에게도 인사하는 아빠. 상사라는 느낌! 어쩐지 간질간질하다.

"메구우우! 뭐야, 나 잊어버렸어?"

"아스카! 잊었을 리가!"

아래쪽에서 목소리가 들려서 내려다보자 이쪽을 올려다보며 부루퉁한 얼굴이 된 미소년이 있었다. 역시 아스카는 귀엽구나. 찰랑찰랑한 금발이 한층 반짝거린다. 아빠에게 내려달라고 해서 아스카와도 재회 인사. 그 후 차근차근 오르투스의 다른 길드원들에게도 인사했다. 흠흠, 대회에 온 사람들이 누구인지 여기서 판명!

"메구, 오랜만이야! 예정보다 일찍 만나서 기뻐!"

"메구, 건강해 보여서, 다행이야."

나를 끌어 안아주는 사우라 씨와 웃으면서 인사하는 로니.

"고생했어, 메구. 오늘은 여기서 푹 쉬도록 해."

"남는 시간은 전부 휴식으로 돌리죠. 배는 고프지 않은가요? 메구."

그 모습을 쿡쿡 웃으면서 지켜본 케이 씨와 부드럽게 미소 짓는 슈리에 씨.

"오, 메구! 여기 맛있는 거 있어."

"야 오니, 혼자 다 먹지 마!"

"이크, 사라지기 전에 먹어야겠다!"

"와이엇도! 너희들은 식탐이 너무 강해!"

조금 떨어진 곳에서 두툼한 고기를 먹는 쥬마 오빠와 허둥지둥 사수하는 와이엇 씨. 그리고 두 사람에게 화내는 레키. 후후, 다들 여전한 것 같아서 좋다. 어째 상당한 전력이 모인 것 같은데? 릴트레이에 있는 오르투스의 본거지는 괜찮은 걸까? 하지만 그건 괜한 걱정이었다는 게 바로 판명되었다. 오르투스에 남은 사람들이 누구인지 듣고 이해가 갔거든. 먼저 항상 오르투스를 경비해 주는 루드 선생님. 여기서 이미 안심이다. 전투력은 다른 사람들만큼은 아니어도 누구보다 위험을 잘 감지할 수 있으니까 대책도 확실하단 말이지. 길드원들이 돌아올 때까지 방문 진료는 못가지만, 그것도 다른 의료진이 맡아 줘서 문제는 없다고 한다. 역시나. 전력으로는 니카 씨가 있다. 이쪽도 당분간 원정은 가지 않고 오르투스에 있어 준다고 한다. 평소에는 외부로 나가는 의뢰가 많았으니까. 몸집이 큰 니카 씨라면 존재감도 넘치고 오르투스에 있는 것만으로도 든든하다. 실제로 아주 강하기도 하고!

"그리고 접수처 애들도 제법이야. 내가 딱 붙어서 손수 가르쳐 준 함정이 있거든. 내가 설치해 놓은 것도 있으니까 적의가 있는 사람은 한 걸음도 들어올 수 없어!"

너무 든든하다. 접수처 언니들도 사실 사우라 씨에게 상당히 단련받고 있었구나. 사우라 씨가 이 정도로 장담하는 걸 보면 정말 괜찮은가보다.

"접수 업무는 아돌이 있으니까 문제없어! 그리고 우리 형도 있으니 보조계 마법도 완벽해! 뭐, 형은 메어리라와 같이 남아 있게 되었다고 신났으니까 그 점은 걱정되지만."

머리 뒤에서 깍지를 끼고 그렇게 말하는 와이엇 씨는 시원한 표정으로 웃고 있다. 아, 오웬 씨의 쌍둥이 동생인 와이엇 씨는 항상 메어리라 일로 오웬 씨에게서 유탄을 맞곤 하니까. 옅은 녹색 눈동자가 반짝거려……! 잠시 스트레스에서 해방되었다는 느낌일까. 아무튼! 이제 출장 멤버 물어봐도 되겠지? 계속 그때 가서 기대하라고 안 가르쳐 줬었다. 이제 그만 듣고 싶어! 근질 근질.

"사우라 씨. 오르투스에서는 결국 누가 무투대회에 출장하는 거예요?"

"아, 아직 안 가르쳐 줬었지. 후후, 좋아. 알려줄게."

사우라 씨의 말로는 한 길드에서 출장할 수 있는 건 네 명. 아, 미성년자 부문은 애초에 숫자가 적으니까 제한이 없다고 하지만. 근데 네 명? 쥬마 오빠하고 로니는 꼭 나갈 거고. 두 사람 말고도 케이 씨, 슈리에 씨, 와이엇 씨, 기르 씨도 있고 그 외에 몇 명 더 있는데. 사우라 씨는 백업이고 레키는 의료 담당이라고 해도 네 명은 넘어버리잖아.

"출장하는 건 쥬마와 로니, 그리고 저기 있는 두 사람이야!"

"어? 그래?!"

슈리에 씨는 미성년자 부문으로 나가는 아스카를 돕는 소위 보호자로서 왔다고 했다. 로니는 성인 부문이지만 스승인 케이 씨가 조언자로 붙고. 와이엇 씨는 거점 수비 담당이고, 다른 사람들도 대회 운영을 보조하는 인원이라고 했다. 아빠는 애초에 대회 운영 소속이고 말이지. 즉······.

"기르 씨는 출장 안 하는구나."

영락없이 기르 씨는 나가는 줄 알았다. 그러자 아빠가 크게 웃으면서 무슨 소리냐고 지적했다.

"기르가 나가면 우승해 버리잖아."

"아, 그런가."

그 말에 맹렬하게 동의. 확실히 기르 씨는 다른 사람보다 훨씬 더 강하다. 이건 틀림없다. 분명 다른 특급 길드의 길드원도 당해낼 수 없을 만큼 실력자일 것이다. 비교할 상대가 어느 정도 수준인지는 잘 모르니까 뭐라 말할 순 없지만, 아빠가 그렇게 말한다면 그런 거겠지. 조금만 생각하면 알 수 있는 일이었다. 아마 슈리에 씨와 마찬가지로 미성년자 부문에 출장하는 내 보호자로 붙어주는 거겠지. 그런데 나는 왜 기르 씨가 출장한다고 믿고 있었더라.

『반드시 쓰러트리겠어!』

『······와라.』

불쑥 낯익은 광경이 보였다. 이건 예지몽이다. 아니, 꿈 건너기? 으음, 하지만 아마 이건 미래를 보는 거겠지. 리히토와 기르 씨가 서로를 노려보는, 예전에 꾼 적이 있는 꿈. 리히토의 장검에서 희푸른 빛이 나고, 그걸 휙 휘두르자 빛이 기르 씨를 향해 날아간다. 그 빛은 번개처럼 닿으면 까맣게 타버릴 것 같다. 하지만 기르 씨는 그 빛을 검으로 가볍게 튕겨내고, 자기를 향해 들이닥친 리히토의 장검을 그대로 받아냈다.

『그 정도인가.』

『준비 운동이거든!』

역시 완전히 똑같은 예지몽이잖아! 이다음에는 리히토가 아주 커다란 마력을 움직여서…… 그대로 공격 마법을 날리려고 한다. 그건 위험하다니까. 그렇게 생각한 내가——.

"메구?"

기르 씨의 부름에 퍼뜩 정신을 차렸다. 아, 그렇지. 내용이 흐릿했었지만 전부 선명하게 떠올랐다. 전에도 한 번 이 광경을 어렴풋이 떠올린 적이 있었다. 그때 기르 씨가 무투대회에 출장한다고 믿었다. 이건 대회에서 싸우는 두 사람을 보는 거라고. 하지만 그럼, 더욱……. 그 미래는 언제 어디에서 일어나는 걸까.

"왜 그러지? 멍하니 있고."

"아, 아니. 아무것도 아니야."

이건 좀, 아직 아무에게도 말하지 못하겠다. 리히토와 기르 씨가 싸운다고 어떻게 말해. 대회도 아닌데 싸운다는 건 보통 일이 아니잖아. 게다가 나도……. 응? 잠깐. 아까 본 건 전에 봤던 거랑 같은 꿈이었다. 그렇다면 미래는 그때나 지금이나 달라지지 않았다는 거잖아. 결국 이대로면 그 꿈에서 본 일이 일어난다. 그게 언제인지는 모르지만, 리히토를 보면 지금으로부터 그리 멀지 않은 미래다. 인간인 리히토의 겉보기 나이가 비슷했으니까 10년 뒤 이러진 않겠지. 그리고 내가 그 커다란 공격 마법 앞을 가로막는 것도 분명 변하지 않을 거야. 음, 이해하지 못하는 건 아니다. 둘 다 나에겐 소중한 사람이니까 순간적으로 뛰어드는 내 행동 패턴은 이해할 수 있다. 문제는 그다음이란 말이지. 꿈은 거기서 끝나니까 그 후에 내가 어떻게 되었는지는 모른다. 전에 꿨을 때도 지금도 거기서 끊어졌으니까 어쩌면 무사히 넘어가지 않는 결과가……? 어, 나 죽거나 그런 건 아니지? 두 번째 사망? 싫어! 아무리 수명이 길다고 해도 하다못해 어른이 될 때까지는 살고 싶다고! 그리고 충격을 숨기지 못하는 이유는 하나 더. 예지몽을 꿔 버렸어……! 전혀 제어하지 못하고 있잖아!! 눈물 난다. 아니, 아니지. 낙담하는 건 아직 일러! 아직 제어 훈련을 막 시작한 참이잖아. 이 정도로 굴하면 안 되지. 계속해서 정신줄 꽉 잡자!

"자! 오늘은 다들 모였으니 저녁을 조금 호화롭게 먹자! 치오리스가 많이 챙겨줬으니까!"

"나! 나! 노점에서 이것저것 사왔어! 술도!"

"오, 쥬마 제법인데? 사실 나도 술 가져왔거든."

"오오오! 진짜?!"

쥬마 오빠와 와이엇 씨가 흥분했다. 나이도 비슷해 보이는 두 사람은 죽이 잘 맞는 모양이다.

"정말 어쩔 수 없다니까. 적당히 마셔라?"

평소에는 여기서 불벼락을 떨어트리는 사우라 씨도 오늘은 허리에 손을 얹고는 절레절레 고개를 저을 뿐이었다. 오늘은 눈감아 줄 수 있다는 건가. 문득 주위를 둘러보자 오르투스의 길드원들이 열심히 준비하기 시작했다. 나무를 쌓아 놓은 걸 보면 저기에 불을 피우는 건가? 캠프파이어 같아서 두근거린다.

"메구, 우리도 준비 도와주자!"

내 앞으로 불쑥 나타난 아스카가 그렇게 말했다. 설레는 마음을 숨기지 못하고 눈이 반짝거리는 게 귀여워! 힐링된다. 그래, 모처럼이니까. 지금은 즐기지 않으면 손해지. 모르는 걸 생각해 봤자 소용없고, 어떻게든 될 거야! 마력도 방출하고 온 포지티브 메구란 말씀!

"응! 그럼 식탁 준비하러 가자!"

"알았어!"

아스카에게 손을 잡혀 우리는 준비하는 사람들에게 타다닷 달려갔다. 아아, 이 떠들썩한 느낌 오랜만이다. 역시 안정되는구나 오르투스. 둘이서 무거운 테이블을 들으려고 고전하고 있었더니 쥬마 오빠와 와이엇 씨가 웃으면서 번쩍 들고 가거나, 커다란 테이블보가 엉켜서 몸을 움직이지 못하게 된 걸 로니가 구해주는 등 솔직히 일을 늘려 놨다는 느낌을 부정할 수 없지만, 다들 즐겁다는 듯 웃었으니 그것만으로도 가슴이 벅찼다. 우리? 결국은 얌전히 식기를 나르는 일에 전념했습니다. 아스카의 풀 죽은 얼굴이 귀여웠습니다.

그러는 사이에 해가 저물고 상당히 어두워졌다. 불빛을 마련하려는 사우라 씨에게 아스카가 자기가 하겠다고 자원했다. 이해해. 할 수 있는 건 하고 싶지!

"샤이오, 여기 있는 모든 램프에 불을 켜 줘!"

『쉬운 주문이군.』

아스카는 첫 계약 정령인 빛의 정령 샤이오와 함께 자연 마법을 사용했다. 순식간에 모든 램프가 금색으로 빛나며 주변이 확 밝아졌다. 앗, 잠깐. 오히려 눈이 부셔. 의욕이 너무 넘쳤나? 득의양양한 금색 코끼리를 향해 아스카가 당황하며 재주문했다.

"샤, 샤이오, 정말 대단하다! 하지만 빛을 조금 살살…… 그러니까, 조금 더 약하게 하는 건 역시 어려울까? 샤이오라면 할 수 있을 것 같은데."

『당연하지! 그 정도는 간단해!』

그러자 너무 눈이 부셔서 접근할 수도 없었던 램프의 불빛이 적당한 밝기로 줄어들어 다들 안도의 한숨을 쉬었다. 아하, 샤이오는 자존심이 강하구나. 아스카도 다루는 솜씨가 제법이다. 지금도 '역시 샤이오야!' 하면서 마구 칭찬하고 있다. 잘 전해지지 않으면 이런 일이 일어나는구나. 정령도 선의에서 하는 행동이니까 마음을 달래주는 건 중요한 부분이다. 나에게는 쇼가 있으니 이런 고생을 한 적이 없지만. 반칙이라는 생각도 들지만 쇼가 너무 우수한 거다.

『우후후! 나는 확실히 대단하지만 그것만이 아니야. 다들 주인님을 좋아하니까, 조금이라도 주인님의 생각을 이해하고 싶어 하기 때문이지! 주인님이 대단한 거야.』

"쇼……! 으으, 다들 사랑해!"

내 마음의 목소리를 들은 건지 슥 날아온 쇼가 주먹을 쥐고 열변을 토했다. 그게 너무 귀여워서 쓰러질 뻔했다. 자신의 대단함을 순순히 인정할 수 있게 된 것도 눈시울이 뜨거워진다. 그렇게 자신감이 없었던 그 쇼가! 물론 열심히 해주는 다른 정령들도 너무 사랑스럽다. 러브!

"자, 시작하자! 두목, 모처럼이니까 인사해!"

"뭐? 어음, 뭐냐. 지금부터가 실전이다. 다들 방심하지 말고 즐기면서 가자! 건배!"

여전히 무게감이 없는 인사구나. 빨리 술을 마시고 싶었던 게 틀림없다. 하지만 다들 같은 마음이었던 건지 오히려 기뻐하며 건배하고 있다. 후후, 아빠답다니까. 이렇게 무투대회를 향한 첫걸음, 첫날밤이 떠들썩하게 시작되었다.

다음 날, 눈을 뜨고 밖으로 나가 보자 이미 다들 일하고 있었다. 대회 준비를 위해 뭔가를 설치하고, 마도구를 조절하고, 출장자 확인, 토너먼트, 심판 등등 해야 할 일은 많이 있으니까. 나도 평소보다는 일찍 일어난 편인데 그보다 더 일찍 일어나서 일하고 있다니. 어제 그렇게 술을 마시며 떠들어 댔는데 말이지. 어른은 대단하다.

"잠 안 자고, 그대로 일하러 간 사람이, 대부분이야."

로니의 설명에 더욱 감탄했다. 마대륙의 어른들은 스펙이 너무 좋다. 며칠 정도는 자지 않아도 괜찮다는 걸 새삼 실감했다. 참고로 나는 어른이 되어도 안 잘 수 있을 자신이 없다. 그나저나 어젯밤은 재밌었지. 치오 언니가 만든 햄버그는 최고로 맛있었고, 노점에서 사왔다는 꼬치구이도 정말 맛있었다. 디저트로는 케이크와 푸딩과 젤리도 있어서 그만 과식해 버렸다. 먹을 것만이 아니다. 와이엇 씨가 기타를 치면서 노래하는 걸 보고 놀랐다. 게다가 엄청 잘하더라! 다들 그 음악에 맞춰서 춤을 추거나 같이 노래하거나 하며 연신 웃었는데, 그게 왠지 무척 행복했다. 나도 춤을 췄지만 아빠에겐 뭘 그렇게 허우적거리냐는 말을 듣고 말았다. 너무해. 절대 용서 못 해. 실례잖아. 하지만 사람들과 잔뜩 떠들고 웃으면서 아주 즐거웠다. 이렇게 시끄럽게 놀아도 괜찮은 건가 걱정했는데, 그 부분은 오르투스라고 해야 할까. 방음 마도구를 설치해 놨었습니다. 빈틈이 없어……! 하지만 나와 아스카는 어린아이라서 일찌감치 간이 텐트에 돌아가 잤다. 계속 더 참가하고 싶었지만 둘 다 꾸벅꾸벅 고개를 저어대서 어쩔 수 없었다. 몸은 솔직하다. 간이 텐트는 두 명당 하나씩 배정된 모양이었는데, 나는 기르 씨와 같은 텐트였다. 요즘은 계속 같이 자고 있었으니까 그 연장이란 느낌이라서 안심한 건 비밀이다. 하, 하지만! 엄청 안심된단 말이야! 어제는 그야 혼자 잤지만. 기르 씨도 연회는 즐겼으면 했고. 쓸쓸하진 않았다. 진짜로. 응.

"메구, 뭐, 먹을래?"

"으음, 어제 많이 먹어서 배가 별로 안 고파."

로니의 질문에 배를 문지르며 대답했다. 진짜 더는 안 들어갈 정도로 먹었다. 그래도 아스카 말로는 자기 한 끼 식사보다 적

다지만. 아스카가 많이 먹는 거라고……!

"과일만이라도, 먹을래?"

"응, 그럴래! 로니는?"

"응. 나도 같이, 먹을게."

아무래도 나를 기다렸던 모양이다. 로니는 여전히 친절하구나. 얼굴도 어른스러워져서 이젠 또래라기보다는 한참 연상이란 느낌이 되었지만, 속은 옛날과 변함없이 온화하고 같이 있으면 편안하다. 둘이서 후후 웃으며 밖에 설치된 간이 테이블로 향했다.

"아, 메구! 좋은 아침!"

"아스카! ……아침부터 잘도 먹네."

테이블에는 선객이 있었다. 커다란 그릇에 담긴 수프와 샐러드, 그리고 빵이 수북한 바구니를 독점하는 듯한 형태로 하염없이 먹고 있다. 대단해라. 어라, 전보다 먹는 양이 더 늘어난 거 아냐? 아스카 옆에는 우아하게 홍차를 마시는 케이 씨. 그곳만 공간이 다른 듯한 착각이……. 완전히 한 폭의 그림인데요!

"요즘은 특히 아침을 잘 먹지 않으면 못 버티겠어. 슈리에 말로는 성장기래. 메구는? 배 안 고파?"

큭, 아스카가 순진한 얼굴로 내 심장을 후벼팠어……! 즉 너는 아직 성장기가 안 온 거냐, 아직 꼬맹이구나 하는 말과 마찬가지다. 됐어. 나도 나중에 올 거야. 키도 커질 거고 몸도 발달해서 나이스한 바디가 될 거라고……. 훌쩍.

"어제, 많이 먹었으니까. 나도 별로, 배가 고프진, 않아."

"식사량은 사람마다 다 다른 법이야. 류아스카티우스는 든든하게 잘 먹고, 메구는 가볍게 먹으면 돼. 중요한 건 자신의 적정량을 아는 거지."

로니는 역시나 다정하고 케이 씨의 말에는 설득력이 있었다. 둘 다 사랑해요! 쓴웃음을 지으며 자리에 앉은 로니 옆에 나도 앉은 뒤 수납 팔찌에서 과일을 테이블에 꺼냈다. 애프리와 나바바, 그리고 오랑이다.

"먹고 나면 둘 다 훈련하러 갈 거지?"

그걸로 배가 부르냐는 듯 고개를 갸웃거리면서도 화제를 바꿔주는 아스카. 그랬다. 시합에 출장하는 사람은 준비를 돕지 않고 훈련하라는 이야기를 들었다. 우리의 보호자인 기르 씨, 슈리에 씨, 케이 씨가 교대로 우리를 봐주기로 했다. 오늘은 케이 씨 차례. 바로 '물론이지'라고 대답하며 고개를 끄덕였다.

"나 아주 강해졌으니까! 미성년자 부문에서 우승할지도 몰라!"

"오오, 자신이 넘치는데! 정말 강해졌겠구나."

"메구도 그렇지?"

"응! 많이 열심히 했어!"

아스카의 이런 긍정적인 부분이 참 좋다. 훈련에서 서로 얼마나 강해졌는지 확인하자며 웃었다.

"로니도 같이 훈련해? 아, 하지만 부족하려나……."

그 후 로니를 보고 물었다. 성인 부문에 나가니까 훈련 강도도 우리보다 훨씬 세겠지. 인간 대륙에서 같이 노력하던 그 시절이 그립다. 마대륙에 돌아와선 케이 씨의 지도 아래에서 매일 빠짐

없이 훈련했으니까. 로니는 정말로 강해졌다.

"아마, 다른 메뉴가, 될 거야. 하지만, 두 사람의 훈련, 조금 본 뒤에, 하려고."

로니가 케이 씨에게 눈짓으로 확인하자 케이 씨는 싱긋 웃으며 고개를 끄덕여주었다.

"정말?! 와!"

같이 할 수 있으면 좋겠다고 기대에 찬 눈빛을 눈치챈 모양이었다. 내가 기뻐하는 걸 보더니 케이 씨와 로니가 쿡쿡 웃었다. 어리광 부렸나? 로니도 시합에 나가니까 훈련 시간을 빼앗는 건 미안하지만.

"로니는 이제 막 성인이 된 건데 어른들과 싸우는 거잖아. 주변이 다들 강한데 긴장 안 돼? 그, 진짜 우리 봐줘도 괜찮아?"

걱정돼서 물어봤더니 로니는 부드럽게 웃으며 대답했다.

"아마, 못 이길, 거야. 하지만, 도전하는 보람이, 있어. 게다가, 쉽게 질 마음도, 없고."

그리고는 내 머리를 살며시 쓰다듬으며 우리의 훈련을 봐주는 것도 수행이 되니까 괜찮다고 달래 주었다.

"그렇구나. 좋아. 그럼 같이 힘내자!"

그런 우리를 보던 아스카가 싹 비운 식기를 정리하며 씩씩하게 외쳤다. 그 구령에 맞춰 나와 로니도 '오오' 하며 주먹을 치켜들었다. ……그나저나 아스카, 언제 다 먹은 거지?

식후 휴식 겸 유유히 산책하면서 다 함께 훈련장으로 향했다. 놀랍게도 대회를 위해 전용 훈련장까지 마련해 주었다고 한다.

물론 오르투스가 담당했다.

"와아, 대단하다고는 생각했지만 역시 대단해."

"그 반응은 뭐야! 웃겨라."

훈련장에 한걸음 들어간 순간 무심코 솔직한 감상이 튀어나왔다. 아스카는 웃었지만. 아니, 하지만 정말로 그랬단 말이야. 건물 자체는 평범한 오두막이지만 오르투스가 거기서 끝날 리 없다. 당연히 고정 이공간 마법을 걸어놔서 문을 열면 가볍게 운동할 수 있는 공간이 펼쳐져 있다. 게! 다! 가! 여럿이서 섞이지 않도록 길드마다 방이 나뉘어 있다고! 훈련이니까 익숙하지 않은 상대방도 있는 곳에서 하는 것보다는 편하게 임할 수 있을 것이라는 고려도 들어갔다고 한다. 물론 여기서 만난 다른 길드 사람과 함께 훈련하는 것도 가능하다. 그런 사람들을 위한 장소도 마련되어 있다. 오르투스 대단하지? 내 아이디어도 아니고 하나도 관여한 게 없는데도 콧대가 높아진다. 흐흥. 아무튼 우리가 온 건 당연히 오르투스 전용 훈련장이다. 이미 안쪽에서는 쥬마 오빠와 다른 참가자 두 명이 몸을 움직이고 있었다. 눈에 힘을 빡 주지 않으면 너무 빨라서 뭘 하는 건지 알 수가 없다. 역시 대단해.

"헉! 설마 로니도 저런 식으로 움직일 수 있는 거야······?"

성인 부문에 출장하니까 그렇지 않으면 꼼짝 못 하고 당해버리겠지. 내가 모르는 사이에 로니도 저렇게 강해졌다는 거야?!

"저 정도로, 움직일 수 있을지는, 모르지만······. 아마도?"

"오오, 대단해! 로니, 수행 엄청 열심히 했구나!"

내가 마구 칭찬하자 로니는 쑥스러운 듯 검지로 뺨을 긁적였다. 겸손해라.

"좋아, 나도 아스카도 힘내자!"

"그래! 우선은 준비 운동부터!"

다른 사람들에 대해서 알게 된 덕분인지 우리의 의욕 스위치가 ON이 되었다. 아스카와 함께 바로 스트레칭부터 개시. 착실히 몸을 풀어 주며 준비 운동을 하고 가볍게 뜀박질. 달리기엔 조금 좁지만 그만큼 몇 바퀴씩 돌면 그만이지! 우리가 지나갈 때마다 쥬마 오빠나 두 길드원이 생글생글 웃어 주는 게 조금 민망하지만……. 응원해 주는 거라 기쁘기도 했다. 참고로 로니도 여기까지는 같이 해주었다. 우리의 속도에 맞춰 준 모양이었다. 정말 친절하다.

"너희 둘, 모의전을 해보는 건 어때? 심판은 로나우드. 심판을 해보는 것도 좋은 공부가 되거든."

"응, 알겠습니다."

한차례 워밍업을 마치자 케이 씨가 그런 제안을 했다. 모의전이라. 아스카와 하는 건 처음이네. 같이 훈련은 했지만!

"좋아! 내가 이겨도 울지마, 메구!"

"윽, 아스카. 그건 내가 할 말이야!"

신이 나서 그렇게 선언하는 아스카에게 질세라 나도 반박했다. 서로 웃는 얼굴이다. 심술부리려고 하는 말은 아니지만 각자 진심이다. 아스카는 내 라이벌이니까!

"규칙은, 이미, 외웠어?"

"물론이지!"

"응, 외웠어!"

로니의 확인에 아스카와 함께 씩씩하게 대답했다. 이 대회의 시합 규칙을 말한다. 이건 길드끼리 상의해서 정했다고 한다. 성인 부문도 미성년자 부문도 마찬가지. 하나, 무기 사용은 금지. 대신 어떤 마법을 사용하든 상관없음. 하나, 승리 조건은 상대방의 장외, 상대방의 의식 불명, 상대방이 패배를 인정함 중 하나. 하나, 목숨이 위험한 공격은 금지. 하나, 시합 제한 시간은 대회에서만 사용하는 모래시계의 모래가 다 떨어질 때까지. 아마 말로는 약 40분 정도라고 한다. 기, 길지 않아? 중간에 쉬는 시간도 없잖아?

그런 내 질문에 아인의 체력을 무시하지 말라는 대답이 돌아왔었다. 오히려 짧은 수준이라나. 하지만 그 이상 길어지면 대회가 끝나지 않게 되니까 이 정도가 적당한 선이라고. 그것도 그런가. 순식간에 끝나는 시합도 있다면 시간을 다 써버리는 시합도 있을 것 같고. 어느 쪽이든 무섭다. 그리고 뻗어 버릴 정도면 아직 멀었다는 말까지. 나? 뻗을 자신이 있는데요! 으아앙! 하지만 징징거리지 말고 열심히 할 거야! 참고로 무승부는 심사위원인 각 길드 대표들이 협의해서 정한다고 했다. 규칙 위반을 저질러도 길드의 수장이 지켜보고 있으면 확실하고, 마도구 설치도 해놨으니 안전 대책도 꼼꼼하다! 그 마도구도 아주 대단한 도구지만 생략. 그야 대단한 게 너무 많이 있단 말이야.

"그럼, 해볼까. 둘 다, 준비해."

머릿속으로 규칙을 확인하고 나자 로니의 신호. 좋아, 모의전
이라고 해도 최선을 다하겠어! 잘 부탁해, 얘들아!

Welcome to the Special Guild

4 잇달아 모이는 참가자들

선수 필승이라는 양 아스카가 먼저 움직였다. 샤이오라고 부르는 목소리가 들렸으니 빛 마법으로 앞을 못 보게 만들려는 걸까? 머릿속으로 후우와 료쿠에게 즉각 지시를 날렸다.

"뭐야, 빠르잖아!"

전신의 힘을 빼고 후우의 바람에 몸을 맡기면 나는 움직일 필요가 없다. 후우가 공격을 피해 주거든! 그래서 나는 후우를 믿고 눈 부신 빛을 직시하지 않도록 눈을 질끈 감았다. 무사히 아스카의 공격을 피한 모양이었다. 나에게 절대 공격을 맞히지 않겠다며 의욕이 넘치는 후우의 말을 듣고 훈훈해졌다. 아차, 안 되지. 지금은 모의전 중이니까 흐뭇해하고 있을 때가 아니다. 빛이 사그라든 걸 확인하고 눈을 뜬 나는 아스카의 발밑에 씨앗을 던졌다. 그 순간 료쿠의 마법으로 씨앗이 급성장해서 돋아난 덩굴이 아스카를 붙잡으려고 달려들었다.

"으아, 앗, 반격까지?! 으윽, 메구 제법이잖아. 하지만 안 잡혀 줄 거야!"

아스카는 덩굴을 쉽게 피해 버렸다. 신체 능력만으로 피한 게 보였다. 나와 다르게 운동신경이 좋은 아스카에게 이 정도는 어렵지 않을 테지. 말할 여유도 있는 것 같고. 피해버린 건 아쉽지만, 나도 이 정도로 끝낼 수 있을 거라고는 생각하지 않았거든! 마법은 보조 정도로 사용하며 거리를 좁혀 공격하는 아스카는 솔직히 강하다. 하지만 안 질 거야! 나도 기르 씨와 특훈했다고! 내 무기는 자유자재로 조종할 수 있는 다양한 자연 마법. 마력을 왕창 쓰면 쉽게 이길 수 있다는 건 안다. 하지만 그건 아주 위험하니까. 내 마력은 말도 안 되게 많으니까 잘못 조절하면 주변이 초토화된다. 정확하게는 정령들이 다 받아들이지 못하고 폭주해 버린다. 그건 정령들을 괴롭게 만드는 일이기도 하니까 세심한 주의가 필요하다. 하이 엘프 마을에서 마력을 해방해 놔서 진짜 다행이다. 이건 위험하다는 수준을 확실하게 실감할 수 있었으니까. 셰르 씨에게는 정말 고맙다.

그래서 나는 마력 방출 제어를 중점적으로 훈련했다. 정령들이 다치는 건 죽어도 싫으니까! 이 부분은 정령들과도 많이 이야기했다. 위험하다고 느끼면 마력을 받지 말라고 거듭 약속했다. 미안하게도 아무리 훈련해 봤자 제어가 엉성하니까……. 하지만 다들 나를 믿어 주었다. 미숙한 건 자기들이 커버하면 된다고까지 해줬다고! 정말이지 너무 착하다니까. 이 아이들을 평생 소중히 하겠습니다!

"호무라, 라이!"

『알았어!』

『좋아! 파워 조절도 나에게 맡겨!』

후우에게 몸을 맡겨서 아스카의 공격을 피하고 거리를 벌린 뒤 불과 번개의 자연 마법을 사용했다. 이 둘은 공격 전용 같은 구석이 있으니까 평소보다 더 조심해야 한다. 하지만 훈련하면서 계속 화력 조절법을 단련했으니까 둘 다 자신만만하게 마법을 사용한다. 역시 반복 연습은 중요하다. 연습할 때처럼 딱 좋은 수준의 불과 번개가 나갔다.

"으앗, 아…… 윽!"

내 지시는 불로 아스카를 포위해서 움직임이 한순간 멈추면 전격으로 마비시키기였다. 예상대로 움직임이 멈춘 시점에 나는 즉각 거리를 좁혀 아스카를 자빠트렸다.

"잡았…… 히익!"

"아, 아직이야……!"

제압했다고 생각한 순간, 바람이 내 몸을 둥실 띄우는 걸 느꼈다. 아스카의 바람 마법이다. 큭, 몸이 가벼운 나는 홀랑 뒤집혀서 바닥에 눕고 반대로 내 위에 아스카가 올라탔다. 이러면 힘이 약한 나는 빠져나갈 수 없다. ……하지만!

"시즈쿠!"

『뜻대로.』

"으악, 차가!"

나도 끝까지 포기 안 해! 물 마법으로 아스카의 얼굴에 물을 촥 뿌렸다. 움츠러든 타이밍에 아스카의 밑에서 빠져나와 후우의 힘을 빌려 다시 거리를 벌렸다. 후우, 위험했다!

"잘하잖아, 메구!"

"아스카도!"

얼굴과 상반신이 푹 젖어 버린 아스카였지만, 생활 마법과 바람 마법을 사용해서 순식간에 말려 버렸다. 으음, 아스카도 마법 실력이 좋아졌네. 조금 섬세하지 못한 구석이 있는 것 같지만 그걸 몸으로 보완하고 있다.

"이번에는 내 쪽에서 간다!"

"얼마든지 와!"

이렇게 우리는 시합을 이어갔고, 15분 정도 지났을 때 어떻게든 내가 아스카를 몰아붙여서 시합 종료. 심판을 맡은 로니를 비롯한 다른 사람들이 저마다 조언도 해줘서 아주 실속 있는 연습 시합이었다.

"분해애애애애! 조금만 더 하면 됐는데!"

"아슬했다아. 후후, 하지만 내가 이겼어."

"끄응. 메구, 자신감이 붙었잖아. 됐어, 대회에선 안 져."

숨을 고르며 둘이서 감상을 나눴다. 아스카는 당연히 진 게 분한 모양이었다. 나도 졌다면 분하다고 투덜거렸겠지. 지금 이겼다고 방심하지 말고 실전에서도 열심히 해야지. 그렇게 생각하며 정령들에게 고생했다고 하고 마력을 넘겨 주자 다들 기뻐하면서 마력을 받고 날아다녔다. 귀여워라.

"메구, 아스카. 둘 다, 아주 강해졌어."

"그러게. 움직임도 좋아져서 다른 사람인 줄 알았다니까."

로니와 쥬마 오빠도 그렇게 칭찬해 주었다. 그 후로는 이때는 이랬다, 이때는 이렇게 하면 된다 등 자세한 조언도 해주었다. 특히 쥬마 오빠의 조언이 정확해서 항상 놀란단 말이지. 평소엔 그 모양이지만 전투에서는 일류라는 걸 새삼 실감했다.

"그래도, 메구의 마법 사용법은, 내가, 공부가, 됐어."

"그러게. 으음, 마력 제어는 나보다 더 잘하는 것 같은데."

마지막으로 로니와 케이 씨가 그런 말을 했다. 어? 그래? 그야 케이 씨는 뻥튀기가 섞여 있을 테지만, 칭찬해 주니까 나도 모르게 쑥스러워졌다. 그러자 아스카가 부루퉁한 얼굴로 따라 하는 건 어려울 거라고 했다.

"메구의 자연 마법은 너무 특수해. 머리로 떠올리기만 하면 정령들에게 전해지니까. 신뢰 관계도 굉장하고!"

"응, 알아. 하지만, 신뢰 관계라면, 나도, 안 져."

"그, 그건 나도 그렇지만."

자연 마법을 사용하는 사람들의 대화다. 둘 다 나처럼 정령들을 아주 좋아한다는 게 느껴져서 오히려 흐뭇하다. 사이가 좋은 건 좋은 일이지!

"그럼 이젠 각자 평소 하던 훈련을 하자. 너희 어린이팀은 잠시 쉰 뒤에 일찍 끝내고."

""네!""

쥬마 오빠의 말에 아스카와 함께 씩씩하게 대답. 로니도 쥬마 오빠와 다른 두 명도 지금부터 본격적인 훈련에 들어가겠지. 케이 씨는 한동안 로니를 지도해 주는 모양이었다. 우리 연습을 봐 줘서 고맙다고 착실하게 인사한 뒤 사람들을 배웅했다.

"그럼 조금만 더 훈련할까."

"그래. 끝나면 노점에 가 보자! 케이에게도 나중에 물어보고."

"응! 케이 씨가 바쁘지 않다면!"

이렇게 오전은 둘이 함께 훈련과 휴식을 반복하며 보냈다. 후우, 피곤해라!

"노점 순회? 으음, 데려가고 싶은 마음은 굴뚝같지만……."

어른들의 훈련이 끝나는 걸 기다렸다가 같이 광장으로 돌아가는 도중, 케이 씨에게 물어보자 미안하다는 듯 사과가 돌아왔다. 혼자서는 무슨 일이 있을 때 대처할 수 없기 때문이라고 한다. 우리도 나름대로 싸울 수 있게 되었다고는 하지만, 어린아이 두 명을 데리고서 치안이 썩 좋지 않은 마을을 돌아다니는 건 불안하겠지. 케이 씨는 강하지만 그런 전투에는 적합하지 않으니까.

"그럼 우리와 같이 가는 건 어때?"

아쉬워하고 있을 때 뒤에서 밝고 명랑한 목소리가 들렸다. 깜짝 놀라 돌아보자 그곳에는 크림색의 곱슬머리가 두 명.

"룬! 구트!"

"에헤헤, 오랜만이야! 메구!"

"아, 안녕, 메구. 그, 건강해, 보이네……."

특급 길드 애뉼러스의 쌍둥이들이다! 놀랐잖아! 들어 보니 애뉼러스 사람들은 오늘 오전에 이 마을에 도착했다고 한다. 그러다 내 모습을 발견해서 말을 걸었다고. 우와, 우와, 기뻐라! 룬과 손을 잡고 폴짝거렸다. 그럴 때마다 룬의 트윈 테일도 찰랑찰랑 움직이는 게 아주 귀엽다. 힐링.

"대화 내용이 좀 들렸는데, 노점 돌고 싶은 거지? 우리도 지금부터 가려던 참이거든. 그러니까 같이 어때?"

"어? 정말?!"

룬이 반짝이는 눈으로 그렇게 말해줘서 케이 씨 쪽을 홱 돌아보았다. 케이 씨는 턱에 손을 짚고 무언가 생각에 잠긴 모양이었다.

"그쪽의 인솔자는 한 명뿐?"

"그래, 애슐리라고 해. 말을 통 안 하지만 실력은 애뉼러스에서도 톱 클래스지!"

케이 씨의 질문에 힘차게 대답하며 룬이 한 남성을 척 가리켰다. 키가 아주 큰 사람이었다. 니카 씨와 비슷한 수준이 아닐까. 몸선은 가느다란 편이라서 호리호리해 보이지만, 체간이 탄탄하고 마력의 질이 좋다는 걸 한눈에 봐도 바로 알 수 있었다. 룬의 말대로 상당한 실력자인 거겠지. 회색 머리카락은 군데군데 녹색이 섞여 있어 브리지 염색을 넣은 것처럼 보인다. 그리고 입은 기르 씨처럼 마스크로 가리고 있다. 앞머리로 오른쪽 눈도 가려져 있으니까 얼굴이 잘 보이지 않는다. 하지만 소개받은 애슐리 씨는 우리를 보고는 제대로 목을 숙여 인사해 주었다. 가까스로 보이는 왼쪽 눈도 옆으로 길쭉한 편이라 표정을 읽기 어렵지만, 예의 바르다는 건 알 수 있었다. 그러고 보면 회의 때도 이름은 들었지. 애뉼러스의 헤드 디에가 씨가 경리라고 말했던 것 같다. 그래, 이 사람이구나. 회의에도 참석했다면 믿을 수 있는 사람이겠네! 룬이 보여주는 친근감에서도 아주 잘 전해지고. 아니, 친근감을 넘어서 찰싹 달라붙은 수준이다. 아주 좋아하는구나. 훈훈해라. ……나도 기르 씨와 있을 때 이런 식으로 보이는 걸까.

"그럼 동행하게 해달라고 할까. 괜찮아?"

케이 씨도 이 사람이라면 괜찮다고 판단한 모양이었다. 애슐리 씨에게 그렇게 묻자 그는 고개를 한 번 끄덕였다. 옆에서 룬이 아주 기뻐하고 있다. 나도 기뻐!

"메, 메구!"

"? 왜, 구트."

구트가 말을 걸어서 그쪽을 보았다. 하지만, 어라? 어쩐지 얼굴이 빨갛네. 맞다, 구트는 부끄러움을 많이 탔었지. 익숙한 사람들 앞에선 그 정도는 아닌 것 같지만, 나와는 오랜만에 보니까 아직 쑥스러워하는 걸까. 귀여워.

"야, 약속 지킬 수 있을 것 같아서. 기, 기뻐."

"아, 편지에서 같이 돌아다니자고 했었지. 나도 기뻐!"

"단둘이 도는 게 아니라 아쉽지만······."

뭐라고 중얼거린 것 같은데 잘 안 들렸다. 뭔가 아쉽다고 한 건가? 되물으려고 한 순간 뒤에서 누군가가 와락 끌어안았다. 어, 으앗, 아스카?

"안녕! 난 메구의 반려가 될 예정인 아스카야! 메구와 같은 엘프지!"

"어, 무슨, 바, 반려······?!"

"나하고도 친하게 지내 줄 거지? 구트."

"뭐, 너, 너, 메구에게서 떨어져!"

"싫거든! 나는 항상 메구랑 이렇게 논다고!"

어, 어라? 어쩐지 구트와 아스카 사이에서 좋지 않은 분위기가 떠돌기 시작했다. 어, 왜? 뭔데? 무슨 일이 일어난 거야?!

"흐음, 그래. 그렇구나."

"아, 룬."

치열해지면서 나에게서 떨어진 아스카는 구트와 설전을 벌이기 시작했다. 난감해하며 두 사람을 보고 있었더니 어느새 옆에 서 있던 룬이 재미있다는 듯 중얼거렸다. 뭐가 그렇구나인건데?!

"별로 걱정 안 해도 돼, 메구! 저 두 사람은 서로를 라이벌로 인식한 것뿐이야."

"라이벌? 아, 그렇구나. 나이가 비슷한 남자아이들이니까."

"……좀 다르지만, 뭐 됐어."

대회에서 싸우게 될지도 모르는 동년배 남자아이니까. 그야 의식할 만도 하지. 고개를 끄덕거리고 있었더니 쿡쿡 웃는 소리가 들려서 뒤를 돌아봤다. 케이 씨가 우리를 보며 웃고 있었다. 아이들이 노는 거 보고 흐뭇했나?

"으음, 메구는 죄가 많구나."

"어? 저요?"

"후후, 신경 쓰지 않아도 돼. 자, 노점 돌아보러 갈 거지? 거기 두 사람도."

내가 죄가 많다니 무슨 뜻인데? 어쩐지 석연치 않단 말이지. 뭐, 됐어. 케이 씨가 신경 쓰지 않아도 된다고 했으니까 신경 쓰지 말자. 아직도 말다툼하던 아스카와 구트는 케이 씨의 부름에 퍼뜩 정신을 차리고 이쪽으로 돌아왔다. 나 참, 아무리 라이벌

이 생겼다고 해도 계속 말다툼하는 건 안 되지!

"정말이지, 둘 다 싸우기만 하면 안 돼. 모처럼 노점 돌아보는 거 기대하고 있었는데⋯⋯. 두 사람이 그렇게 싸우면 즐거운 일도 안 즐거워지잖아."

"윽."

"으, 미안해. 메구."

허리에 손을 얹고 돌아온 두 사람에게 설교. 알맹이는 내가 훨씬 누나니까! 여기선 단호하게 말해 줘야지. ⋯⋯하지만 좀 과하게 풀이 죽은 거 아닌가? 너무 세게 말했나?

"하아, 꼴불견이야 아주! 버리고 가자!"

"어? 아니, 하지만 룬."

"괜찮아, 괜찮아! 두 사람은 거기서 사이좋게 땅파고 있어. 나는 메구와 데이트하고 올 테니까."

"뭐야, 나도 갈 거야!"

"메구와 데이트하는 건 나거든!"

룬의 수완이 대단하다. 아하, 먼저 가버리기 작전인가. 어린아이에게는 효과적이지. 그만 쿡쿡 웃어 버렸다.

"그럼 다 함께 가자!"

내 말에 구트도 아스카도 부끄러운 듯 얼굴이 빨개졌다. 싸워서 민망한 걸까. 하지만 어린아이니까 금방 화해하겠지! 그렇게 되도록 나도 조심해서 살펴봐야겠다. 자, 케이 씨와 애슐리 씨에게 잘 부탁한다고 인사도 했으니 이제 출발! 어떤 노점이 있을까?

일로 이 마을에 온 적이 있다는 애슐리 씨를 선두로 우리는 노점이 즐비한 거리를 걸었다. 맨 뒤에는 케이 씨가 있으니까 우리 어린이팀은 그 사이에 낀 대열이다.

아스카와 구트의 사이가 좋아지게 해주자는 룬의 제안에 따라 나는 룬과 손을 잡고 걷고 있다. 이따금 뒤에서 왜 이 녀석 옆에서 걸어야 하는 거냐는 아스카와 룬의 투덜거림이 들렸지만. 친구가 되는 길은 생각보다 멀어 보인다.

"어디선가 달콤한 냄새가 나, 룬."

"고기 굽는 냄새도 나."

여기저기에서 맛있는 냄새가 풍기는 통에 눈이 여기저기로 분주하다. 룬은 육식파인 건지 아까부터 고기 종류의 노점을 발견하면 눈이 반짝반짝 빛났다. 너무 귀엽다. 그런 우리를 보고 있던 케이 씨가 보기 좋다는 듯 웃으며 먹고 싶은 걸 사보자고 제안해 주었다. 윽, 어떤 걸 사지?

"나, 나! 저 고기 먹고 싶어!"

가장 먼저 손을 번쩍 들고 주장하는 룬. 룬이 고른 건 훈제 닭다리처럼 생긴 그야말로 The 고기였다. 다리를 그대로 훈제해서 구워낸 호쾌한 고기인데, 확실히 이 냄새가 이 근방에서는 가장 장렬하고 식욕을 자극한다. 사실 나는 연회에서 이미 먹었다. 아주 맛있었다. 다만 너무 양이 많아서 하나를 다 못 먹을 자신이 있다. 참고로 이름은 스모키 치크라고 한다. 그 스모크 치크를 희희낙락 받아 든 룬은 침을 흘릴 기세로 고기를 응시하고 있다. 먼저 먹어도 괜찮다는 케이 씨의 한마디를 듣고 바로 입을 가져갔다.

"맛있어!"

"후후, 잘됐다 룬. 근데 다 먹을 수 있어?"

"이 정도는 간식이지, 간식!"

그렇게 말하며 열심히 먹는 룬은 아주 행복해 보인다. 하지만, 그래. 간식이구나. 이게. 룬도 잘 먹는 아이구나. 부러워라.

"아, 나는 저거 먹고 싶어."

"나는 저기! 고기를 감은 거."

이어서 아스카가 고기만두 같은 걸 가리켰고, 구트가 고기 말이 주먹밥을 가리켰다. 오, 애들도 육식파구나. 각자 케이 씨와 애슐리 씨가 사준 걸 받은 두 사람은 서로 자기가 들고 있는 것과 상대가 들고 있는 걸 번갈아 쳐다봤다.

"······그것도 맛있어 보여."

"그것도······."

"반씩 먹을래?"

"진짜? 와! 구트, 너 착하구나!"

오오, 음식으로 우정이 싹텄다! 역시 맛있는 건 정의지.

"메구는 뭘 먹을지 정했어?"

"아, 으음."

케이 씨의 질문에 퍼뜩 정신을 차렸다. 잠시 고민한 뒤 나도 조심스럽게 손가락질했다.

"저기, 저거······ 괜찮을까요?"

"응? 아, 애프리 캔디구나. 후후, 메구는 고르는 것도 귀여워라."

내가 고른 건 소위 사과 사탕이다. 그치만 내 주먹보다 작은 사과에 사탕이 코팅되어있어서 반짝반짝 예쁘고 맛있어 보였단 말이야. 초코 나바바나 크레이프도 먹고 싶지만 내 연약한 위장은 아직도 어제 먹은 연회 요리의 영향이 남아있다. 즉 속이 부대낀다. 너무 묵직한 건 먹을 수가 없는 상태다. 운동했는데도 아직 배가 꺼지지 않았어……!

"자, 여기."

"와아, 감사합니다!"

참고로 여기에 들어가는 돈은 오르투스가 부담한다. 아, 룬과 구트는 애뉼러스가 내는 거지만. 즉 길드의 돈이라는 소리다. 여기서 먹고 마시는 건 길드에서 돈을 낸다고 처음부터 정해 놨었다고 한다. 이 대회는 시합을 즐기기만 하는 게 아니라 경제를 활성화하는 목적도 있으니까 마음껏 써달라는 말을 들었기 때문이다. 우리 길드원들이 맛있게 먹으면서 돌아다니면 그걸 본 다른 사람들도 호기심이 생겨서 사는 걸 노리는 의도라나. 광고 효과구나!

"달다! 맛있어."

애프리 캔디를 한 입 깨문 순간 입안 가득 단맛과 사과의 상큼함이 퍼져서 이것만으로도 행복해! 뺨을 감싸고 행복을 맛보고 있었더니 다들 훈훈해하며 쳐다보고 있었다. 지나가던 사람들도?! 어쩐지 부끄러운데요! 하지만 이렇게 주목을 끈 덕분에 우리가 산 노점에 손님이 모이기 시작했다. 벌써 광고 효과가! 좋앉어!

"얘, 얘들아. 우리 집의 구운 경단도 맛있어!"

"이 해산물 구이는 특별한 소스를 발라서 맛있단다."

그래서 그런 건지 다른 노점들에서 우리에게 계속 말을 걸었다. 자, 잠깐만! 그렇게 많이는 못 먹는다고! 어, 아스카는 먹을 수 있어? 구트도? 어라, 룬까지? 케이 씨와 애슐리 씨도 먹기 시작했으니까 이 근방에서 파는 건 전부 제패할 수 있을 듯한 기세다. 다들 대단해라. 당연하게도 나는 사과 사탕을 야금야금 먹으며 그 광경을 지켜봤다. 전력이 되지 못해서 미안해……. 아, 하지만 해산물 구이는 조금 얻어먹었다. 간장 베이스 소스의 냄새에는 이길 수가 없었거든. 가리비처럼 쫄깃한 조개는 육즙이 풍부해서 아주 맛있었습니다! 하지만 배부르다. 내 위장을 어떻게 키울 수는 없을까?

노점에서 파는 요리를 만끽한 우리는 조금 산책한 뒤 광장 거점에 돌아가기로 했다. 마을이 어떤 느낌인지 봐 두고 싶었거든. 기본적으로 돌로 만들어진 마을 풍경은 소박한 분위기가 느껴져서 꽤 좋았다. 하지만 모래가 많다 보니 아무래도 텁텁하단 말이지. 이 근방에 사는 사람들은 청소하기 힘들겠구나. 전용 청소 마도구 같은 게 있을지도. 그러는 사이에 점점 해가 저물어서 우리는 광장으로 돌아왔다. 애뉼러스도 광장 안쪽에 거점을 만들었다고 하니까 룬과 함께 가까울 거라면서 웃었다.

"……."

"으앗, 어라? 왜 그래? 애슐리."

갑자기 선두에서 걷던 애슐리 씨가 멈췄다. 그 다리에 힘차게 부딪친 룬이 의아하다는 듯 애슐리 씨를 올려다보며 물었다. 그러자 애슐리 씨는 말없이 팔을 슥 들어서 우리가 가던 방향을 가리켰다. 응? 뭔가 소란스럽네?

"아, 그렇구나. 메구, 아는 사람이 도착한 모양이야."

"아는 사람?"

"그래. 기척으로 알 수 있지?"

케이 씨는 바로 알아차린 모양이었다. 기척이라. 찾아보려고 했는데 찾을 필요도 없었다. 그쪽으로 조금만 의식을 향하기만 했는데 나도 누구인지 바로 알 수 있었기 때문이다.

"아버지!"

마왕 일행이 도착했다! 마왕의 마력은 많은 사람에게 영향을 준다는 이유로 아버지는 항상 몸에 두르는 마력을 지우고 다녀서 바로 알아차리지 못했다. 하지만 그 압도적인 존재감과 아름다움 때문에 주목이 쏟아지고 있었다. 이렇게 인파 속에서 보면 아우라가 한층 더 잘 느껴지는구나. 그냥 걷기만 하는 것뿐인데 왜 저렇게 존재감이 강렬한 건지 정말 신기하지만, 그게 마왕이라는 걸까. 나도 언젠가 저렇게 되는 걸까. ……가는 곳마다 주목을 끌어모으는 건 좀 싫은데. 뭐, 지금은 마왕국 사람들을 데리고 있으니까 더욱 눈에 띄는 건지도 모르지만.

"아아, 메구. 이틀만이구나."

나를 발견한 순간 얼굴이 확 풀어진 아버지가 기쁘다는 듯 말하며 걸어왔다. 그 미소의 파괴력이 어마어마해서 보고 있던 사람 중 몇 명은 기절했다. 소위 심쿵사다. 어째 죄송합니다.

"어, 그게, 아버지네도 광장에 가는 중이야?"

"그래. 메구도 그런 건가? 마왕국의 거점은 오르투스 옆이라 더군."

본인에게 악의는 없고 딱히 신경 쓰지도 않는 것 같았기에 나도 일부러 못 본 척하며 질문했다. 하지만 그로 인해 '잔뜩 들뜬 귀여운 마왕님'이 만들어져서 몇 명 더 추가로 쓰러지는 게 시야 한구석에 보였다. 아, 이거 글렀다. 빨리 이 자리에서 이동하는 게 좋겠네.

"그럼 같이 가자! 안내할게!"

"메, 메구가, 직접……?!"

그래서 아버지의 손을 잡고 빨리 가자고 잡아당겼는데…….
어, 어라? 사람이 또 쓰러졌잖아?! 왜?! 아버지가 감동에 젖어 떠는 건 익숙하지만!

"하아……. 너 아직도 네 얼굴에 자각이 없구나."

"어?"

황당하다는 듯 아버지 뒤에서 나타난 리히토의 말에 퍼뜩 깨달았다. 맞다, 나 미소녀였지. 아, 아니, 하지만 이건 9할은 아버지 때문일걸. 틀림없다. 아니, 지금 깨달은 거지만 룬도 구트도 아스카도 다 굳어 버렸잖아! 마왕님이 눈앞에 있다는 건 그렇게 중대한 거구나. 조금 인식이 부족했다.

"으음, 아무튼 빨리 광장에 가자. 애슐리는 룬과 구트를 부탁할게. 류아스카티우스, 멍하니 있지 말고 가자."

다소 혼란스러워진 현장을 케이 씨가 수습해주었다. 드, 든든해! 애슐리 씨가 등을 두드리자 룬과 구트가 정신을 차리고 당황한 듯 다시 걷기 시작했다. 어째 움직임이 로봇 같은데. 문득 옆을 보니 아스카도 조금 긴장한 모양이었다. 아인과는 다른 엘프니까 그나마 마왕의 영향을 덜 받은 모양이지만. 그나저나 분위기가 뻣뻣해졌네. '자하리아슈 님이 죄송합니다'라는 크론 씨의 담담한 목소리에 다들 더욱 긴장했다. 어, 엄청 민망하다. 완전히 카오스!

"윽, 완전히 다이묘 행렬이잖아."

그런 단체를 인솔해서 오르투스의 본거지로 돌아오자 이미 돌아와 있던 아빠가 어이없다는 듯 우리를 보고 말했다. 다이묘 행렬이라니. 원래는 가운데에 있어야 하는 다이묘, 즉 마왕이 내 손을 잡고 선두에 있긴 하지만 대충 비슷한 건지도 모른다.

"메구와 손을 잡고 여기까지 왔다. 메구와! 손을! 잡고!!"

"치워, 아슈."

반짝반짝 빛나는 표정으로 신이 나서 보고하는 아버지를 단칼에 쳐내는 아빠. 여전히 카오스다.

"그, 그게! 아버지네는 한번 거점에 가는 게 좋을 거야! 다들 피곤하잖아?"

어떻게든 이 자리를 수습하려고 노력하는 나. 장하지 않아? 여기까지 데려온 건 마왕국의 거점이 가깝다는 이유인데, 계속 여기에 우글우글 모여있으면 방해가 될 거다. 이제 막 도착한 마왕국 사람들도 물론 피곤할 테고! ……죄송합니다. 빨리 이 주목 상태에서 탈출하고 싶다는 게 진짜 목적입니다. 넵.

"그도 그렇군. 밤이 늦어지면 안 되니, 내일 다시 만나자꾸나."

"야, 아슈. 너는 내일 대회 회의에 참가해야 하거든?"

"윽. 그, 그럼 나는 언제 메구와 지내라는 거지?!"

여기 있는 동안은 다들 바쁘니까. 특히 아버지는 일단 마왕이니까 대회 준비 최종 점검도 있을 테고, 그 외에도 나는 잘 모르는 일이 있을 거다.

"내일은 아침 일찍부터 회의입니다. 그 후 시합 회장을 둘러보신 뒤 마도구 동작 확인, 그리고⋯⋯."

"자, 잠깐, 크론! 그러면 내일은 종일 바쁘지 않은가!"

"종일? 이상한 말씀을 하시는군요. 대회가 끝날 때까지 내내 바쁜 게 당연하지 않습니까. 마왕성에서 처리할 예정이었던 서류도 잘 챙겨 왔으니 밤에도 바쁘십니다."

"이렇게 가혹할 수가!"

히익, 진짜 가혹해! 하지만 아마 정말로 일이 쌓여 있는 거겠지. 그런 생각에 그만 동정하는 시선을 보냈다.

"여태까지 이런저런 이유를 내고 미루셨던 걸 처리하는 것뿐입니다. 자하리아슈 님께서 매일 정해진 양의 업무를 잘 소화하셨다면 여기에 가져올 업무가 없었겠죠."

"윽."

아, 자업자득이었군요. 그건 어쩔 수 없지 않나? 아, 하지만 내가 제대로 쉬라고 말했기 때문인가. 가능한 쉬는 시간을 만들라고 했던 기억이 있다. 죄책감이!

"저, 저기, 그럼, 저녁 같이 먹을 수 없을까? 그 정도라면 그렇게 시간도 안 빼앗길 테니까, 그게……!"

조금이라도 효도하고 싶어서 제안했지만, 그런 시간조차 아껴야 하는 상황일까? 조마조마해하며 크론 씨를 힐긋 쳐다보자 아버지도 마찬가지로 크론 씨를 바라보는 게 보였다. 기대로 가득한 눈빛이다……! 그 시선을 받고 말문이 막혀버린 크론 씨는 헛기침 한번 하고는 입을 열었다.

"알겠습니다. 내일 저녁식사에는 메구 님을 초대하죠. 유진 님, 괜찮으십니까?"

"그야 메구가 괜찮다면 상관없지만, 그래도 돼?"

"네, 그게 자하리아슈 님의 업무 효율도 올라갑니다."

헉, 그건 즉 아버지에게 나와 하는 식사는 미끼인 거구나! 미끼가 눈앞에서 달랑거리면 아버지는 아마도.

"고맙다, 크론! 반드시 일을 전부 끝내마! 자, 그렇게 하기로 정했으니 지금 당장 거점으로 가자!"

딸내미 효과 대단한데. 내가 그 딸이지만. 크론 씨도 리히토도 질린다는 듯 이마를 짚고 있다. 아직 이 자리에 남아있던 룬과 구트, 그리고 애슐리 씨까지 멍하니 아버지를 쳐다보고 있고.

"무시무시한 딸바보다."

그리고 감탄한 듯 중얼거리는 아스카. 어, 응. 그 말이 맞아. 미안해. 이런 마왕님이라서. 하지만 할 때는 제대로 하는 사람이야. 그 후 룬과 구트와도 헤어지고 나는 아스카, 케이 씨와 함께 각자 텐트로 돌아왔다. 저녁은 노점에서 먹었으니까 이젠 자기만 하면 된다. 같은 텐트를 쓰는 기르 씨는 아직 돌아오지 않았지만……. 바쁜 건가? 먼저 목욕해야지. 가능하면 돌아올 때까지 일어나 있고 싶은데. 졸음아 눈치 챙기자. 하지만! 목욕하고 나오면 몸도 따끈따끈하겠다 정말 졸리단 말이지. 응, 예상했어. 으윽, 꼭 일어나서 기다릴 거야. 하지만 토끼 귀 후드가 달린 보드라운 잠옷이 따뜻하고 감촉도 좋아서 정말 포근하단 말이지. 란은 유능해……. 헉! 위험해라! 자버릴 뻔했어! 이, 이거 빨리 침대로 가는 게 나을지도. 하지만 어제도 혼자 잤는데. 어쩐지 쓸쓸하다. ……혼자 자는 게 당연했는데 옛날보다 어리광이 늘어난 거 아냐? 조용한 실내가 묘하게 신경 쓰인다. 나는 지금 혼자라는 걸 실감한다고 해야 하나. 아니, 밖에 나가면 아직 일어나 있는 어른들이 있을 테고, 옆 텐트에는 아스카도 있으니까 혼자는 아니지만.

출렁, 마력이 흔들린다. 내 몸속 깊은 곳에서. 그건 아주 작은 움직임이었지만 분명하게 느껴진 폭주의 징조. 아아, 이러면 안 돼. 마음 굳게 먹자. 하지만.

"……기르 씨."

불안하다. 이렇게나 감정을 제어할 수 없는 걸까. 이 방대한 마력은 정말 좋은 게 없네. 이야기 속 주인공처럼 마력을 자유롭게 쓰면서 세상을 구한다거나, 사람들을 돕는다거나, 특별한 역할을 해낸다거나, 그런 것도 없다. 나에게 마력은 그냥 폭주해서 사람들에게 폐를 끼치기만 할 뿐, 방해야——.

"메구!!"

나를 부르는 기르 씨의 커다란 목소리를 듣고 퍼뜩 정신을 차렸다. 그로 인해 지금 내가 나쁜 생각으로 기울어 가고 있다는 걸 깨달았다.

"아…… 기르, 씨."

조금 멍한 머리를 어떻게든 굴려서 기르 씨 쪽으로 고개를 돌리자 기르 씨가 꼭 끌어안아 주었다. 익숙한 냄새와 온기에 후우 숨을 내뱉었다. 어마어마한 안심감이다.

"나 마력 새어 나갔어?"

조금 안정된 뒤 궁금했던 걸 물어보자 기르 씨는 고개를 저었다. 그래, 마력은 새지 않았구나. 안심했다. 여기에는 사람들이 가까이 있다. 만약 새어 나갔다간 엄청 폐도 끼치고 걱정도 끼쳤을 테니까. ……어라? 하지만 그럼 기르 씨는 왜 이렇게 다급하게 달려와 준 거지?

"기르 씨는 어떻게 와 준 거야? 마력이 새지 않았는데."

기르 씨에게서 살짝 몸을 떼고 올려다보자 '그건……' 하고 살짝 머뭇거리는 기르 씨. 뭐지?

"……불렀잖아. 나를."

"어? 불, 렀지만…… 들렸어?!"

되게 작은 중얼거림 아니었던가. 그게 기르 씨에게 들렸다는 거야? 아, 혹시 이미 돌아온 뒤였던 걸까? 같은 텐트 안에 있다면 들렸을 테니까. 내가 눈치채지 못했을 뿐이었던 건지도. 하지만 기르 씨는 그게 아니라고 부정했다. 어라?

"불렀으니까, 일을 멈추고 바로 여기 온 거야."

"어? 그럼 일 아직 안 끝난 거잖아······! 아니, 어떻게 들린 건지 더 모르겠는데?!"

대혼란이다. 도청기라도 달아놓은 건가? 그렇게 말하며 주변을 두리번두리번 둘러보자 기르 씨가 웃음을 터트렸다. 어? 이상한 소리 했나.

"아니, 나는 메구가 도와 달라고 하면 알 수 있어. 막연하게."

"어? 그래? 어라, 왜? 그리고 일은?"

기르 씨의 대답은 전혀 대답이 아닌데? 고개를 갸웃거리며 연신 물어보자 기르 씨는 나를 번쩍 안아 들고 일어났다. 깜짝이야.

"질문이 많구나."

그렇게 말하며 웃는 건 비겁합니다! 미남 같으니! 멋있잖아!!

"으으, 놀리지 말고 가르쳐 줘!"

"그래, 일 말이지. 거의 끝나 가던 참이었으니 문제없어."

"진짜?"

"진짜."

천천히 침실까지 걸어가며 기르 씨와 대화를 이어갔다. 문을 열고 나를 침대에 살며시 눕힌 기르 씨는 다정하게 이불을 덮어 주었다. 그리고는 자기에게 세정 마법을 걸고 옆에 누워 주었다. 같이 잔다! 와!

"메구는 왜 나에게 도움을 청한 거지?"

"어, 어······ 그건······."

잠들기 전에 왜 내 목소리가 들린 건지 한 번 더 물어보려고 했는데, 반대로 나에게 질문이 날아왔다. 왜 도와달라고 했냐니. 아니, 그, 도와 달라고 할 정도는 아니었는데. 그때 기르 씨를 부른 건, 그냥…….

"……좀, 혼자 있는 게 불안했던, 것뿐이야. 미, 미안해."

입 밖으로 말하니까 괜히 더 부끄럽잖아?! 뭔데 이거. 나 이런 캐릭터였나? 완전히 응석받이잖아! 으아아, 서둘러 돌아와 줬는데 이유가 이래서야 기르 씨도 어이없을 거야. 분명 지금은 떨떠름한 눈으로 나를 보고 있을 게 틀림없어. 그런 생각에 조심조심 기르 씨의 얼굴을 보았다.

"……그런가."

"……으."

하지만 예상과는 달랐다. 어이없어하는 게 아니라, 더없이 다정한 눈으로. 오히려 기쁘다는 듯이 나를 바라보고 있어서 말문이 막혀 버렸다. 어? 기뻐? 한다고?

"사과할 일이 아니야. 나는 메구가 의지해 줘서 기뻐."

"그, 그렇, 군요……."

뭐지. 묘하게 부끄러운데. 전에 없이 기르 씨의 표정이 달착지근해서 그런가? 미남의 그런 표정을 코앞에서 보고 있기 때문인지도 모른다. 응, 그래. 틀림없어. 하지만, 그렇구나. 내가 의지하면 기뻐하는구나. 다행이다……. 아니, 응석은 적당히 부려야 하지만!

"일어나서 기다려 줬던 거지? 이만 자. 내일부터는 더 일찍 돌아오겠다고 약속할게."

"진짜……? 하지만 일이……."

기르 씨가 다정하게 머리를 쓰다듬어줘서 눈꺼풀이 무거워지고 앞이 흐릿하다.

"평소보다 더 빨리 끝내면 돼. 걱정할 필요 없다. 게다가 모레는 내가 아이들을 돌보는 날이니까."

"그렇구나……. 에헤헤, 고마, 워."

기르 씨는 정말 내 정신안정제구나. 그냥 옆에 있기만 해도 안심할 수 있는데, 추가로 자상한 말과 손을 주니까 지금은 몸속에서 꿈틀거리던 마력의 움직임을 흔적도 찾아볼 수 없다. 몸도 마음도 따끈따끈해진 나는 그대로 아무런 불안도 없이 조용히 수마에 몸을 맡겼다.

Welcome
to the
Special
Guild

5 불길한 예지몽

"⋯⋯──어."

꿈을 꾼다. 아, 역시 내 꿈 건너기는 제어가 안 되고 있구나. 실망이 치솟았지만 봐 버린 건 어쩔 수 없다. 이렇게 된 거 제대로 내용을 기억해 놔야지. 하지만 이상하네. 안개가 낀 것처럼 잘 보이지 않는다. 평소에는 선명하게 보이는데. 누군지 모를 두 사람이 서로를 보며 서 있다는 건 알지만.

"어──? ⋯⋯니야!"

"어쩔⋯⋯ 다른⋯⋯⋯⋯!"

목소리도 어째서인지 알아들을 수 없다. 왜? 이렇게 불분명한 건 드문 일이 아닐까. 에잇, 내 꿈이고 내 능력이면 똑바로 보여 달라고! 마력아, 말 좀 들어! 자, 다음 보여줘.

"내가, 너를, 죽이겠어⋯⋯!"

──어?

벌떡 상반신을 일으켰다. 호흡이 거칠고 전신이 땀으로 축축하다. 창밖은 아직 조금 어둑하니까 아마 새벽을 조금 앞둔 정도의 시간이겠지. 하지만 실내에 기르 씨는 없으니까 이미 일어나서 활동하고 있거나 밤새 일하고 있거나 둘 중 하나려나. 아마 후자일 것 같다. 후우⋯⋯. 지금 상황을 확인한 덕분에 떨림이 상당히 진정됐다. 아직 손에 힘이 들어가지 않지만. 응, 괜찮

아. 꿈의 내용도 기억나.

"리히토⋯⋯."

틀림없다. 그건 리히토였다. 결의가 담긴 강한 눈빛으로 상대를 똑바로 바라보며 말했다. 너를 죽이겠다고. 아쉽게도 그 말을 들은 상대까지는 알 수 없었다. 꿈 속의 리히토는 이름을 말하지 않았으니까.

"지금 모습이었지⋯⋯ 리히토. 분명 가까운 미래에 일어나는 일인 거야."

그래, 그리고 여기가 중요하다. 지금보다 나이를 먹었다면 조금 더 나중 일이라고 생각했겠지만, 꿈속의 리히토는 지금의 리히토와 비슷한 모습이었다. 그러니까 이건 비교적 금방 일어나는 일이다. 전에도 그렇게 생각한 적이 있었지. 리히토가 기르 씨와 싸우는 꿈. ⋯⋯그럼, 그렇다면. 그거, 혹시, 리히토가 죽인다고 한 상대가.

"기르 씨, 인 거야? 말도 안 돼⋯⋯."

아니, 아직 그렇다고 정해진 건 아니지만. 그래도 그 가능성이 가장 크다. 어? 무모한 거 아냐? 기르 씨잖아. 리히토가 당해낼 수 없⋯⋯ 다고, 단언하지 못한단 말이지이이이. 왜냐하면 리히토의 마력 질이 아주아주 좋아졌기 때문이다. 만날 때마다 발전하는 마력의 질과 늘어나는 마력량에 항상 놀란단 말이지. 그것도 마왕성에서 단련하기 때문인 거라고, 열심히 하는 게 대단하다고, 그렇게 생각했다. 하지만 꿈속의 리히토를 보니까 그게 목적이었던 건가 하고 슬퍼졌다. 리히토는 그래서 계속 열심히 했던 거야……? 기르 씨를, 그…… 죽이기, 위해서. 무, 물론 지금 꿈이 예지몽이라는 보장은 없지. 어쩌면 누군가의 악몽을 꿈 건너기로 봐 버린 건지도 모르고. 그러면 좋겠다고 바라는 거지만. 아아, 안 되겠다. 이건 좀, 리히토의 얼굴을 보면서 평소처럼 행동할 자신이 없어. 기르 씨도. 내 상태가 이상하다는 걸 깨닫고 왜 그러는지 물어볼 거야. 그건 곤란한데. 상담은 하고 싶다. 하지만 내용이 내용인 만큼 아무래도 망설이게 된다. 상담한다고 해도 누구에게 하는 게 좋을지 잘 생각해야겠다.

"좋아. 우선 오늘도 열심히 훈련부터 하자!"

지금 할 수 있는 건 그 정도다. 아침을 먹고 몸을 움직이면 뭔가 다른 생각이 떠오를지도 모르잖아! 끙끙 고민하지 않는다. 마음을 달래야지. 모처럼 날씨도 좋으니까!

"안녕, 아스카! 오늘도 잘 먹는구나!"

"안녕, 메구! 그야 뭐! 메구는 오늘도 과일만 먹어?"

"아니, 오늘은 제대로 먹을 거야. 아, 슈리에 씨! 좋은 아침입니다!"

몸단장을 마치고 텐트 밖으로 나와 식탁으로 가자 어제처럼 음식을 산더미처럼 쌓아 놓은 접시를 앞에 두고 식사 중인 아스카를 발견하고 말을 걸었다. 정말 맛있게 먹는구나. 그런 대화를 하는 사이에 티세트 쟁반을 든 슈리에 씨가 이쪽으로 오는 게 보여서 인사했다.

"네, 좋은 아침입니다 메구. 오늘도 기운이 넘치는군요."

"에헤헤, 어제는 많이 훈련하고 많이 잤으니까!"

슈리에 씨가 쿡쿡 웃는 걸 보며 두 손으로 보디빌더 포즈를 만들면서 씩씩하게 대답해 봤다. ……여전히 알통은 없지만.

"다행이군요. 하지만 무리는 금물입니다. 오늘은 착실히 기초 훈련을 한 뒤에 마지막으로 모의전을 하죠."

"또 모의전 하는 거야? 좋아, 오늘은 안 질 거야, 메구!"

"나도 안 질 거야!"

슈리에 씨의 제안에 두 사람 다 의욕을 끌어올렸다. 그런 우리의 모습을 온화하게 웃으며 지켜보던 슈리에 씨가 홍차를 타서 내 앞에 내려놓았다.

"우선은 배부터 채워야죠. 뭔가 가져올까요?"

"아니요, 직접 가져올 거예요! 감사합니다, 슈리에 씨."

기본적으로 여기에서 식사하는 건 길드에 있을 때처럼 셀프서비스다. 주방용 텐트가 있으니까 거기에 마련해 놓은 식사를 필요한 만큼 가져간다. 어제는 과일만 먹었으니 내 수납 팔찌에서 꺼냈지만. 요리는 당연히 치오 언니를 비롯한 요리 담당들이 마련해 준 거다. 일부러 원정을 위해 만든 걸 꺼내는 게 아니라, 생물을 제외한 것을 전송할 수 있는 조금 큰 전이 마법진이 오르투스의 식당과 이어져 있기 때문에 실시간으로 저쪽에서 만든 식사를 받는 시스템이다. 그러면 평소 작업하는 것과 별로 다르지 않게 된다고. 요리 담당들의 부담을 줄이기 위해서라며 아빠가 가르쳐 주었다. 전이 마법진이라는 오르투스의 기술 덕분에 가능한 구조다. 여전히 대단하다.

아침으로 샐러드와 샌드위치, 콘수프를 먹은 나는 배가 가득

차오르자 간신히 마음이 안정되었다. 아직 꿈이 마음에 걸리긴 하지만 배가 부르면 조금 여유가 생기는구나. 기르 씨나 리히토를 아직 만나지 않은 게 다행인 건지도. 물론 두 사람을 만나고 싶지만, 그 꿈을 꾼 직후에는 침착할 자신이 없었거든. 훈련하면서 몸을 움직이면 더 진정되려나. 그랬으면 좋겠다고 바라며 나는 슈리에 씨, 아스카와 함께 천천히 훈련장으로 걸어갔다.

"해냈다아아아! 오늘은 메구에게 이겼어!"
"으윽, 다음엔 안 져!"
훈련이 끝난 뒤에는 모의전. 슈리에 씨를 심판으로 두고 치른 시합에서 나는 지고 말았다. 열심히 버티긴 했는데. 아쉬워라.
『주인님……?』
분홍색이 눈앞을 둥실 지나갔다. 그리고 그대로 내 어깨에 멈춘 정령, 쇼가 걱정된다는 듯 작은 목소리로 말을 걸었다.
『걱정거리, 괜찮아……? 걱정이야.』
아, 역시 목소리의 정령인 쇼는 다 알아봤구나. 쓴웃음이 나왔다. 으음, 이건 육성으로 대답할 수 있는 내용이 아니니까 마음속으로 대답하자. 사실은 괜찮지 않지만, 지금은 아무것도 못하니까 무슨 일이 있을 때 대응할 수 있도록 마음의 준비를 해놓으려고. 한심한 주인이라 미안해. 근심이 있어서 졌다는 건 변명도 안 되는걸. 더 강해져야지!
『쇼는, 아니, 주인님의 정령들은 다들 언제나 주인님 편이야!』
"응, 든든해라. 항상 고마워, 다들."

땀을 닦으며 정령들의 배려에 가슴이 따뜻해지는 걸 느꼈다. 아아, 힐링된다. 정령들은 마음의 오아시스다.

"자, 거점으로 돌아가서 점심을 먹죠. 오후부터는 공부 시간입니다."

"어억?! 훈련이 아니라?"

수납 팔찌의 기능으로 옷을 막 다 갈아입었을 때, 슈리에 씨의 목소리와 불만을 흘리는 아스카의 목소리가 들렸다. 음, 아스카는 공부를 싫어하니까.

"어른처럼 종일 훈련했다간 몸이 상할 수 있습니다. 효율 좋게 성장하려면 적절한 시간이 존재하죠. 게다가 읽기쓰기나 간단한 산수도 못 하는 사람은 오르투스에 들어올 수 없어요."

"으. 아, 알았어. 할게!"

언젠가 오르투스에 들어오는 게 목표인 아스카에게는 효과가 끝내주는 설득이었구나. 어? 나? 나는 전생의 지식이 있기 때문에 사실은 처음부터 어느 정도 할 줄 알았다. 이 세계에 막 왔을 때도 손을 원하는 대로 움직이지 못했을 뿐 글도 쓸 수 있었고 별다른 의문도 없이 읽기도 가능했다. ……새삼스럽지만 그건 이 몸, 메구의 몸이 지닌 지식이었던 건가? 하지만 내가 이 몸이 되었을 때는 유아였는데, 그런 어릴 때부터 읽기쓰기와 산수를 할 수 있었을 것 같지는 않다. 일본과는 글자 모양도 조금 다르고 말도 다른 느낌이 드는데 왜 이해할 수 있는 건지는 정말 신기하다. 이세계 환생 보정이라는 건가? 여전히 차원 이동의 신비는 수수께끼다. 언젠가 알게 되는 날이 올까.

공부 싫다아 몸 움직이고 싶다아아 하면서 투덜거리는 아스카에게 끝나면 놀러 가자고 의욕을 불어 넣은 뒤 광장까지 가는 길을 걸었다. 오르투스의 거점에 도착했을 때 우리의 눈은 어떤 두 사람의 모습을 포착했다. 그중 한 명을 보고 내심 심장이 움찔했다.

"아, 오르투스의 어린이팀은 훈련 끝났어?"

리히토다. 여느 때처럼 앳된 인상이 남아있는 미소에 가벼운 말투. 꿈 때문에 의식하는 건 나쁘다. 그래, 나쁘야. 진정하자. 아직 괜찮으니까.

"······웅! 리히토는? 어디 가는 거야?"

좋아, 목소리도 떨리지 않고 평소처럼 말 걸었지? 얼굴도 잘 웃고 있었을 거다.

"아니, 지금 막 돌아온 참이야. 울바노와 함께 어른들 훈련을 견학하고 마을 돌아다니고 했어."

그렇구나. 대회에 나가지 않는 울바노는 이번엔 손님으로 온 거였지. 시작할 때까지는 지루할지도. 마왕성의 어른이 교대로 울바노를 봐주고 있는 건지도 모른다. 그러다 오늘은 우연히 리히토 차례였다거나? 어라? 하지만 리히토는 시합에 나가는데 훈련 안 해도 되는 걸까? 의아해서 물어보자 리히토는 난감하다는 듯 눈썹꼬리를 내리며 웃었다.

"어····· 뭐 그렇긴 한데. 울바노는 사람 상대하는 걸 좀 어려워하잖아? 익숙한 사람과 같이 있는 게 안심될 테고······. 훈련이라면 밤에도 할 수 있으니까 괜찮아."

그 말에 수긍하는 것과 동시에 울고 싶어질 정도로 안심했다. 왜냐고? 리히토가 여전히 다정하기 때문이다. 인간 대륙에서 같이 여행하던 때 리히토는 항상 우리를 밝게 리드해 주었다. 조금 놀리는 걸 좋아하지만 동생들을 잘 돌보는 오빠처럼. 변함이 없다. 리히토는 그 시절과 변함없이 다정한 사람이라는 걸 새삼 느끼고 안심했다. 인간은 종족상 시간 경과나 환경에 따라서 성격이 잘 변하니까 상당히 걱정했었다.

"그, 죄송합니다, 리히토 씨…….."

"아, 울바노는 신경 쓰지 않아도 된다니까! 계속 말했잖아? 모처럼 여기에 왔으니까 즐거운 추억을 만들고 돌아가자."

미안해하는 울바노의 파란 머리카락을 쓰다듬으며 리히토는 웃는 얼굴로 달랬다. 그래, 리히토는 리히토야. 그 꿈의 진상이 어떻든 분명 리히토는 다정하니까. 응. 나는 리히토를 믿을래. 그렇게 정했다.

"울바노! 우리는 오후부터 공부 시간이거든. 같이 안 할래?"

그럼 끙끙 고민하는 건 때려치워야지! 지금은 울바노와 리히토를 도와 주고 싶어! 그런 마음으로 나는 울바노에게 말을 걸었다. 당황하는 울바노에게 생긋 웃자 아직 익숙하지 않은 나에게는 쑥스러운 건지 얼굴이 새빨개져서 입을 꾹 다물어 버렸다. 리히토 뒤로 숨지 않은 것만으로도 진보한 건가? 펜팔 효과로 조금은 마음을 열어 준 건지도 모른다.

"뭐야……. 여기에도 라이벌이 있어?"

또래 남자아이의 출현에 아스카는 눈썹을 찡그렸지만 지금은 무시다. 라이벌이 늘어나는 건 좋은 일이잖아. 절차탁마할 수 있으니까!

"그러면 리히토도 오후에는 훈련할 수 있잖아? 오르투스의 거점에서 나가지 않는다고 약속할 테니까 안전해. 울바노만 괜찮다면……."

내 제안에 울바노는 퍼뜩 고개를 들었다. 역시 깊은 파란색 눈동자는 무척 예쁘구나. 눈이 마주치자 바로 돌려 버리는 바람에 그리 잘 보지는 못했지만. 아쉬워라.

"나, 나는, 메구와 같이, 공부할게. 그래도 돼?"

"물론이지! 리히토! 괜찮지? 아버지에게는 내가 알릴 테니까!"

하지만 울바노의 대답은 내 제안을 받아들이는 것이었다. 무심코 울바노의 손을 두 손으로 붙잡고 기뻐했다. 와!

"오히려 내가 괜찮은 거냐고 물어볼 입장인데. 뭐, 울바노에게도 그게 더 좋을지도 모르지. 그럼 부탁할게. 연락은 나도 할 거지만, 일단 메구도 해 줘."

"알았어! 울바노, 같이 열심히 공부하자."

"나도 있거든?! 메구와 둘만 있게 두진 않을 거야!"

내가 울바노의 손을 잡고 기뻐하고 있었더니 옆에서 부루퉁한 얼굴인 아스카가 불쑥 끼어들었다. 맞다. 아스카는 관심받고 싶어 하는 성격이었지.

"물론 아스카만 빼놓진 않을 거야. 울바노, 이 애는 아스카라고 해. 같이 공부해 주면 좋겠어."

"……으."

마침 잘 됐다고 아스카를 소개해 봤지만, 낯가림이 발동한 건지 한 걸음 뒤로 물러나서 불안해하는 모습을 보이는 울바노. 하지만 고개를 끄덕끄덕하는 걸 보면 싫어하는 건 아닌 것 같아 안심했다. 조금씩 익숙해지면 괜찮겠지. 그렇게 생각했는데…….

"뭐야. 나랑 같이 하는 건 불만이야?"

"잠깐, 아스카."

아스카는 그렇지 않았던 건지 두 손을 허리에 짚고 울바노를 추궁했다. 하, 하지 마! 울바노가 겁먹었잖아!

"싫으면 울바노가 좀 떨어진 곳에서 공부하면 되잖아. 나는 처음부터 메구와 공부할 예정이었다고. 네가 나중에 온 거니까 불만이 있으면 네가 저리 가!"

아아, 진짜! 아스카는 왜 또래 남자아이 앞에서는 시비조가 되는 거야?! 이러면 울바노가 더 겁먹어서……!

"나는 메구와 사이좋게 공부할 거다 뭐!"

"시, 싫어. 나, 안 가. 같이 공부할래."

그런 걱정을 했는데, 의외로 울바노가 제대로 반론해서 놀라 눈이 휘둥그레졌다.

"흐, 흐응? 하지만 내가 메구 옆에 앉을 거야!"

"반대쪽 옆자리에 앉을 거니까 괜찮아."

"뭐야, 그렇게 내가 싫어?!"

오히려 아스카가 기분이 상하는 이유가 뭔데?! 슬슬 끼어들어야 하는지 고민하고 있을 때, 울바노가 부드러운 눈빛으로 이렇게 말했다.

"아니. 나는, 그…… 아스카와도 친해지고 싶어. 하지만 너는 내가, 마음에 안 드는 것 같으니까."

어, 어쩜 이렇게 관대할 수가……! 종족이 달라서 나이 차이가 있어도 성장 수준은 다르니까 뭐라 말할 수 없지만, 울바노는 나보다 연하일 텐데. 그런데 이런 생각을 할 수 있다는 게 정말 놀라워! 몸도 크지만 마음도 넓구나! 감동이다.

"……울바노, 혹시 좋은 애야?"

"그건 모르니까, 아스카가 정해."

"으음……. 그럼 좋은 애! 좋아, 친해지자! 하지만 메구 일도 공부도 안 질 거야!"

"응. 아스카, 잘 부탁해."

아스카도 아스카대로 순수하단 말이지. 조금 전까지 부루퉁하던 건 어디로 간 건지. 아무튼 두 사람이 친해질 수 있을 것 같아서 안심했다. 공부를 할 수 없는 살얼음판이 되진 않을지 걱정했으니까. 그나저나 울바노는 아주 성장했구나. 정말 놀랐다. 마왕성의 어린이원 구석에서 웅크리고 있던 게 거짓말 같다. 본래의 성격이 나오게 된 걸까. 그런 거라면 아주 기쁘다.

"괜찮을 것 같네. 상대가 어린애라서 그런 것도 있겠지만, 울바노도 순조롭게 한 걸음씩 나아가고 있고."

"그러게. 깜짝 놀랐어."

리히토가 안심했다는 듯 그렇게 말해서 동의했다. 확실히 어른 상대로는 아직 어려울지도 모르지만……. 전에 비하면 어마어마한 진전이니까. 분명 괜찮다.

"그리고 예상은 했지만, 너도 참 징그럽게 인기 많다."

"어? 나?"

"맞잖아? 슈리에 씨……였던가요, 맞죠?"

팔짱을 끼고 그렇게 던진 리히토는 그대로 뒤에서 계속 우리를 지켜보고 있던 슈리에 씨에게 화살을 돌렸다. 왜 슈리에 씨에게?

"네. 제가 아는 바로는 저 두 사람이 있고, 또 애뉼러스의 소년도 그렇습니다."

"아, 어제 얼핏 본 적 있어. 크림색 머리?"

그리고 갑자기 배턴을 넘겨받았는데도 제대로 의미를 이해하고 있는 건지 막힘없이 대답하는 슈리에 씨. 구트를 말하는 거지? 대화가 어떻게 이어지는 건지 모르겠다.

"이거 이 녀석이 더 성장하면 위험한 거 아니에요? 지금도 이 모양인데."

"네, 성장할수록 골치 아파지겠죠."

"……지금은 귀여운 수준이지만."

성장할수록? 으음, 사춘기? 역시 아인에게도 사춘기가 있는 걸까. 나한테도 오려나……. 머리로는 알고 있어도 마음이 제어가 안 되는 건 이미 많이 겪어봤고. 헉, 알면서 사춘기의 정신상태가 되는 건 제법 고행 아니야? 무서워라. 사춘기 무서워. 아, 생각하지 말자. 그렇지 않아도 지금 당장 닥친 문제로도 버거운 상태니까. 그때 가서 다시 고민해야지. 자, 우선은 아버지에게 울바노와 같이 공부한다는 걸 알려줘야겠다. 저녁 먹을 때 같이 마왕성 거점에 간다고 하면 되겠지?

"쇼, 부탁할게."

『그 정도는 쉽지! 다녀올게!』

항상 마력을 넘칠 정도로 주고 있기 때문에 부탁만 해도 슝 날아가는 쇼. 마력을 걱정하지 않아도 되는 건 좋지만, 너무 많은 건 정말 난감하다. 그러고 보면 전에 쇼가 소환마법을 추천했었지. 마력을 많이 소모하니까 마력이 남아도는 나에게는 딱 좋다고. 결국 쇼에게 물어봐도 대단한 사람을 부를 수 있다고 말할 뿐 잘 이해하지 못했다. 대단한 사람이라는 표현에 겁먹은 나는 그 이상 조사하지 않고 뒤로 미뤄 버렸단 말이지. 사용할 기회는 없을 테지만, 지식은 힘이다. 슬슬 스스로도 대처법을 생각해야지.

"그럼 죄송하지만 울바노를 잘 부탁드립니다."

"네, 잠시 데리고 있겠습니다."

생각에 잠긴 사이에 어른 두 사람의 대화도 끝난 모양이다. 리히토의 대응을 보면 정말로 어른이라는 걸 절절히 실감한다. 나도 하세가와 메구일 때는 저런 식으로 대응했었는데, 이젠 거의 생각나지 않는다. 이 사람에게 사과하고 저 사람에게 사과하면서 위가 쑤셨던 건 기억나지만. 아니, 오히려 그건 잊어버리고 싶은데. 사람의 기억이란 뜻대로 안 되는구나.

"울바노는 점심 먹었어?"

"으, 응. 노점에서……."

"좋겠다! 우리도 어젯밤엔 노점에서 먹었어! 고기만두가 아주 맛있더라."

아, 그거 고기만두라고 하는구나. 지금 처음 알았다. 알아듣기 쉽지만, 이름이 같은 걸 보면 역시 아빠가 퍼트린 건가. 그렇겠지. 아스카의 말에 울바노도 점심에 먹은 걸 이것저것 꼽고, 거기에 또 아스카가 감상을 늘어놓았다. ……울바노도 잘 먹는구나. 아니, 저게 평범한 건가? 내가 너무 안 먹는 거야? 양극단일 뿐이라고 믿고 싶다.

"자, 메구와 아스카는 점심을 받아오세요. 울바노, 당신은 자리에 앉으세요. 먼저 공부를 시작할까요?"

"으, 어, 그게…… 네."

슈리에 씨 상대로는 아직 긴장하는 모양이구나. 하지만 제대로 대답하는 것만으로도 충분하다. 전에 만났을 때하고 지금은 그렇게까지 오래 지난 것도 아닌데. 자기의 의사로 한 걸음 내디디려고 한다는 증거다. 이 누나는 정말 기뻐요! 자, 울바노와 함께 공부하기 위해서도 빨리 점심 먹어야지. 아스카와 함께 점심을 받으러 가자 그곳에 마련되어있는 메뉴는 주먹밥과 돼지고기 된장국이었습니다. 맛있겠다!

"……그렇게나 먹어?"

"어? 메구는 그거밖에 안 먹어?"

우리는 서로 상대의 쟁반을 보면서 무심코 중얼거렸다. 내 쟁반은 주먹밥 하나와 작은 국그릇. 한편 아스카는 접시에 주먹밥이 가득 쌓였고 국그릇도 라멘그릇 사이즈다. 주먹밥은 너무 많이 쌓아놔서 몇 개인지 셀 수도 없다.

"……풉! 우리 매번 이런 대화하더라!"

"후후, 그러게. 슬슬 익숙해질 때도 됐는데."

아스카는 아주 많이 먹고, 나는 별로 못 먹는다. 항상 이런 식이니까 매번 놀랄 수도 없지! 하지만 웃으면서 자리에 돌아왔을 때 울바노가 아스카의 쟁반을 보고 눈이 휘둥그레진 걸 보면 아스카는 다른 아이들보다 훨씬 잘 먹는 아이라는 건 알았다. 역시나!

"슈리에. 대회가 시작되는 건 모레잖아? 준비 다 끝낼 수 있어? 다들 계속 바빠 보여서 괜찮은 건지 궁금한데."

아스카가 열심히 주먹밥을 입으로 가져가며 질문했다. 제, 제대로 씹고 있는 걸까. 내가 하나 먹는 동안 열 개는 먹은 거 아니야? 대단한데.

"끝낼 수 있죠. 지금 바쁜 건 확인 작업을 하고 또 하는 것과 참가자가 제대로 접수를 마친 건지 확인하는 게 메인이기 때문입니다. 마왕은 마도구의 내성 한도를 조사하기 위해 온갖 마법을 쏟아붓느라 바쁜 모양이지만요."

거기서 말을 끊은 슈리에 씨는 대회 회장으로 시선을 던졌다. 덩달아 나도 그쪽으로 시선을 돌렸다. 딱히 별다른 이변은 없어 보이는데…… 응? 빨갛게 빛났어! 으응? 하지만 마력은 느껴지지 않는다.

"동작에 문제는 없어 보이는군요. 어제도 오늘도 마왕이 종일 공격을 날리는데 아무도 반응하지 않으니까요."

"어? 종일 공격 마법을 썼던 거야?!"

"아뇨, 물리 공격도 썼을 겁니다. 물론 전력은 아니고요. 출장자의 실력을 고려해서 조절은 했을 겁니다. 적어도 제 전력 정도로는 망가지지 않으니까 괜찮습니다."

그렇게 말하며 웃는 슈리에 씨였지만……. 슈리에 씨의 전력이라는 것만으로도 무지하게 무서운데요?! 그게 조절한 수위라는 것도 그렇고 그 정도의 힘을 계속 사용하고도 태연한 아버지는 더 무섭다. 참고로 빛나는 건 보호 결계 마법의 설정이라고 한다. 아무 기척도 못 느끼는 건 괜찮지만, 공격을 눈치채지 못하는 건 문제라서 눈으로 확인할 수 있도록 했다나. 그렇구나. 공격의 위력으로 빛의 색도 변한다는데…… 어? 빨간색이 최대급? ……히익. 그러고 보면 이 대회를 기회로 보호 결계 마법의 대단함을 광고하는 게 목적이라고 했으지. 이 나라의 높으신 분도 보러 오니까. 윽, 그걸 생각하니까 긴장된다. 뭐, 미성년자 부문은 굳이 안 보려나? 마대륙의 왕은 어떤 사람들일까. 마왕인 아버지밖에 모르는데. 다른 사람들에게 이야기를 들은 적도 없고. 아마 별로 관심이 없는 거겠지. 마대륙은 왕이라고 해서 특별한 무언가가 있는 건 아니니까. 게다가 성에 사는 건 마왕뿐이고, 다른 왕들은 조금 큰 저택 정도라고 아빠가 그랬다. 각국의 대표 같은 대우를 받으며, 마왕과 마찬가지로 세습제도 아니라고 들은 적이 있다. 출생률이 낮으니까. 혈연자가 있다면 이어받는다고 하지만. 나처럼! 그래서 왕이라기보다는 굳이 따지라면 수상 같은 취급이 아닐까. 자세한 건 모르지만, 내 안에선 그런 인상이다. 하지만 그래 봤자 높으신 분이 온다는 건 변함이 없으니까 긴장은 된다. 주눅 들지 않고 평소처럼 싸워서 즐길 수 있다면 좋겠는데. 음. 그리고 보호 결계 마법의 대단함을 높으신 분들이 이해하고 이 근방에도 설치하게 된다면 좋겠다. 그 부분은 마라 씨가 홍보하겠지. 그 아름다운 미소로 설득력 있는 설명을 들으면 잘될 것 같다.

"어라? 울바노, 글 쓰는 속도 빨라졌어? 요즘 필체도 예뻐졌던데. 많이 연습했구나!"

문득 옆에서 묵묵히 글쓰기 연습을 하는 울바노의 노트로 시선을 떨구자 깜짝 놀랄 만큼 숙달된 상태라 무심코 외쳤다. 놀란 듯 고개를 든 울바노는 긴 앞머리 사이로 파란 눈을 동그랗게 뜨고 이쪽을 보고 있다. 그리고는 쑥스러운 듯 고개를 숙였다. 이해해. 칭찬받으면 쑥스럽지.

"아, 치사해. 나도 메구에게 칭찬받고 싶어."

"아스카도 항상 열심히 하는 거야 알지. 대단해."

"히히, 그렇지? 그렇지? 난 대단해!"

정말 아스카는 순진하다니까. 그만 쿡쿡 웃어버렸다.

"아스카도 울바노도 아주 착한 아이들이라 왠지 동생이 생긴 것 같아서 좋아."

누나는 귀여운 두 사람을 오래오래 지켜보고 싶구나. 진심으로 나온 말이라 자연스럽게 입 밖으로 나갔는데, 어째서인지 두 사람의 움직임이 뚝 멈췄다.

"동생……."

"동생?!"

어라? 싫었나. 충격을 받은 듯 침울해진 울바노와 부루퉁해진 아스카. 실제로 내가 연상이니까 틀린 말은 아닌데. 남자의 자존심으로 오빠가 되고 싶었나? 아니, 하지만 둘 다 오빠라기보다는 동생이지. 차마 대놓고 말하진 못하지만. 어, 그렇게까지 충격이야?! 두 사람의 반응에 당황하며 슈리에 씨에게 눈짓하자 슈리에 씨는 어깨를 부들거리며 웃고 있었다. 어? 왜?! 아니, 뭐가 그렇게 재미있었는데?!

"후후, 죄송합, 푸흐……! 둘 다, 아직, 멀었나, 보네요…… 후후."

심지어 제대로 웃음보가 터졌어……! 이렇게까지 웃는 슈리에 씨는 처음 봤다. 뭐가 재미있었던 건지 몰라서 떨떠름하지만.

"끄응, 반드시 돌아보게 할 거야!"

"동생, 이라……."

그러니까 뭔데?! 아무도 가르쳐 주지 않아서 삐진 나는 묵묵히 된장국을 마셨다. 흥이다!

Welcome
to the
Special
Guild

6 토너먼트 표

"아버지, 나 왔어!"

그 후로 착실히 공부하며 저녁에는 마력 제어 연습도 하고 다양한 이야기도 들으며 시간을 보낸 후 해가 저물기 전에 울바노와 함께 마왕국의 거점에 왔다. 오르투스의 거점을 떠날 때 울바노가 슈리에 씨에게도 제대로 인사하는 걸 봤을 때는 감동했다. 역시 보호자의 시선이 된단 말이지. 본인에겐 말하지 않지만! 또 점심때처럼 삐지거나 충격받거나 웃거나 하는 건 싫으니까. 나는 의외로 앙금이 오래 가는 타입이다.

"오오, 메구! 기다렸다! 울바노도 재미있게 지냈는가?"

"으, 그그그그그, 네."

하지만 아버지 앞에선 아직 긴장하는 모양이다. 울바노는 마왕 휘하에 속하는 마족이니까 동경의 대상이 눈앞에 있기 때문이겠지만. 뺨도 살짝 발그레하고. 아, 혹시 나한테 쑥스러워하는 건 마왕의 피 때문인 걸까? 이게 정답인 것 같다. 그럼 어쩔 수 없지. 앞으로는 신경 쓰지 말아야겠다.

저녁식사 자리로 안내받은 나는 테이블 끝에 앉은 아버지와 가까운 의자에 앉았다. 옆에는 울바노, 눈앞에는 크론 씨. 항상 서 있다는 인상이라 별일이다. 고개를 갸웃거리는 나에게 아버지가 여기 있는 동안은 다 함께 저녁을 먹는다고 정했다나. 아하. 참고로 크론 씨 옆에는 리히토다. 혹시나 하고 아버지에게 시선을 보냈더니 히죽 웃는 게 보였다. 의도적인 자리 배치구나. 두 사람이 잘된다면 좋겠는데. 크론 씨에게 달렸나.

"아버지, 오늘은 보호 결계 마법이 빨갛게 빛난 게 보였어. 너무 무리한 거 아니야? 괜찮아?"

"괜찮고말고! 윽, 내 딸은 세상에서 제일 귀여운 데다 세상에서 제일 착하구나……!"

"그 정도는 벌레에 물리는 게 더 힘든 수준이니까 문제없습니다, 메구 님. 더 하실 수도 있을걸요."

"가차 없구나?! 그리고 왜 크론이 대답하는 거지?!"

아, 이걸 보니 괜찮을 것 같다. 안심했다. 크론 씨도 말도 안 되는 소린 안 할 테니 여유로운 게 사실이라는 걸 알 수 있다. 가혹해 보이지만 누구보다 아버지를 생각해 주는 사람이니까. ……가혹하다는 것도 맞지만.

"괜찮다면 다행이다. 조금만 더 있으면 개막이지! 긴장돼."

"메구라면 문제없을 거다. 내일 오전에는 각 길드에 대회 일정이 전달될 거다. 오후에는 다들 그걸 확인하겠지."

"그렇구나, 드디어……! 내일은 빨리 자야겠다."

하지만 두근거려서 잠이 안 올지도 모른다. 이미 오늘 잘 수 있을지도 알 수 없을 만큼 답이 없는 나다.

"넌 맨날 일찍 자지 않아?"

"그, 그렇긴 한데."

그때 리히토가 웃으면서 놀려 댔다. 으, 툭하면 저런다니까!

……응. 평소랑 똑같다. 평소의 리히토다.

"……저기, 리히토. 무슨 일 있으면 말해 줘."

"어?"

뭔가 속에 품고 있는 게 있다면 알고 싶다. 인간 대륙을 여행할 때 생각했던, 리히토와 가족이 되고 싶다는 마음은 지금도 변함이 없으니까. 고민이 있다면 듣고 싶고, 도와줄 수 있는 게 있다면 뭐든 협력하고 싶다. 하지만 아마 그런 건 알고 있겠지. 다만 가끔만 만나니까 사양하고 있을 가능성도 있으니까. 봐 버린 미래는 도저히 말할 수 없으니 내가 할 수 있는 말은 그 정도지만. 상담해 준다고 제대로 대답할 수 있을지도 모르지만, 내가 신경 쓰고 있다는 건 염두에 두길 바란다.

"메구, 나는……."

"리히토."

우리는 잠시 서로를 바라보았다. 그리고는 입을 떼려던 리히토의 말을 아버지가 가로막았다. 물끄러미 리히토를 바라보며 작게 고개를 젓는다. ……아버지도 뭔가 아는 건가? 리히토는 꾹 말을 삼키더니 바로 웃으며 나에게 말했다.

"말할게. 반드시. 그러니까. 조금만 더 기다려 줘. 응?"

그렇구나. 그게 지금 말할 수 있는 한계인 거야. 나는 눈치볼 줄 아는 어린이. 웃으면서 믿고 기다리겠다고 대답했습니다. 올바노는 물음표를 띄우고 있었지만 괜찮아! 나도 결국은 아무것도 모르니까! 헤실 웃으면서 얼버무렸지만, 아버지도 리히토도 조금 걱정하는 얼굴이다. 안 속아 주는구나. 하지만 어차피 아무 말도 하지 못한다는 건 안다. 난처해하는 두 사람을 달래기 위해서도 그 후에는 솔선해서 소소한 이야기를 하며 저녁을 즐겼다. 모처럼 같이 먹는 건데 즐거운 시간을 보내자고!

"응, 으응…… 아침?"

눈부신 햇빛을 느끼고 천천히 깨어난다. 눈을 비비며 중얼거리자 돌아올 리 없었던 대답이 들려서 단숨에 눈이 떠졌다.

"일어났구나, 메구. 좋은 아침."

"헉, 기르 씨!"

옆에서 같이 자는 자세로 미소 짓는 기르 씨가 코앞에 있었습니다! 눈을 뜨고 처음 시야에 들어온 광경이 미남이라는 건 역시 포상이다. 행복해라……. 오늘은 분명 좋은 하루가 되겠지.

"계속 여기 있었어?"

어젯밤, 선언한 대로 일찍 돌아온 기르 씨는 내가 마왕국 거점에서 돌아오는 것과 거의 같은 타이밍에 오르투스의 거점으로 돌아왔다. 그대로 잘 준비를 마친 나는 기르 씨와 함께 침대에 누웠는데, 그때 그 상태 그대로라 아무튼 놀랐다.

"그래. 일은 전부 끝냈으니까. 내가 할 일은 이제 없어."

"하, 하지만 그렇다고 계속 여기에 있으면 피곤할 텐데……. 아, 기르 씨도 잤어?"

여기 온 뒤로는 바빠서 잘 시간이 없었던 것 같으니 드디어 쉴 수 있는 거라면 안심이지만. 그렇게 생각하며 물어봤는데 폭탄 발언이 돌아왔다.

"조금은. 남은 시간은 이렇게 메구를 봤어."

"어? 계, 계속……?"

"계속."

부, 부, 부, 부끄러운데요?! 즉 자는 얼굴을 계속 보고 있었다
는 거잖아? 아니, 항상 그렇긴 하지만, 밤 동안 내내 쳐다봤다
니 무슨 수치 플레이인데? 조금 잤다는 것도 실제로는 아주 조
금일 거 아냐! ……으, 얼굴이 뜨겁다. 과거 최고 수준으로 부끄
럽다. 심장이 쿵쿵 뛰어서 아무 말도 하지 못하게 된 거 아닐까.
놀리듯 쿡쿡 웃던 기르 씨였지만, 그런 식으로 고개 숙인 채 굳
어버린 나를 보고 뭔가 반성한 건지 바로 침대에서 내려갔다.

"그…… 미안하다. 너도 이젠, 그럴 나이지."

"어?"

상반신을 일으켜 기르 씨를 보자 팔로 입가를 가리며 고개를
돌리고 있다. 그 상태로 그런 말을 하니까 괜히 더 놀랐다. 귀도
빨갛고.

"……밖에서 기다릴게."

"어, 네……."

기르 씨가 나가는 걸 멍하니 지켜본 뒤 나는 다시 이불을 확
뒤집어썼다. 일어날게, 제대로 일어날 거지만 잠깐만 용서해
줘. 뭐야 저거. 뭐야 저거. 뭐야 저거?! 지, 지금 그거 뭔데?! 무
지무지 희귀한 기르 씨를 본 것 같은 기분?! 심장에 손을 올려
봤다. 우와, 가슴을 뚫고 나올 기세로 쿵쾅거려. 뭐, 뭐지. 이거.
평소에 보지 못하는 반응을 봐서 심박수가 어마어마하게 올라간
걸까. 그리고 미남인 게 문제다. 이 요소가 아주 크다.

"그럴 나이, 라……."

말은 그렇게 해도 나는 아직 어린아이인데. 인간으로 치자면 초등학교 저학년이다. 아니, 그만한 여자아이는 더 조숙하던가? 온갖 것들이 부끄러워지고, 외모에 신경을 쓰고, 누가 멋있다거나 누가 좋다거나 그런 이야기를 해도 이상하지 않은 나이이긴 한가. 잘 모르겠지만. 응? 그리고 보면 나 기르 씨랑 물리적 거리가 되게 가깝네? 이건 기르 씨만 그런 게 아니라 아빠도 슈리에 씨도 쥬마 오빠도 그렇지만. 하세가와 메구 시절의 반동인건지 묘하게 스킨십을 좋아하거든.

"신경 쓰는 게, 나으려나……."

나는 신경 쓰지 않지만 주변에선 그렇지 않은 건지도 모른다. 기르 씨는 전에도 그렇게 말하며 거리를 둔 적도 있었고, 아버지 대신이라고는 해도 피는 이어지지 않은 데다 이미 정식 아버지로 등록된 건 아버지니까. 이대로 성장했다간 그냥 남녀다. ……뭐지, 지금 답답했는데. 하아, 어른 되는 거 싫다. 이대로 스킨십이 줄어드는 건 왠지 서운한걸. 크게 한숨을 쉬고 꾸물꾸물 침대에서 기어 나온 나는 그제야 옷을 갈아입었다. 윽, 기르 씨 얼굴 보는 게 민망해. 얼굴 이젠 안 빨갛겠지? 조금 민망했지만 밖에 나가 기르 씨에게 말을 걸었다. 반응은 평소와 똑같았고 안색도 다른 게 없어 보였다. 나도 상당히 진정됐으니까 기르 씨라면 더 일찍 진정했어도 이상하진 않은가.

"가자."

"으, 응."

하지만 어쩐지 어색한 느낌은 든다. 평소보다 몇 밀리미터 정도 거리가 벌어져 있고 왠지 모를 벽이 느껴진다. 그 벽을 만든 사람이 기르 씨인지 나인지는 모르지만. 이게 성장인 걸까. 그렇게 생각하자 역시 한숨이 나왔다. 어린아이의 순수함은 정말 기분 좋은 거였구나. 하아아.

"메구! 기르! 좋은 아침!"

"아스카, 좋은 아침."

식탁까지 오자 밥과 카라아게로 둘러싸인 아스카를 보고 치유받았다. 정말로 기분 좋을 만큼 잘 먹으니까 보기만 해도 즐겁다. 나는 아침부터 튀김은 좀 버겁지만, 이 광경을 앞에 두면 하나 정도는 들어갈 것 같다는 생각이 드는 게 신기하다.

"……정말 잘 먹는군."

"으음, 아무리 먹어도 배가 안 부르단 말이지."

황당하다는 듯 중얼거린 기르 씨의 말에 아스카는 아무렇지도 않다는 듯 대답했다. 아스카의 위는 블랙홀……. 지금은 조그맣지만 앞으로 쑥쑥 자라서 거구가 될지도 모른다. 근육 트레이닝에도 빠져있는 것 같았으니까 미모의 근육질 엘프가 탄생할지도 모른다. 기대되는 것 같기도 하고 아쉬운 것 같기도 하고.

"그런데 메구."

내가 먹을 아침을 받아서 아스카 옆에 앉았을 때, 생각났다는 듯 부르는 목소리에 돌아보았다.

"기르하고 같은 텐트 쓰는데 '실수'는 안 일어나?"

"윽, 콜록, 콜록……!"

말문이 막혀버린 내 뒤에서 어째서인지 기르 씨가 사레들렸다. 와우, 폭탄 발언. 아니, 아스카는 의미를 알면서 하는 말인 걸까. ……알고 있을 것 같지. 오웬 씨에게 연애 지도를 할 정도니까. 대체 어디서 그런 지식을 입수하는 걸까. 귀엽고 순수한 아스카는 어디 간 거야?!

"아, 혹시 실수가 뭔지 몰라? 그러니까 남녀가……."

"거기까지."

"으읍, 읍! 으으읍!"

자세히 설명하려고 하는 아스카를 기르 씨가 틀어박았다. 불만을 표출하는 것처럼 보이지만 입이 막혀 있으니 무슨 말을 하는 건지는 모른다. 짐작은 가지만.

"너희에게는 아직 일러."

"으읍? 읍, 으으읍!"

공방은 계속 이어진다. 하지만 상대는 기르 씨. 아스카에게 승산은 없다. 그나저나 너희에겐 아직 이르다니. 겉보기 나이라면 그렇겠지. 다만 지식이라면 나는 이미 이것저것 알고 있다. 그건가, 그런 화제로 이러쿵저러쿵 떠들기에는 이르다는 걸까. 그런 거라면 이해하지 못하는 건 아니다. 애초에 나 스스로도 신기한 점이, 나는 그쪽 방면의 이야기에는 관심이 너무 없는 것 같단 말이지. 지금 아스카가 그 화제를 건드리려고 했을 때도 아스카의 입에서 나왔다는 게 놀랍긴 했지만 동요도 하지 않았고 관심도 없다. 기르 씨 앞이라서 민망할 뿐. 생각해 보면 전생에도 이런 식이었다. 애인을 사귄 적이 없는 건 아니지만 친구라는 느낌이었지. 사랑에 별로 관심이 없었다. 미지의 세계다. 그렇게 생각하면 조금 관심이 생기는 것 같기도 하고? 모르는 건 궁금하니까. 사랑. 사랑이라.

"해보고 싶네, 사랑……."

아차, 입 밖으로 나온 모양이다. 뭐, 됐어. 아침이나 마저 먹으려고 숟가락을 집은 순간, 눈이 휘둥그레져서 움직임이 멈춘 기르 씨와 아스카의 시선을 알아차렸다. 뭐, 뭔데?

"메구, 사, 사랑하고 싶은 사람, 있어……?!"

"어? 없는데? 그냥 어떤 감정인가 하고. 좀 관심이 생긴 것뿐이야."

언젠가 알게 되는 날이 오겠지! 그렇게 태평하게 생각하고는 있지만, 전생에도 그렇게 생각하다가 결국 그대로 어른이 되었다는 과거가 있다. 어른이 되면 뭐든 알게 될 거라는 수수께끼의 이론이 있었단 말이지. 하지만 안타깝게도 사람은 알려고 하지 않는 한 계속 모르고, 하려고 하지 않는 한 할 수 있게 되진 않는다. 어른이 된 순간 갑자기 뭐든 할 수 있게 된다면 아무도 고생하지 않겠지. 당연하고 말고요! 그러니 느긋하게 굴다간 이번 생에도 또 같은 전철을 밟게 될 가능성도 있다. 오히려 순조롭게 같은 길을 걸어갈 것 같다. 정말이지, 옛날이나 지금이나 나는 변함이 없다니까. 남의 상담은 들어주기도 하고 눈치채기도 하지만, 내 연애는 정말 진전이 없다. 어떻게 공부해야 하는 건지도 모르는걸. 하다못해 다른 분야의 진전은 있다고 믿고 싶다.

"그럼 나하고 사랑하자! 가르쳐 줄게!"

"아하하, 고마워!"

"……그거 전혀 진심 아니지?"

들켰다. 미안해. 하지만 아스카는 동생 같단 말이지. 그야 민망한 소릴 하거나 민망한 행동을 하거나 하지만. 면역도 없으니까 금방 얼굴이 빨개지지만. 나 글렀네. 이래도 괜찮은 걸까, 약 70살의 엘프 어린이……. 게, 게다가 아스카도 아직 어린아이다. 알려고 노력은 하는 것 같지만 확실히 아는 건 아닐 것 같다고. 가볍게 넘기는 건 아니거든? 하지만 기르 씨의 말대로 아직 진지하게 생각하기에는 이르단 느낌이다. 그런 대화를 하고 있었더니 머리 위로 손이 툭 올라왔다. 나만이 아니라 아스카에게도.

"조급해할 거 없어. 필요하다면 언젠가 알게 되겠지."

"기르 씨……. 필요하다면, 이라. 응, 그렇지!"

그래, 그동안 나에게는 필요 없는 거였다고! 그래서 몰랐고, 알 생각도 없었다. 그뿐이다. 그 나이에 애인 한 명 없어? 결혼은 언제 하려고? 같은 식으로 물어보는 오지랖 넓은 이웃이나 회사 상사들은 자기가 아니까 가르쳐 주고 싶은 것뿐이야. 분명 그래! 아마도.

"흐응. 그럼 기르는 알아? 누군가를 사랑한 적 있어?"

이어지는 아스카의 직설적인 질문에 어째서인지 내가 철렁했다. 어? 하지만 궁금한 것 같기도. 기르 씨의 연애 사정!

"아, 하지만 있다면 반려가 옆에 있겠구나. 기르가 차일 일은 없어 보이니까."

"…………."

하지만 기르 씨가 대답하기 전에 아스카가 결론을 내버렸다. 아, 그렇구나. 아인은 누군가를 사랑하면 바로 그 상대가 반려인 거랬지. 일방적인 짝사랑이라고 해도 그 마음이 변하는 일은 어지간한 일이 아닌 이상 없다고 했다. 그건 마물의 본능인데, 일정 이상의 지혜를 지닌 마물에서 진화했다고 하는 아인에겐 그 본능이 남아있다는 이야기다. 다만 그것도 개인차는 있다. 좀 괜찮다고 느끼면 연애하는 메어리라 씨 같은 사람도 있고, 소위 몸만의 관계를 원하는 미콜 씨 같은 사람도 있다. 하지만 진심이 되었을 때는 본능으로 알 수 있댔다. 이 사람이 아니면 안 된다고. 그랬는데 만약 차인다면 분명 괴로울 테지. 자기는 너무너무 좋아하는데 상대방에겐 이미 마음에 정한 사람이 있다니. 그 본능이 있는 한 돌아봐 줄 가능성은 거의 없는 셈이니까. 서로 좋아하는 거라면 최고지만.

"그렇게 생각하면 아인은 힘들겠다. 차여도 다음 사랑으로 갈 수 없으니까."

응? 아스카의 그 말이 마음에 걸렸다. 혹시 엘프나 드워프, 소인족처럼 아인과는 다른 인간형 종족에겐 그런 게 없다는 거야? 듣고 보니 그러네. 마물의 본능이니까. 소위 유전자 단위에서 이어진 성질 같은 거다. 마물에서 이어진 게 아닌 종족에겐 그것도 당연한가?

"종족마다 다르지. 인간형 종족은 원래 인간형 마물이었다는 말도 있다. 그런 성질을 지닌 종족이라면 아인과 별 차이는 없어."

"어? 그래? 그럼 실연하면 역시 엄청 질질 끌게 되나?"

"엘프에 대해서는 몰라. 슈리에에게 물어봐."

아, 그렇구나. 인간형 마물이라는 가설도 있다니. 그럼 이 세계에 사는 사람은 인간 말고는 다 먼 옛날에는 마물이었다고도 할 수 있다. 그래서 마대륙과 인간 대륙으로 나뉘고 넓은 바다로 갈라져 있는 걸까. 왠지 신기하다. 진화나 역사에 대해 언젠가 공부해보고 싶다. 예를 들어 엘프와 하이 엘프 말고 다른 인간형 종족은 어떤 식으로 태어났는지. 아인보다 역사가 길 것 같으니까. 하이 엘프 마을의 서고라면 조사할 수 있을까? 다음에 가게 될 때는 찾아봐야지.

"그런 것보다 식사가 끝났으면 이만 가자. 내일이 실전이다. 오후에는 토너먼트도 발표되고. 오전에 제대로 훈련해야지."

"맞다! 메구, 식기 들어 줄게!"

"앗, 고마워!"

대화에 빠지는 바람에 그만 손이 멈추고 말았다. 식기를 올린 쟁반을 아스카가 챙기는 동안 나는 서둘러 마시다 만 우유를 비우고 일어났다. 그대로 컵을 치우러 가려고 했을 때 기르 씨가 손목을 붙잡았다. 그것뿐인데 가슴이 두근거린다. 뭐, 뭐지?

"메구. 네 마음은…… 너만의 거다. 앞으로 이래저래 일이 있을지도 모르지만, 그건 잊지 말아줘."

"? 응……."

내 마음은 나만의 것이라. 무슨 소리지? 지금 기르 씨가 그렇게 말한 이유도 의미도 잘 이해할 수 없지만, 분명 중요한 이야기겠지. 아무튼 대답을 하자 만족한 듯 기르 씨가 피식 웃었다. 어쩐지 묘하게 마음에 남는 미소였다.

기르 씨의 훈련은 의외로 스파르타다. 오늘은 착실히 기초 연습을 한 뒤 내내 아스카와 모의전 스타일로 훈련하고 있다. 동시에 빈틈이 생긴 부분에는 그림자새가 즉각 부리로 쿡 찔러 대는 바람에 그때마다 '으학!' 하는 괴성이 나왔다. 빈틈을 만드는 게 잘못인 건 알지만, 운동능력이 떨어지는 나는 아스카의 두 배 이상 비명을 지르고 있다. 으아앙!

"하지만, 못 이긴다니, 왜?"

아스카가 바닥에 누운 채 헉헉 숨을 몰아쉬고 있다. 그렇다. 사실 오늘은 한 번도 지지 않았다! 에헴! 빈틈을 마구 찔리고 있는데도. 그 후 수습에 전력을 기울였다고도 할 수 있다.

"메구에게 생긴 빈틈을 발견하지 못하기 때문이지. 그곳을 찌르면 순식간에 승패가 갈린다. 아스카는 쓸모없는 움직임이 조금 많아."

"그, 그 소리, 많이 들어……."

기르 씨의 지적에 아스카는 크게 상심한 듯 팔로 얼굴을 덮었다. 평소와는 조금 다른 반응이다. 아스카는 분하면 분하다고 큰 소리로 외치는데. 이건 정말로 풀이 죽은 건지도 모른다. 대회도 코앞이니까 조급해하는 마음은 이해한다.

"즉 아직 더 강해질 수 있다는 거지. 한탄할 여유가 있다면 정진해라."

"나, 나도 알아!"

성장의 여지가 있다는 말이구나. 이건 격려다. 하지만 훈련 중인 기르 씨는 말투도 엄해진다. 강약 조절을 해주니까 좋긴 한데. 계속 살살 봐주다가 최근 들어 간신히 엄한 지도를 받을 수 있게 되어서 나는 기쁘기 그지없다.

"메구는 단순히 반사신경을 단련할 필요가 있어. 하지만 그건 하루아침에 몸에 붙는 게 아니지. 대회가 끝난 뒤에도 매일 훈련할 것."

"으, 네……!"

따라서 당연히 나에게도 가차 없는 지적이 날아왔습니다. 지당하신 말씀이니 제대로 마음에 새겨놓고 말고요! 정곡이라서 심히 찔리지만. 크윽, 노력해야지!

"으으, 내일은 절대 안 져!"

"드디어 실전이니까. 나도 안 져! 하지만 아직 누구와 싸울지는 모르잖아."

오후가 되면 토너먼트 표가 발표된다고 했는데 곧 공개되려나? 아스카와 함께 눈을 빛내고 있었더니 기르 씨가 피식 웃으며 가르쳐 주었다.

"좋은 타이밍이군. 지금 막 발표된 모양이다. 바로 거점에 돌아가서 확인할까?"

""! 할래!!""

나와 아스카는 동시에 일어나서 입을 모아 대답했다. 계속 궁금했었단 말이야! 훈련도 마침 끝난 참이니 나와 아스카는 기르 씨의 손을 한 쪽씩 잡고 빨리빨리 재촉하며 거점으로 향했다.

거점으로 돌아오자 오르투스의 길드원들이 대부분 돌아와서 테이블 주변을 에워싸듯 모여 있었다. 아마 토너먼트 표를 보는 거겠지. 나와 아스카도 달려가서 말을 걸었다.

"아, 왔구나. 봐봐, 발표됐어!"

사우라 씨가 손짓해서 부르자 우리가 표를 볼 수 있도록 주위에 서 있던 사람들이 비켜줬다. 감사합니다, 감사합니다. 아스카와 머리를 맞대고 식탁에 펼쳐진 표를 살펴봤다. 두근두근.

"아! 나 1회전부터다! 상대는…… 마이크? 누구지."

"으음, 마이크라면 스텔라에서 출장하는 남자아이였을걸."

고개를 갸웃거리는 아스카에게 케이 씨가 가르쳐 주었다. 아스카는 1회전부터구나! 긴장되겠네. 본인은 기뻐 보이지만. 그런 터프함은 순수하게 존경스러워! 참고로 미성년자 부문에 출장하는 건 전부 7명. 즉 토너먼트로는 한 명이 시드를 받는다. 그래서 토너먼트는 공평하게 제비뽑기로 정한 결과라고 사우라 씨가 알려줬다. 표에 적힌 이름을 눈으로 쫓아가자 마침 그 시드 자리에서 내 이름을 발견했다. 다른 사람보다 시합 회수가 적은 건가. 안심인 듯 아쉬운 듯 복잡한 기분이다.

"어어, 그럼 메구와 싸우는 건 결승이네."

"후후, 계속 이길 생각이구나. 류아스카티우스. 좋아, 그런 자세는 아주 바람직해."

그렇다. 이 표대로 간다면 나와 아스카는 마침 끝과 끝. 만약 아스카와 싸운다면 서로 계속 이겨서 마지막 결승전까지 가야 한다. 으, 내가 거기까지 갈 수 있을까?

"메구의 상대는 3회전에서 이긴 사람이니까 슈톨의 하이드마리거나 애뉼러스의 룬이네!"

"아하, 아직 상대를 모르는구나. 으으, 두근거려."

룬은 친구지만 하이드마리라는 아이는 모른다. 어떤 아이일까? 전혀 모르는 상대와 싸우는 것과 친구와 싸우는 건 어느 쪽이 마음이 편할까. ……어느 쪽이든 긴장된다는 건 마찬가지일 것 같다. 모처럼 다른 사람들의 싸움을 본 뒤에 시합에 임할 수 있으니까 제대로 견학해야지! 이렇게 식탁은 이 상대는 어떤 마법이 특기라는 등 시합과 관련된 대책을 이야기하는 자리가 되었다. 어른들이 이런저런 조언도 주고 진지하게 의논을 주고받는 걸 보면 긴장감이 한층 올라간다. 벌써 내일이라는 걸 실감한다. 길었던 것 같으면서도 순식간이었구나.

드디어 무투대회가 개막이다. 나는 주먹 쥔 손을 가슴에 올리고 두근거리는 심장 박동을 느꼈다.

Welcome
to the
Special
Guild

바다에서 바캉스!

파란 하늘, 하얀 구름, 그리고……

"예쁜 바다! 모래가 하얘!"

어쩌면 바닥이 보일지도 모른다는 생각이 들 만큼 투명한 바닷물은 햇빛을 반사해서 반짝반짝 빛났다. 이렇게 예쁜 해변은 전생을 포함해도 처음이다. 나는 신이 나서 사우라 씨의 손을 잡고 바다를 향해 달려갔다.

"사우라 씨, 모래사장이 정말 예뻐요! 바다도 예쁘고. 같이 수영해요!"

"아아, 눈부셔! 햇빛도, 빛을 반사하는 바다도, 메구의 미소도 전부 지금의 나에게는 너무 눈부셔!!"

눈 밑이 검게 죽은 채 눈이 부시다는 듯 얼굴을 찌푸리는 사우라 씨는 누가 봐도 피곤한 상태다. 실제로 아주아주 피곤할 거다. 항상 기운이 넘쳐나는 그 사우라 씨가. 무투대회 준비가 얼마나 힘든지 보여준단 말이지……. 하루하루 목소리에 힘이 사라지고 쇠약해지는 사우라 씨를 보는 게 무척 괴로웠다. 누가 봐도 휴식이 필요한 상태인데 본인은 아직 끄떡없다는 둥 조금만 더 하면 되니까 괜찮다는 둥 전혀 쉴 기색이 없었다. 이건 오르투스의 규칙 위반이 아니냐고 나는 두목인 아빠에게 밀고. 다른 사람도 아니고 사우라가 설마 그럴 리 없다며 웃어넘겼던 아빠가 직접 그 모습을 보자마자 얼굴이 진지해지더니 그 자리에서 사우라 씨에게 명령했다. '사흘간 일 금지!'라는 선고를 받은 사우라 씨의 아연한 얼굴은 지금도 바로 떠올릴 수 있다. 무슨 헛소리냐고 사우라 씨가 반론하려던 때 아빠가 말했다.

『안 돼. 이건 두목으로서 하는 명령이자 벌이야. 규칙 위반이라고, 사우라. 포기하고 푹 쉬어.』

벌이라는 소리까지 나온 이상 사우라 씨도 들을 수밖에 없다. 바쁘게 돌아다니는 길드원들을 보면서도 아무것도 하면 안 된다니 미쳐버릴 거라고 머리를 부여잡는 사우라 씨의 마음도 이해가 간다. 그래서 지금 우리는 바다에 와 있다. 휴가 겸 바다에 와 버리면 일을 하려는 마음도 들지 않게 될 테니까.

『내가 일을 너무 많이 맡긴 것도 원인 중 하나니까. 이쯤에서 한번 기분 전환하자고.』

겸연쩍은 듯 그렇게 말하는 아빠의 얼굴도 인상적이었다. 오르투스의 길드원은 다들 정말 터프하니까 조금쯤 무리시켜도 괜찮다고 생각하게 된단 말이지. 그건 엄청 공감이다. 하지만 사우라 씨는 소인족이라 다른 아인만큼 튼튼하지 않다. 체력적으로는 아직 여유가 있어도 머리를 쓰거나 신경을 쓰는 만큼 정신적인 피로가 쌓였을 것이다. 더 일찍 눈치채지 못해서 미안하다. 그래서 사흘간의 바다 바캉스 동안 사우라 씨가 제대로 기분 전환할 수 있도록 해야지!

"아, 혹시 가만히 쉬고 싶은 거예요? 피곤할 테니까……. 죄송합니다, 마구 끌고 다녀서."

그래, 휴가니까 활동적인 놀이보다는 모래사장에서 느긋하게 쉬는 게 더 낫지 않을까. 나도 참, 내가 신났다고 내 위주로만 생각했어! 하지만 사우라 씨는 쿡쿡 웃고는 괜찮다고 말했다.

"이렇게 바다가 예쁜걸. 놀지 않으면 손해지! 이래저래 신경 쓰이는 건 있지만…… 모처럼 왔으니까. 여기 있는 동안 일은 전부 잊어버리겠어!"

여전히 눈 밑에 다크서클을 달고 있지만 표정이 확 밝아졌다. 그 미소를 보니까 안심이다. 좋아, 사우라 씨가 즐겁도록 노력해야지. 나는 사우라 씨와 손을 잡고 모래사장을 향해 달렸다.

"오오. 도토리 둘이 모래사장을 열심히 달리는 모습이라니 뭔가 재미있는데!"

"야 쥬마. 그건 떠올라도 말하지 않는 게 낫거든? 사우라 씨는 귀가 밝으니까."

호위로 같이 온 쥬마 오빠와 오웬 씨가 둘이서 그런 이야기를 하고 있는데, 사우라 씨가 아니어도 다 들리거든요! 뭐, 쪼끄만 두 사람이 모래사장을 달리는 구도는 실제로 재미있을 것 같으니까 아무 말도 할 수 없다. 특히 모래사장은 발이 걸려서 달리기 불편하니까 분명 웃긴 광경이겠지. 다만 사우라 씨는 내버려둘 수 없었던 모양이다. 휙 뒤를 돌아보고는 허리에 손을 얹고 크게 소리쳤다.

"너희들, 그런 소리 할 수 있는 것도 지금뿐이거든! 나와 메구는 지금부터 굉장한 수영복으로 갈아입을 거니까!"

하지만 가장 먼저 반응한 사람은 쥬마 오빠도 오웬 씨도, 더불어 멀리서 이쪽을 지켜보고 있는 기르 씨도 아니고 나였다.

"잠깐, 사우라 씨?!"

"왜? 메구. 바다에 가기로 하고선 급하게 나랑 같이 란의 가게로 달려갔잖아? 란이 만든 수영복인걸. 굉장한 수영복일 게 틀림없어. 뭐, 내 건 특별히 핫한 수영복으로 해달라고 했지만!"

그, 그야 하루도 안 돼서 수영복을 만들어 준 시점에서 굉장한 건 맞지만, 뉘앙스가 다르게 들리잖아! 게다가 사우라 씨의 핫한 수영복이라는 건 나도 보지 못해서 무지무지 궁금하다. 두근두근.

"진짜예요? 사우라 씨! 기대할게요!"

"핫한 수영복? 그야 사우라는 가슴이 크긴 한데."

"……사우라, 메구의 노출은 자중해."

참고로 남성진의 반응은 이랬다. 각자 너무 본인들다운 반응이라서 메마른 웃음이 나온다니까! 오웬 씨는 너무 솔직하다. 하지만 이게 어느 의미 올바른 반응이다. 나하고 동류다. 쥬마 오빠는 너무 적나라하고, 기르 씨는 완전히 부모님의 시선이고.

"뻔한 반응이네. 뭐 좋아. 해변의 시선을 우리 둘이 독점하자고! 즐겨야지! 자, 갈아입으러 가자. 메구."

"앗, 네!"

의욕 스위치가 켜진 사우라 씨를 당해낼 사람은 없다. 일하는 거든 노는 거든 스위치가 켜지면 저돌맹진, 그것이 사우라 씨다. 그 점이 매력이자 존경스러운 부분이기도 하지만. 지금의 나는 수영복을 입고 나갔다가 남들이 웃지는 않을지, 이상하진 않을지 너무 신경 쓰인다. 실물은 봤지만 시착까지 할 시간은 없었거든! 란이 사이즈를 잘못 맞출 리는 없으니까 그 부분은 걱정하지 않지만……. 아직 어린아이니까 뭘 입어도 귀엽다고 끝날 테지만. 쭉쭉빵빵한 사우라 씨 옆에 서는 건 조금 면목이 없는 마음으로 가득합니다! 하지만 같이 놀자고 한 건 나다. 거부권은 없다. 척척 앞으로 나아가는 사우라 씨에게 손을 잡힌 채 나는 탈의실로 끌려갔다. 아아아.

그래서 문제의 수영복 말인데…….

"꺄아아! 메구 너무 귀여워! 으음, 뭘 입어도 잘 어울리지만 수영복은 한층 장난 아니네. 변태들의 눈에서 어떻게든 지켜야겠어!"

현재 사우라 씨에게 칭찬 세례를 받는 중입니다. 에헤헤, 쑥스러워라. 참고로 사이즈는 딱 맞았다. 그야 뭐, 란이 만들었으니까. 당연히 완벽하다. 파스텔톤의 핑크, 보라, 노랑이 그라데이션으로 이어지는 배색부터 귀엽다. 비키니 타입이긴 해도 가슴도 스커트도 팔랑팔랑해서 그리 신경 쓰이지 않는다. 심지어 위에 걸치는 토끼 귀 파카까지 있으니 바다에 들어가지 않을 때는 이걸 입을 수 있다는 게 아주 좋다. 수건 같은 재질이라 헤엄친 뒤에도 딱 좋고!

"어떻게 지킨다는 거냐, 사우라. 아무리 그래도 시선까지는 못 막거든?"

"뭘 모르는구나, 쥬마. 그래서 내가 있는 거잖아! 이렇게 섹시한 누나가 있으면 이쪽으로 시선이 쏠릴 거 아냐? 메구만 사람들의 주목을 받는 걸 막을 수 있지."

오히려 사우라 씨가 시선을 독점할 것 같은데요! 나 같은 어린이의 수영복을 보고 기뻐하는 건 변태뿐이다. 아, 그게 문제인 건가. ……나는 괜히 파카의 지퍼를 목까지 쭉 올렸다.

"흐응, 그런 거야? 둘 다 어울리는 것 같긴 하지만, 잘 모르겠는데."

"어라, 쥬마도 어울린다는 센스 있는 말을 할 줄 아는구나. 합격이야."

확실히 쥬마 오빠치고는 굉장한 칭찬이 튀어나왔다. 거짓말을 못 하는 성격이기 때문에 더 순수하게 기쁘다. 정말로 어울리는 것 같아서 안심이야! 그리고 문제의 사우라 씨 말인데, 이게 또 어마어마하게 섹시하다! 앞에서 보면 원피스 타입인데 군데군데 피부가 보이는 정도의 디자인이지만, 뒤에서 보면 상반신에 아무것도 입지 않은 것처럼 보인단 말이지. 등이 훤히 다 보여서 두근거린다. 몸매가 좋으니까 더욱. 검은색이라는 심플하면서도 섹시한 색도 그렇고. 응, 이건 확실히 굉장한 수영복이다. 틀림없이 섹시 수영복이다. 하지만 저속해 보이진 않는 사우라 씨. 멋지게 소화하고 있다.

"와우. 사우라 씨, 섹시한데!"

"흐흥, 그렇지? 오웬, 뭘 좀 알잖아!"

하얀 모래사장 위에서 포즈를 잡는 사우라 씨를 다양한 각도에서 감상하는 오웬 씨라는 구도는 제법 괴상하다. 하지만 오웬 씨 같은 사람이 있으면 사우라 씨도 입은 보람이 있겠지. 그리고 의도대로 주변 사람들의 시선을 끌어모으고 있다는 점이 또 대단하다. 참고로 오웬 씨와 쥬마 오빠도 수영복을 입었다. 두 사람 다 반바지 같은 디자인인데, 오웬 씨는 노란색에 검은색 라인이 들어갔고 쥬마 오빠는 빨간색에 노란색 라인이 들어갔다. 세트처럼 보여서 나도 모르게 쿡쿡 웃었다.

"메구도 아주 귀여워! 잘 어울려."

"어, 그래요? 감사합니다, 오웬 씨."

그리고 나도 잊지 않고 칭찬해 주는 오웬 씨는 여자를 대할 줄 아는 사람이란 느낌이다. 메어리라 씨에게 집중하기 전까지는 수많은 여자를 만나고 다녔다는 것도 이해가 갔다. 와일드한 미남, 무시무시해라.

"하지만 메구. 그렇게 팔랑거리면 헤엄치기 불편하지 않아? 사우라는 헤엄쳤다간 벗겨질 것 같고."

어울린다고 말은 했지만 쥬마 오빠는 턱에 손을 짚고 고개를 갸웃거렸다. 뭐, 수영복은 원래 수영할 때 입는 옷이니까. 무슨 말을 하고 싶은 건지는 안다. 하지만 이번에는 놀러 온 거니까 괜찮아! 진지하게 수영하는 것도 아니고, 나는 수영도 잘 못하고. 그렇게 설명했는데도 물의 저항이 어떻네 이야기하기 시작한 걸 보면 아마 제대로 이해하지 못한 모양이다. 뭐 됐어. 그래야 쥬마 오빠지! 하지만 쥬마 오빠도 오웬 씨도 육체미가 훌륭하다. 근육이 굉장합니다. 눈이 즐거워! ……호, 혹시 기르 씨도?! 퍼뜩 생각이 미친 나는 서둘러 두리번두리번 기르 씨를 찾았다. 그러자 거점으로 펴 놓았던 돗자리와 파라솔 근처에서 팔짱을 끼고 서 있는 검은 인영을 발견.

"에이. 기르 씨는 수영복 아닌 거야?!"

평소와 똑같은 전투복, 머리부터 발끝까지 새카만 기르 씨였습니다. 다른 사람도 있으니까 후드와 마스크도 착실하게 장착했다. 큭, 특급 레어인 기르 씨의 육체미를 볼 수 있을 줄 알았는데! 평소에도 몸에 붙는 옷을 입으니까 근육질이라는 건 알수 있지만, 그건 그거 이건 이거다. 하지만 그렇기 때문인 건지 너무 튄다고 해야 할까, 어마어마한 주목을 받고 있다. 이 풍경에 그 모습은 반대로 눈에 띈다.

"나는 너희들의 호위, 즉 일하러 여기에 온 거야. 갈아입을 필요는 없지."

그, 그렇게 따지면 오웬 씨와 쥬마 오빠도 마찬가지잖아? 내 질문에 두 사람은 바다에 들어가서 우리 주변에서도 호위하기 때문이라고 했다. 기르 씨는 떨어진 장소에서도 호위할 수 있으니까. 하지만 굴하지 않고 조금 더 밀어 붙여봤다.

"어어…… 그래! 기르 씨, 눈에 띄는 건 싫어하는데 그 옷차림이면 오히려 눈에 띄지 않을까."

"얼굴이 보이지 않는다면 주목을 받아도 문제없어."

그런 기준이구나. 인형탈을 입어서 안에 누가 있는지 모르면 상관없다는 감각인 걸까. 큭, 이건 정말로 갈아입을 마음이 없는 모양이다. 하아, 수영복을 입은 기르 씨 보고 싶었는데. 아까워라. 모처럼 바다가 예쁜데.

"기르 씨랑도 같이 놀고 싶었는데……."

그래서 마지막 시도로 본심을 툭 중얼거렸다. 시선만 힐끔 위로 올려 기르 씨를 보자 기르 씨는 부드러운 눈매로 내 머리에 손을 톡 올려놓았다.

"오늘은 사우라와 놀아 줘."

역시 안 되는 거냐! 아쉽다. 하지만, 그래. 오늘은 사우라 씨의 휴식을 위해 온 거다. 종일 사우라 씨의 기분 전환에 힘을 쏟을 생각이었던 건 사실이니까 척 손을 들고 '네!'라고 대답했다.

"그리고……. 수영복, 잘 어울려."

"! 가, 감사, 합니다……!"

돌아가려는 순간에 이건 반칙!! 두근거렸잖아! 으으, 이래서 기르 씨는 위험하다. 심장이 쿵쾅거린다. 분명 얼굴도 빨개졌을 테니까 들키지 않도록 서둘러 기르 씨에게 등을 돌리고 뛰어갔다. 하지만 쿡쿡 웃는 소리가 들렸으니 다 들킨 거겠지. 놀리다니! 차, 창피해!!

마음을 다잡고 실컷 놀자! 모래에 비틀거리면서도 사우라 씨에게 달려가자 무언가 하얀 것을 두 개 안고 있는 사우라 씨가 나를 불렀다.

"메구! 자, 이거!"

"튜, 튜브?"

아무래도 하얀 것은 튜브였던 모양이다. 하얀색 바탕에 꽃무늬가 그려져 있다. 사우라 씨는 수납 마도구에서 꺼낸 듯한 그 튜브 중 하나를 나에게 건네주었다. 여기에 올라가서 느긋하게 파도를 타자며 들뜬 얼굴로 말하는 사우라 씨는 너무 귀엽다. 섹시한 수영복과의 격차에 심쿵! 물론 기꺼이 같이하고 말고요. 바로 사우라 씨와 함께 물가로 걸어갔다. 철썩철썩 조용히 밀려드는 파도에 발목까지 잠기는 게 기분 좋다. 조금 차가운가? 수

온에 익숙해지기 위해서도 천천히 걸어가 허벅지까지 잠겼을 때 튜브에 올라갔다.

"으아, 앗! 뒤, 뒤집어진다!"

이미 우아하게 튜브 위에서 넘실거리는 사우라 씨와는 다르게 굼뜬 나는 튜브에 올라가는 것만으로도 이 모양이다. 균형을 잘 잡지 못해서 꼴사납게 풍덩 빠지고 말았다. 수심이 얕아 엉덩방 아를 찧어도 가슴까지만 잠기는 높이. 위험하진 않지만, 순식간 에 머리까지 푹 젖어 버렸다. 수영복이니까 문제없다고 해도 생 각하던 대로 되질 않아서 시무룩해졌다.

"아하하! 괜찮아? 메구. 자, 튜브 잡아 줄게."

"오웬 씨! 가, 감사합니다아."

풀이 죽은 나를 보다 못한 호위 중 한 명, 오웬 씨가 도와 주 었다. 튜브를 잡아 둔 덕분에 이번에는 간신히 올라가기 성공. 후우, 물결을 타고 찰랑찰랑 흔들리는 건 기분 좋구나! 한 번 떨 어진 뒤라서 특히! 이따금 오웬 씨가 튜브를 잡고 이동해 주는 게 또 재미있다. 신이 나서 환호하자 속도를 더 올리기도 하고 빙글빙글 돌리기도 하는 등 다양하게 놀아 줬다. 보육에 자질이 있는 오빠다.

"하아…… 최고다. 그동안 바빴던 게 거짓말 같아. 걱정했었 는데 오길 잘 했어."

튜브에 머리와 다리를 올려놓고 기지개를 켜는 사우라 씨. 정 말로 잘 쉬고 있는 것 같아서 안심했다. 업무 능력이 좋은 사람 이기 때문에 이래저래 쌓이는 게 있었겠지. 전직 사축으로서는 한계가 오기 전에 이렇게 쉬는 사우라 씨를 보고 있으면 무척 안심된다.

"응? 어, 어라? 어라라라라?"

그렇게 마음을 놓고 있을 때였다. 사우라 씨의 튜브가 천천히 흘러가는 게 보였다. 그 속도가 점점 빨라진다⋯⋯? 어안이 벙벙한 사이에 조금 떨어진 위치에 작은 소용돌이가 생긴 게 보였다. 어? 저거 위험하지 않아?!

"사우라 씨!"

저 소용돌이에 휘말린 거야! 점점 빨려가고 있다. 튜브에 떠 있는 사우라 씨는 손쓸 수도 없이 어마어마한 속도로 끌려갔다. 이미 사우라 씨나 나는 발이 닿지 않을 만큼 깊은 곳까지 가버린 건지, 섣불리 튜브에서 내려올 수 없는 모양이었다. 나는 서둘러 내 튜브에서 내려와 사우라 씨를 향해 손을 뻗었다. 하지만 그 손은 누군가에게 덥석 붙잡히더니 이어서 몸이 덜렁 들려 올라가는 걸 느꼈다.

"안 돼, 메구. 너까지 말려들잖아."

나를 안아 든 건 오웰 씨였다. 그, 그건 그럴지도 모르지만, 사우라 씨가! 허둥지둥 주장하자 괜찮다고 웃으며 머리를 쓰다듬어주었다. 저기 보라는 지시를 따라 가리킨 곳을 눈으로 쫓아가자 그 이유를 바로 알았다. 쥬마 오빠가 이미 사우라 씨에게 가고 있었다. 다, 다행이다. 쥬마 오빠가 갔으면 문제없지! 순식간에 사우라 씨에게 도착한 쥬마 오빠는 튜브째로 사우라 씨를 번쩍 안아 들었다. 소용돌이의 흐름에 용케 저항하고 있다는 생각도 들지만, 뭐 쥬마 오빠니까.

『……으, …………훌쩍, 훌쩍…….』

"어?"

가만히 사우라 씨가 구출되는 걸 보고 있었더니 희미하게 어린아이의 울음소리가 들린 것 같았다. 어디서 들리는 거지? 주변을 둘러보았지만 그럴싸한 인영은 보이지 않는다. 혹시 소용돌이에 휘말린 건가?! 순간 당황했지만 이미 오웬 씨가 나를 데리고 소용돌이에서 멀리 떨어진 모래사장으로 돌아온 상태니까 들릴 리 없다. 어라? 이상하네.

『……흐엉…… 훌쩍.』

역시 들리잖아! 아니, 느껴진다는 표현이 가까울지도. 귀로 들리는 게 아니라 어딘가에서 누군가가 우는 걸 느끼는 거다. 무슨 말을 하는 건지 알 수 없을지도 모르지만 아무튼 그렇다고! 그럼 역시 누군가가 소용돌이에 휘말린 건가? 그렇다면 살려 달라거나 무서워하는 느낌일 테니까 그건 아닌 것 같고. 그래도 내버려 둘 수 없지.

"후우, 깜짝 놀랐네. 쥬마, 고생했어."

"이 정도쯤이야!"

그때 두 사람이 돌아왔다. 쥬마 오빠의 오른쪽 어깨에 사우라 씨가 앉아있고, 튜브는 쥬마 오빠가 왼팔로 들고 있었다. 딱히 문제없어 보이는 모습에 다시 안도의 한숨을 흘렸다. 다치지도 않은 것 같아서 다행이야!

"하지만 아무런 징조도 없는데 소용돌이가 생기다니. 게다가

얕은 곳까지 여파가 왔는걸. 나였으니까 다행이지만 메구였다면 큰일이야."

우리 말고도 놀러 온 사람들이 있으니까 휘말리는 사람을 늘리지 않기 위해서도 한번 조사해 보자고 사우라 씨가 주장했다. 그래. 그 소용돌이는 이미 사라진 것 같지만, 원인을 모르면 안심하고 놀 수 없잖아. 하지만 모처럼 바캉스인데 평소처럼 일을 하게 시키는 셈이라 마음이 불편하다.

"그러니까 기르! 조사해 줄래? 나는 지금 휴가 중이거든. 여기서 일광욕하면서 메구와 주스 마실 거야!"

……그런 걱정은 할 필요도 없었습니다! 역시 사우라 씨, 잘 알잖아. 기르 씨도 아무런 문제 없다는 듯 고개를 끄덕였다. 이게 당연하게 성립되는 건 오르투스이기 때문인 거겠지! 애초에 기르 씨는 오늘 일하러 온 거니까 당연하다는 생각인 건지도. 좋아, 조사해 준다고 하니까 아까 일도 말해 놓자. 하지만 확실하지 않은 정보다. 게다가 설명도 어설프다. 그렇지만 기르 씨는 진지하게 내 이야기를 듣고 대강 이해한 모양이었다. 감사합니다!

"느꼈다는 거라면 마법으로 말을 걸은 거겠지. 하지만 나에게는 들리지 않았어."

"저도 아무것도 못 들었어요. 사우라 씨와 쥬마는?"

오웰 씨의 질문에 두 사람도 고개를 저었다. 어라? 나만? 왜지. 착각이었던 걸까. 그때 기르 씨가 '그렇다면 답은 하나'라고 말했다.

"아마도 메구가 느낀 건 마물의 목소리다. 마물이라면 마왕의 피를 이어받은 네가 느껴도 이상하지 않지."

아하! 그러고 보면 하이 엘프 마을에서 사건이 일어났을 때도 마물의 감정이 막연하게 전해진 적이 있었다. 편리한 듯 불편한 듯 복잡한 기분이다. 아무튼 그렇구나, 마물이 우는 거였어. 내버려 두라고 하려나? 하지만, 하지만!

"저, 저기! 마물이라고 해도 어린애 목소리라서 신경 쓰여. 그러니까, 그게……."

마물이라면 위험할 가능성도 있다. 원래대로라면 이런 부탁은 하면 안 된다는 걸 알고 있으니까 좀처럼 다음 말이 나오지 않았다. 그러자 기르 씨는 쿡쿡 웃고는 내 머리에 손을 올렸다.

"알았어. 그것도 같이 조사할게."

"! 고마워, 기르 씨! 하지만 미안해……."

"신경 쓰지 마."

정말로 나한테 약하다. 내가 어리광을 부려서 그런 거지만. 원래는 하지 않아도 되는 일이니까 조사해도 모른다면 그냥 돌아오라고 했다. 만약 어떠한 함정이거나 위험한 일에 휘말리거나 하는 건 싫으니까. 기르 씨니까 무슨 일이 일어나도 괜찮을 테지만, 그런 문제가 아니다.

"그럼 이젠 기르에게 맡기고 좀 쉬자. 맛있는 주스를 가지고 왔어!"

사우라 씨가 짝 손뼉을 치는 소리에 퍼뜩 고개를 돌렸다. 그래, 잊으면 안 되지. 오늘 내 사명은 사우라 씨를 즐겁게 해주는 것! 하지만 기르 씨가 가기 전에 제대로 잘 부탁한다고 인사했다. 내 말을 듣고 기르 씨가 살짝 고개를 끄덕인 뒤 슥 그림자 속으로 파고들었다. 그 모습을 배웅한 뒤에 돌아보자 이미 간이 테이블과 의자, 그리고 예쁜 주스가 놓여있었다. 빠, 빠르다. 마술쇼 같은 속도다. 이리 오라고 손짓하는 사우라 씨 옆 의자에 앉자 오렌지색 주스를 건네주었다. 둥그런 잔 가장자리에 오렌지가 꽂혀있고 아이스크림이 떠 있다. 주스에서 보글보글 거품이 일어나는 걸 보면 탄산인가? 이 세계에도 탄산 주스가 있었구나. 뭐든 있을 것 같기는 하니까 이제 와서 놀라진 않지만.

"톡 쏘는 느낌이 최고란 말이지! 자, 건배."

사우라 씨가 잔을 내밀자 거기에 맞춰서 잔을 든 뒤 빨대를 물었다. 응, 오렌지맛 탄산 주스다. 이게 녹색이라면 메론 크림소다니까, 이쪽 세계식으로 말하면 오랑 크림소다인가. 상큼하고 아주 맛있어!

"사우라, 우리 거는?"

"유료야."

"쪼잔해!!"

부루퉁해지는 쥬마 오빠에게 '농담이야!'라고 웃은 사우라 씨가 주스를 두 잔 더 꺼내서 두 사람에게도 내밀었다. 쥬마 오빠는 '우와! 말해 보길 잘했네!'라며 희희낙락 잔을 받았다.

"아까 구해 줬으니까!"

팔짱을 끼고 그렇게 말한 사우라 씨에게 쥬마 오빠는 고맙다고 인사하고 주스를 단숨에 비웠다. 헉, 빨라. 주스 위에 떠 있던 아이스크림도 한입에 먹어 버렸다. 머리가 찡 울리지 않으려나? 뭐, 쥬마 오빠니까. 사우라 씨도 더 음미하면서 먹으라고 버럭거렸는데, 그 마음을 이해한다. 저러면 어떤 맛인지도 모르겠다. 본인은 맛있었다면서 만족스러워 보이지만.

"어, 저도 받아도 돼요?"

"오웬은 즉각 메구를 안전한 장소로 데리고 갔잖아. 완벽한 호위였어."

"와! 그럼 잘 먹겠습니다."

허가를 얻은 오웬 씨도 좋아라 잔을 받았다. 찰랑거리는 진갈색 머리카락을 쓸어 넘기며 잔을 드는 모습은 완전히 그림이다. 어른의 색기라고 해야 하나, 와일드한 미남이기 때문에 그런 거겠지. 체격도 좋고. 저 멀리 여자들이 오웬 씨를 보는 눈이 하트 모양으로 바뀐 게 보인다. 그 시선을 알아차리고 윙크를 날리는 서비스까지! 정말 이런 대처에 능숙하다니까. 나도 모르게 먼산을 쳐다봤다.

"제대로 일한 사람에게 상응하는 임시보수를 주는 건 당연하지!"

그렇게 말하며 사우라 씨도 빨대를 물었다. 하지만 어딘가 쑥스러움을 숨기는 것처럼 보이기도 했다. 이러니저러니 이유를 붙이고 있긴 하지만, 처음부터 인원수만큼 준비했던 거니까. 사우라 씨는 다정한 사람이다. 돌아오면 기르에게도 줘야겠다며 윙크하는 사우라 씨를 보며 틀림없다고 확신했다. 하지만 기르 씨는 단맛을 별로 안 좋아하는데 마실 수 있을까? 숟가락으로 아이스크림을 퍼먹으며 그런 생각을 했다. 으음, 시원하고 맛있어!

주스를 다 마신 사우라 씨는 매트 위에 벌러덩 누워 일광욕을 즐기기 시작했다. 나는 그동안 할 게 없으니 옆에서 오웬 씨와 모래성을 만들기로 했다. 하지만 나는 물론이고 오웬 씨도 이런 건 별로 특기가 아닌 건지 완성된 건 그냥 산이었다. 뭐 어때, 산. 터널을 뚫고 강을 만들면서 즐거웠다고! 중간부터는 쥬마 오빠를 모래에 파묻기도 하면서 즐겼고! 그렇게 체감 약 한 시간. 기르 씨가 돌아왔다. 바로 일어난 사우라 씨가 기르 씨에게 보고를 촉구했다.

"소용돌이는 마물의 짓이었다. 앞바다에서 바다의 마물이 마법을 발동한 여파더군. 해변에 설치된 결계 마도구의 마력도 적은 상태였고. 이 두 개의 원인이 겹쳐졌기 때문인지도 몰라."

이 바다는 일반인이 안전하게 놀 수 있도록 결계 마도구를 설치했고, 관리하는 사람들도 있다. 기르 씨는 그 사람들에게도 이야기를 들으러 갔다고 한다. 그러자 마력이 감소한 건 알고 있었지만 오늘 밤에 보충할 예정이었다고 한다. 항상 같은 주기로 보충하고 있다나. 그래도 문제가 일어난 적은 없었고, 오히려 이 정도의 양이라면 제대로 발동할 거라고 주장한 모양이었다.

"하지만 이번에는 앞바다에서 발동된 마법이 조금 강력했다. 남아있는 적은 마력으로는 억누르지 못했을 거라고 전해놨지."

기르 씨의 조언을 듣고 관리자들도 앞으로는 조금 더 미리 보충하겠다고 수용했다고 한다. 애초에 그렇게 큰 마법이 발동되는 일 자체가 거의 없으니까 이번 일은 예상치 못한 상황이었다는 건가. 다만 위기관리는 중요하지! 앞으로 이런 일이 일어나지 않도록 다른 부분도 다시 점검해서 제대로 대책을 세워놨으면 좋겠다.

"하지만 그 강한 마법은 왜 발동한 거지? 앞바다에서 마물끼리 싸우기라도 한 건가?"

쥬마 오빠가 파묻혀있던 모래 속에서 빠져나오며 물어보았다. 아앗, 깔끔하게 묻었는데 아쉬워라!

"아니, 원인은 아마도…… 이 녀석이다."

쥬마 오빠의 의문에 기르 씨는 망토 아래에서 주머니를 꺼냈다. 다들 그 주머니를 주목했다가 동시에 놀랐다.

"이, 이거 마물이잖아!"

"쬐끄만 크라켄 같아! 처음 봤어!"

사우라 씨와 쥬마 오빠가 가장 먼저 소리쳤다. 그랬다. 주머니 안에는 바닷물과 그 속에 떠 있는 작은 오징어 같은 생물이 있었따. 작다고 해도 새끼고양이 정도의 크기지만.

『훌쩍, 훌쩍……』

"아!"

그리고 그 마물에서 목소리를 느꼈다. 아까 들었던 목소리랑 똑같아! 그렇게 주장하자 기르 씨는 '역시 그랬군' 하며 고개를 끄덕였다. 우리를 보고 감을 잡은 듯 사우라 씨도 고개를 연신 주억거렸다.

"그렇구나. 아마 얘는 미아인 거야. 앞바다에서 부모가 찾고 있었던 거지. 필사적으로 찾을 테니 그야 대형 탐색 마법을 발동할 만해."

그런 거구나! 아마 그게 정답이다. 하지만 만약을 위해 쇼에게 통역을 부탁했다.

『엄마, 어딨어? 라면서 계속 울고 있어!』

"응, 확정이네. 어쩌지? 부모에게 보내 주는 게 좋겠지?"

아니, 보내 주고 싶다. 엄마와 헤어지다니 불쌍하잖아. 만나지 못하는 괴로움은 잘 알고 있다. 그래서 호소하는 눈으로 쳐다보고 말았다는 자각은 있다. 기르 씨는 그런 내 시선을 받고 쓴웃음을 지으며 내 머리에 손을 올렸다.

"그렇다면 도와 주겠어?"

"! 물론이지!"

예상하지 못한 부탁에 조건반사로 얼굴이 히죽거렸다. 그야 예전 같았으면 나는 여기서 기다리라고 하거나, 내가 애걸해서 간신히 데려가 주는 식이었으니까. 그런데 기르 씨가 먼저 도와 달라고 했으니 당연히 기쁘지! 내 반응이 노골적이었기 때문인지 사우라 씨마저 쿡쿡 웃어버렸지만.

"메구의 목소리의 정령에게 통역해 달라고 하면 쓸데없이 바다 마물을 자극하지 않을 수 있으니까. 이 마물 아이도 안심시켜 줄 수 있지 않을까?"

"그렇구나! 쇼, 엄마에게 데려가 주겠다고 전해줄래?"

『알았어!』

정말 쇼는 만능이다. 어떤 목소리도 들을 수 있고 어떤 목소리로도 변환할 수 있으니까. 계약하기 전, 목소리를 정령이 아닌 누군가에게 전달할 때는 흉내밖에 못 했지만 계약한 뒤에는 자기 의사도 전달할 수 있게 되었으니 목소리의 정령은 누군가와 계약을 해야 힘을 발휘할 수 있다는 걸 새삼 느꼈다.

"아, 조금 진정한 모양이야."

쇼가 마물 아이에게 말을 전달하자 계속 가늘게 떨고 있던 게 멈춘 것처럼 보였다. 아직 경계하고 있는 것 같지만 그건 어쩔 수 없지. 이 아이에게는 붙잡혔다는 감각일 테니까. 주머니에 넣었으니 다른 사람이 봐도 그렇게 생각하겠지. 즉 이 애의 부모도 우리 애가 유괴당했다고 생각할 가능성이 높다는 뜻이다. 그래서 미리 쇼가 전하러 갔는데…… 흥분한 부모에게 목소리를 전달할 수는 있어도 믿어 줄지는 알 수 없단 말이지. 그러면 쇼도 무서워할 테고. 그게 좀 걱정이다.

"이 녀석을 데리고 부모의 머리 위로 날아갈 거다. 메구, 거기까지라면 날 수 있어?"

"응! 이동밖에 못 하지만……."

그렇다. 날아서 이동하는 건 가능하다. 다만 만약 마물이 공격이라도 했다간 피할 자신이 없다. 아직 공중에서 재빠르게 움직이지 못 하거든. 마력은 많이 있지만 처리능력이 따라잡지 못 해서. 마법을 쓰는 건 정령이지만 어떻게 쓸지는 내가 지시를 내려야 하니까. 쇼 덕분에 상당히 편하게 전달할 수 있게 되었다고는 해도 상황에 맞춰 적절한 지시를 순간적으로 내리지는 못한다. 집중력이 중간에 끊어지니까 장거리 비행도 못 하고. 아직 나는 미숙하구나.

"걱정하지 마. 메구는 마물 아이를 부모에게 돌려보내는 것에만 집중해. 내가 반드시 지킬 테니."

이보다 더할 수 없을 만큼 든든한 말이다. 그래. 기르 씨가 같이 있는데 만에 하나가 일어날 리 없다. 게다가 미숙한 나에게 많은 걸 요구하는 것도 아니다. 자학이 아니고. 제대로 내 실력을 파악하고 있을 뿐이다. 나는 살며시 두 손을 뻗어 기르 씨에게서 주머니에 담긴 마물 아이를 받았다. 안을 살피자 마물도 이쪽을 보는 것 같았다. 왜냐면 눈이 어디에 있는지 모르겠거든!

"……꼭 엄마에게 데려가 줄게."

아까 쇼가 전달해준 말을 나도 직접 건넸다. 의미는 통하지 않을 테지만 그냥 말하고 싶었다. 조금이라도 안심하길 바라면서. 원래 마물에게 이렇게 감정이입하면 안 되는 건지도 모른다. 그래도 나쁜 짓을 한 것도 아니니까 괜찮겠지? 부모는 해변에 살짝 영향을 주긴 했지만.

"잘 부탁드립니다. 기르 씨."

"그래, 맡겨줘."

결의를 담아서 말하자 기르 씨도 든든한 대답을 돌려주었다. 다른 세 사람도 힘내라고 응원해줘서 마음이 따뜻해졌다. 아무도 마물에게 너무 감정이입한 걸 지적하지 않은 게 무척 고마웠다.

나는 바람의 자연 마법을 써서 둥실 떠올랐다. 바로 옆에서 기르 씨도 같이 떴다. 오오, 그림자독수리 모습이 아닐 때 나는 기르 씨는 처음 본 것 같다. 인간형으로도 날 수 있구나. 당연한 건가. 마물형이 되는 건 바구니로 사람을 나르기 때문이었지.

그리고 속도도 마물형일 때 더 빨리 낼 수 있다고 한다. 이번에는 속도가 필요 없고, 만약 공격받는다고 해도 순간적으로 움직이기 좋은 인간형이 유리하다나. 아인은 대단하구나.

"가자."

고개를 끄덕인 뒤 확 고도를 높였다. 파카를 입고 있다고 해도 지금은 수영복 차림이니까 조금 쌀쌀한가? 후우에게 추가로 주문해서 바람의 장막으로 전신을 덮었다. 이러면 쌀쌀함을 상당히 막을 수 있다. 흐흥, 이 정도는 동시에 할 수 있다고. 한 번은 추워서 엄청 고생했으니까! 마법으로 날 때 필수 스킬임을 느끼고 획득했다. 물론 이건 이동하면서 발동했지! 기르 씨를 놓쳐 버리면 폐를 끼치게 되니까.

"보여?"

잠시 앞바다를 향해 날아가 우리가 있던 해변이 보이지 않게 되었을 때, 기르 씨가 손가락질하며 입을 열었다. 확실히 그쪽 수면에 검은 그림자와 커다란 마력이 느껴졌다.

"저게 크라켄……? 윽, 조금 무서워."

그 모습을 확인한 순간 나는 부르르 떨고 말았다. 하지만! 정말로 크단 말이야! 마물형인 기르 씨보다 훨씬 크다. 커다란 배도 순식간에 삼켜 버릴 것처럼 박력이 넘친다. 내 손에 있는 아이는 이렇게나 작은데. 너 저렇게까지 커지는 거니?

"여기서 목소리를 전달할 수 있겠어? 조금 더 가까이 가는 게 낫다면 같이 갈게."

그래, 중요한 걸 잊으면 안 된다. 이 커다란 크라켄과 싸우러 온 게 아니다. 부모에게 미아를 데려다주러 온 거다. 그래, 그것뿐이니까! 바로 정신을 다잡고 쇼에게 말을 걸었다. 한번 저 크라켄에게 아이를 데려왔다고 전달하는 게 낫겠지?

『알았어! 전달할게!』

"고마워, 쇼. 하지만 위험하면 바로 도망쳐."

아무리 정령이라고 해도 마력을 두른 공격에서는 도망칠 수 없다. 크라켄은 전신에 마력을 두르고 있으니까 촉수를 휘두르는 물리 공격이라고 해도 제대로 대미지가 들어간다. 정령이라 마력이 있는 한 죽지는 않지만, 아프기도 하고 약해지기도 한다. 저렇게 크고 무서운 마물에게 혼자 보내는 건 너무 걱정된다.

『걱정할 필요 없어! 쇼는 저 마물보다 빠르거든! 쉽게 도망칠 수 있어!』

그것도 알지만! 걱정되는 건 걱정된다. 나는 거듭 위험을 느끼면 바로 도망치라고 신신당부한 뒤에야 간신히 쇼를 보내주었다. 옆에서 기르 씨가 피식 웃었다.

"이, 이상한가요?"

"아니, 미안. 다만 네 마음에 깊이 공감한 것뿐이야."

그렇지. 평소엔 기르 씨가 나를 이렇게 걱정하니까. 아하, 이런 기분이었던 거구나. 아주 절절히 공감이 갑니다요! 그렇게 고개를 끄덕인 순간 갑자기 수면에서 물기둥이 치솟았다. 뭐, 뭐야?! 기르 씨가 바로 나를 한 팔로 끌어당기더니 마법으로 결계를 쳤다. 저런 광범위 공격에선 쇼도 도망치지 못하는 거 아니야……?! 불안해졌을 때 눈앞에 연분홍색 빛이 나타났다.

"쇼! 다행이다. 무사했구나!"

『당연하지! 그보다 아이를 데려왔다고 전달했더니 어디 있냐면서 더 흥분해 버렸어. 나 실패한 거야?』

추욱 어깨를 떨구는 쇼를 향해 급히 그렇지 않다고 달랬다.

"쇼는 할 수 있는 걸 한 것뿐이야! 괜찮아, 실패하지 않았어."

격려하면서 마력을 주자 쇼는 금방 웃는 얼굴이 되어선 기쁘다는 듯 빙글빙글 날았다. 귀여워. 하지만 이 상황은 어떻게 하지. 물기둥은 지금도 매섭게 치솟는 중이라 좀처럼 접근할 수 없다. 그때였다.

"갈까."

"어억?!"

기르 씨가 너무나 가볍게 산책이라도 가는 것처럼 말하는 바람에 어마어마하게 놀랐다. 그러자 기르 씨가 눈이 휘둥그레져서 이쪽을 보았다. 뭐, 뭔데?

"……아, 그런가. 보통은 그런 반응이지. 괜찮아, 꽉 잡고 있어."

그 말에 나는 모든 것을 파악했다. 아, 이 사람들에게 이 정도는 별것 아닌 거구나. 이 정도로 놀라는 사람은 오르투스에 없는 거구나. 이젠 안 놀랄 거라고 거듭 다짐해도 실제로 눈앞에서 이런 상황을 보면 역시 놀랍습니다. 평범한 어린애니까요! 정말이지, 기르 씨도 그렇고 다들 너무 대단하다니까! 심지어 기르 씨는 왼팔로 내 허리를 안고 있으니까 자유롭게 쓸 수 있는 건 오른팔뿐이다. 그래도 문제없다는 태도에는 웃음밖에 안 나온다. 얌전히 지켜보겠습니다. 나도 기르 씨의 옷에 꽉 매달렸다.

기르 씨는 물기둥을 향해 오른팔을 뻗었다. 마력을 손끝에 집중하더니 물기둥을 향해 확 방출했다. 기르 씨의 마력은 그림자가 되어 검은 덩어리가 어마어마한 속도로 날아가는 것처럼 보인다. 그대로 부딪치는 줄 알았는데, 물기둥에 도착한 검은 마력 덩어리는 끈 형태로 모습을 바꿔 물기둥을 휘감았다. 그로부터 몇 초 후, 아무것도 없었다는 듯 물기둥이 픽 사라졌다. 대, 대단해라. 마법을 무효화했어. 당연히 아무나 할 수 있는 일이 아니다.

"지금 마물 아이를 바다에 빠트려."

"어? 하지만 괜찮을까?"

"문제없어. 지금이라면 크라켄도 놀라서 정신을 차렸겠지. 아이의 기적을 느끼면 알아차릴 거다."

그렇구나. 오히려 지금 하지 않으면 크라켄이 다시 흥분해서 난동을 부릴지도 모른다는 거지. 나는 주머니 안에 있던 어린 크라켄에게 작별 인사를 했다. '저기 엄마가 있어'라고. 그 후 살며시 주머니를 기울였다. 바닷물과 함께 어린 크라켄이 아래로 떨어졌다. 이 높이에서 떨어지는 건 아프지 않을까? 걱정돼서 충격을 완화하도록 바람 마법으로 감쌌다. 그러자 풍덩 하고 조용한 소리와 함께 어린 크라켄은 바다로 돌아갔다. ……이제 괜찮은 건가? 조용한 게 묘하게 긴장을 유발했다.

『아, 재회한 것 같아!』

쇼의 목소리와 함께 조금 큰 파도가 일었다. 내 마음에도 기쁨과 안심의 감정이 흘러들어 와서 제대로 만났다는 걸 바로 알 수 있었다. 다행이다!

"임무 완료. 돌아가자."

"응!"

솔직히 나는 있어도 없어도 상관없었을 거다. 굳이 쇼를 통해 목소리를 전달하지 않았어도 기르 씨의 방식으로 순식간에 해결했을 테니까. 그래도 나를 데려와서 할 일을 나눠준 게 무척 고맙다. 누구보다 걱정하던 게 나였으니까 끝까지 지켜보게 해준 거겠지.

"음."

"어?"

안심하고 등을 돌린 그때였다. 물보라가 일더니 수면에서 무언가가 튀어나왔다. 적의는 느껴지지 않았기에 나도 기르 씨도 당황하지 않고 이쪽으로 날아오는 것을 눈으로 좇았다. 뭔가 반짝거린다? 포물선을 그리며 날아온 그것을 기르 씨가 캐치. 나도 기르 씨의 손바닥 안을 같이 들여다보았다.

"진주군. 상당히 커. 쉽게 볼 수 없는 크기인데."

"우와, 예뻐라."

하지만 왜 갑자기 진주가 날아온 거지? 그 의문에는 쇼가 대답해 주었다.

『고맙대! 보답인가 봐!』

"보답……. 마물이? 그런 건 처음인데. 메구라서 그런가 보군."

기르 씨는 눈을 가늘게 휘며 웃었다. 그런가? 하지만 그냥 데
려다준 것뿐인데 귀중한 걸 받아서 어쩐지 미안한 느낌도 든다.
자기에겐 필요없는 물건이니까 이걸 어떻게 할지는 메구가 정하
라는 기르 씨의 말에 잠시 고민한 뒤 대답했다.

"사우라 씨에게 선물하고 싶어. 여기 온 건 사우라 씨를 위해서
니까. 미아를 돌려보낼 수 있었던 것도 사우라 씨 덕분이잖아?"

"……그래. 확실히 그렇게도 말할 수 있지."

내 막무가내 이론에 기르 씨는 씩 웃으며 대답해 주었다. 기르
씨라면 이해해 줄 거라고 믿었어! 좋아, 사우라 씨가 받는 걸 거
절하려고 하면 지금 말한 이론을 밀어붙여야지!

해변으로 돌아오자 해가 저물어가고 있었다. 기다려준 세 사
람도 이미 옷을 갈아입었고 돗자리와 파라솔 등도 전부 정리한
뒤였다. 윽, 혼자서 수영복인 건 좀 부끄럽구나.

"고생했어. 메구, 기르! 메구는 먼저 갈아입자. 이야기는 그다
음에 들을게!"

역시 사우라 씨야! 나는 서둘러 탈의실로 향했다. 옷을 갈아
입고 바로 돌아가자 사우라 씨가 신이 난 듯 '가자!' 하며 내 팔
을 잡고 걸어갔다. 어, 잠깐만! 가, 간다니 어디에?! 내 목소리
에 가 보면 안다는 말만 하면서 룰루랄라 팔을 잡아당기는 사우
라 씨. 뭐가 뭔지 알 수 없지만, 사우라 씨가 즐거워 보이니까
뭐 됐다. 도착했을 때를 기대하면서 얌전히 따라가겠습니다.

"자, 메구. 여기에 앉아."

"와, 멋지다!"

사우라 씨가 데려온 곳은 오픈 테라스가 있는 근사한 레스토랑이었다. 테라스석을 통째로 빌린 건지 우리 말고 아무도 없다. 테이블에는 하얀 테이블보가 깔렸고, 중앙에 오렌지색으로 은은하게 빛나는 마도구 램프. 그리고 각 자리에는 그릇과 나이프와 포크가 세팅되어 있었다. 고, 고급 디너잖아. 이거 분명 고급 디너야!

"후후, 내 옆자리야! 저기 봐. 마침 해가 저무네. 이 풍경을 보여주고 싶었어. 안 늦어서 다행이다!"

눈앞의 광경에 눈이 휘둥그레져 있었더니 사우라 씨가 옆자리에 앉아 앞을 보았다. 확실히 지금은 이 찰나의 풍경을 즐기는 게 먼저일지도. 넓은 바다가 저녁놀을 반사해서 반짝반짝 빛난다. 그건 밝을 때 봤던 풍경과는 또 다른 아름다움이었다. 멀리 지평선으로 가라앉는 태양과 오렌지색과 밤의 어둠이 뒤섞이는 하늘. 아주 짧은 시간에만 볼 수 있는 광경. 옛날부터 이 시간대의 하늘을 좋아했지만, 가로막는 게 아무것도 없는 이 장소에서 바다와 함께 볼 수 있다니 굉장한 사치다. 힐끗 옆을 곁눈질하자 사우라 씨가 눈을 빛내며 풍경에 빠져있었다. 나처럼 이 광경을 좋아한다는 걸 느꼈다.

"……후우, 해가 저물었네. 어땠어? 메구."

"너무 멋있었어요! 이 가게는 사우라 씨가 수배한 건가요?"

"그래. 꽤 예전에 몇 번 정도 온 적이 있었지. 그때마다 여기서 저 광경을 즐겼고. 평소에는 혼자였지만, 오늘은 다 함께 봐서 좋네.”

그렇구나. 아니, 혼자 여행도 다니고 했구나. 부러워라. 나도
언젠가 혼자 여행해보고 싶다. 아직 무리일 것 같지만. 그나저
나 연출이 로맨틱한데. 이대로 청혼하면 성공률이 높아 보인다.
케이 씨가 특히 이런 시추에이션에 잘 어울릴 것 같다.

“자, 다들 앉아. 슬슬 식사가 나올 거야!”

사우라 씨의 목소리에 계속 우리 뒤에 서 있던 기르 씨, 오웰
씨, 쥬마 오빠가 드디어 자리에 앉았다. 아하, 먼저 앉으면 풍
경을 가로막을 테니 기다린다는 배려를 보여준 거였군. 다들 신
사다. 쥬마 오빠는 기르 씨에게 뒷덜미를 잡혀있었던 거라 예외
지만.

“다들 술은 한 잔까지만. 부족하면 식사가 끝난 뒤에 알아서
마시러 가고.”

아, 마시는 것 자체는 오케이군요. 호위 임무니까 술 금지 같
은 게 있을 줄 알았는데…… . 생각해 보니 이 사람들이 취해서
일을 못 한다는 추태를 저지를 리가 없었다. 애초에 아무리 마
셔도 안 취할 것 같기도 하고. 실제로 어떤지는 모르지만 쥬마
오빠는 확실하게 술고래를 넘어서 술크라켄이다. 틀림없다.

“에이. 뭐, 나중에 마셔도 괜찮다고 했으니까. 이 가게, 요리
맛있을 것 같아! 고기 나와?”

“쥬마는 입 다물고. 분위기 다 깬다.”

확실히 이런 세련된 가게에 쥬마 오빠는 뭔가 이상한 느낌. 살
짝 부자연스럽다고 해야 하나. 하지만 고급스러운 가게에 긴장

했던 걸까. 덕분에 어깨에서 힘이 조금 빠졌다. 아, 그래!

"사우라 씨. 저기, 이거……."

요리가 나오면 타이밍이 없을지도 모르니까. 나는 아까 크라켄에게 받은 커다란 진주를 내밀었다. 눈을 크게 뜨고 놀라는 사우라 씨에게 바다에서 있었던 일을 간단하게 설명했다. 아직 보고도 안 했었으니 겸사겸사!

"그래……. 정말 메구는 마물을 매료하는구나. 너에게 준 거 잖아? 이건 받을 수 없어."

"흐흥. 그럴 줄 알았죠! 하지만 안 돼요. 저는 감당이 안 되고, 애초에 사우라 씨의 휴양이란 목적이 없었다면 여기에 오지도 않았으니 이걸 손에 넣지도 못했을 거예요. 그러니까 이건 사우라 씨 거!"

"어머, 타이밍도 운인걸? 그 크라켄은 메구니까 준 거라고 보는데."

으윽, 좀처럼 받으려고 하지 않네. 그 이론만으로는 역부족인가. 좋아, 그렇다면!

"그럼 그 말씀대로 제가 받겠습니다."

"그래, 그렇게 해. 보여준 것만으로도 충분해."

"그럼 이제, 자! 사우라 씨, 받으세요!"

"어?"

사우라 씨의 어리둥절한 표정 감사히 접수했습니다! 에헤헤. 장난스럽게 웃자 사우라 씨도 이해한 건지 난처하다는 듯 웃었다.

"당했네. 메구 걸 메구가 누구에게 주든 아무도 뭐라 할 수 없지."

"억지 부려서 죄송해요. 하지만 이건 보자마자 사우라 씨에게 어울릴 것 같았거든요. 그, 받아주실래요?"

뭔가 강제로 떠넘기는 느낌이 되어서 좀 면목이 없어진 나는 조심조심 진주를 한 번 더 내밀었다. 그러자 사우라 씨는 두 손으로 얼굴을 감싸더니 목을 뒤로 꺾었다. 여, 역시 난처한 건가?

"아아아아아!! 메구는 천사니?! 천사구나!! 어쩌지, 너무 착해! 이런 필살기가 메구 입에서 나오면 받지 않을 수도 없잖아 아아아!!"

아무래도 괜한 걱정이었던 모양이다. 이건 기뻐한다고 받아들여도 되는 거지? 그리고 조금 쑥스러운 모양이다. 귀가 살짝 빨개졌으니까. 이래서 사우라 씨가 귀엽다니까. 평소에는 씩씩하고 딱 부러지게 행동하면서 방심했을 때 보여주는 얼굴이 너무 매력적이야.

"고마워, 메구. 오르투스에 돌아가면 마이유에게 가공해 달라고 해야지. 평생 소중히 할게!"

"네! 그렇게 해주시면 저도 기뻐요!"

그때 요리가 나왔다. 굉장한 타이밍이다. 아니, 타이밍을 기다렸던 건지도 모른다. 여기는 고급 가게니까! 잔을 들고 다 함께 건배한 뒤 느긋하게 식사를 즐겼다. 에피타이저부터 나오는 코스 형식이었는데, 내 몫은 미리 부탁해 놓은 건지 전부 양이 적어서 감탄했다. 배려가 완벽하잖아? 휴일인데도 사우라 씨의 수완이 발휘된 셈이다. 반해 버리겠어.

"이 고기 맛있어!"

"그러니까! 통째로 먹지 말라고, 쥬마! 음미하면서 먹어!"

오른쪽 옆에서는 사우라 씨와 쥬마 오빠가 평소처럼 투닥거린다. 정말이지, 쥬마 오빠도 안 질리나 봐. 정말 맛을 아는 건지 의심스럽게 먹는단 말이지. 알기야 하겠지만, 보는 사람이 아까운 느낌.

"기르 씨, 밤에 같이 술 드실래요? 마력 운용 방법에 대해 조금 대화하고 싶은데요……. 물론 호위는 하면서요!"

"음, 조금이라면 상관없어."

"진짜요? 아자!"

왼쪽 옆에서는 오웬 씨가 기르 씨를 꼬시고 있다. 오오, 어쩐지 특이한 조합인데. 하지만 아주 기뻐 보이는 오웬 씨를 보면 기르 씨를 진심으로 존경한다는 게 전해졌다. 분명 내가 오늘 밤 자는 동안 마법과 관련된 복잡한 이야기를 하겠지. 지금은 들어도 이해하지 못할 테지만 언젠가 나도 그 이야기를 듣고 싶다.

"바캉스는 아직 이틀 남았잖아. 메구, 내일은 뭐 하고 싶은 거 있어?"

그리고 사우라 씨가 나에게도 말을 건넸다. 그래. 모처럼 휴가니까 사우라 씨가 하고 싶은 걸 하면 좋겠다. 오늘은 내가 바다에서 신나게 놀았고. 그렇게 대답하자 사우라 씨는 손뼉을 짝 쳤다.

"그럼 내일은 쇼핑하러 가자! 이 근방에는 브랜드 가게가 많이 있거든. 가 보고 싶었던 디저트 가게도 있어. 오후에는 또 바다에서 노는 것도 좋지. 밤이 되면 모래사장에서 마도구로 불꽃

놀이를 해도 재밌겠다! 그리고……."

사우라 씨의 이야기는 끝이 없다. 뭐야, 하고 싶은 일 많이 있
었잖아. 하지만 전부 다 하려면 하루만으로는 어려울 것 같다.
바캉스는 이틀 남았지만, 모레는 어두워지기 전에 오르투스에
돌아가고 싶으니까. 그러면 내일은 상당히 하드한 스케줄이 될
지도.

"그렇게나 예정이 빡빡하면 휴가의 의미가 없어지는 거 아닌
가요……?"

"으, 쇼핑? 옛날에 끌려갔었는데 엄청 피곤하단 말이지."

오웬 씨의 얼굴이 꿈틀거리고 쥬마 오빠는 노골적으로 질색하
는 표정이다. 체력에 자신이 있는 쥬마 오빠도 피곤하다니. 나
는 목적도 없이 설렁설렁 돌아다니는 쇼핑도 좋아하니까 힘들지
않지만, 관심이 없는 사람은 힘들다는 것도 이해한다.

"사우라의 휴식이 목적이잖아. 우리는 호위 임무로 따라온 것
뿐이다. 불평할 권리는 없어."

"네……."

"으으……. 아악! 그래, 알았어!"

하지만 기르 씨는 더없이 진지했다. 일은 일로서 받아들이고
있는 거겠지. 기르 씨도 쇼핑을 따라다니는 건 지루할 텐데. 뭐,
결국 조금 참아 달라고 해야 하지만.

"기대된다! 아주 펑펑 놀아 버릴 거야! 그리고 돌아가면 또 열
심히 일해야지!"

게다가 사우라 씨는 종일 느긋하게 쉬는 것보다 움직이는 게

적성에 맞는 모양이다. 확실히 체력적으로는 피곤할지도 모르지만, 마음의 휴식을 위해서는 하고 싶은 일을 하는 게 제일이다. 원래 사우라 씨는 적절한 휴식의 필요성을 잘 아는 사람이다. 다만 이번에는 거기에도 눈이 가지 않을 만큼 바빴던 것뿐이다. ……아빠는 대체 일을 얼마나 많이 가져온 거야. 돌아간 뒤에도 또 아주 바쁘겠지. 첫 시도니까 어쩔 수 없다고는 생각하지만 좀 걱정이다.

"괜찮아, 메구. 이젠 내 한계를 넘기지 않을 거니까. 내가 같은 실수를 두 번 할 것 같아?"

그런 내 마음을 읽은 것처럼 사우라 씨가 내 뺨을 감싸고 웃었다. 그렇구나. 그렇지!

"아뇨! 사우라 씨는 대단한 사람이니까!"

"후후, 그럼그럼!"

자기관리를 썩 잘하지 못하는 나와는 다르다! 게다가 돌아간 뒤엔 다들 신경 써서 동료의 컨디션을 살피면 되는 거지. 오르투스는 화이트 조직이니까!

이렇게 사우라 씨와 함께하는 사흘간의 휴가는 아주 충실했다. 둘째 날의 쇼핑도, 바다도, 불꽃놀이도 전부 너무 즐거워서 어쩐지 여름방학의 추억을 만든 기분. 나도 돌아가면 열심히 수행해야지. 할 수 있는 것부터 차근차근! 화이팅!

Welcome
to the
Special
Guild

후기

이번 권도 읽어주셔서 감사합니다. 여러분 안녕하세요. 후기
에 어서 오세요! 아이 리이아입니다.

드디어 8권입니다! 어쩐지 순식간이었다는 느낌입니다. 단숨
에 달려온 감각이라고 해야 할까요, 정신을 차리니까 여기에 와
있었던 것 같네요. 앞으로도 계속해서 달릴 수 있기를 간절히
바랍니다.

자, 이번 8권은 8월에 간행된다고 듣고 추가 단편의 무대는
바다로 일찌감치 정해놓았습니다. 여름답게 여기선 바다로 가
자는 안이한 발상입니다. 게다가 니모시 선생님의 일러스트로
수영복을 입은 캐릭터들을 보고 싶다는 사심도 조금, 아니, 많
이 있었습니다. 후기를 쓰는 지금은 그게 이뤄졌는지 아직 알
수 없지만 컬러 일러스트로 열렬히 추천하고 있습니다. 제발,
제발……! 가능하면 기르난디오도 수영복을 입히고 싶었지만
요. 그이는 철벽이 워낙 단단해서 벗어 주지 않았습니다. 아무
리 작품을 만드는 신은 저라고 해도 강요는 좋지 않으니까요!

언젠가 그 육체미를 아낌없이 보여 달라고 하고 싶습니다. 부탁한다, 기르!

조금씩 세계의 비밀도 풀리기 시작한 특급 길드 시리즈인데요, WEB판에서도 아직 그리 밝혀지지 않았습니다. 하지만 점점 성장하는 메구와 캐릭터들이 조금씩 진실을 찾아가게 하고 싶습니다. 분명 기다려 주는 분이 계신다고 믿으면서 쓰는 중입니다. 부디 응원 등등 잘 부탁드립니다!

그럼 마지막으로 이번에도 출판에 힘을 써 주신 TO북스님을 비롯해 담당자님들, 그리고 항상 멋진 일러스트를 맡아주시는 니모시 님, 협력해 주신 모든 분께 진심으로 감사드립니다. 또 항상 응원해 주시는 여러분, 특급 길드를 재미있게 읽어 주시는 모든 독자 여러분에게도 감사를. 대단히 힘을 받고 있습니다. 정말로 감사합니다.

앞으로도 특급 길드의 이야기가 여러분을 치유해드리기를.

보너스 만화

만화판 제9화

만화 : **어치 코토코**

원작 : **아이 리이아**
캐릭터 원안 : **니모서**

Welcome to
the Special Guild

오늘 시험은 합격이다.

레키.

어?

땅콩이 목욕하러 간 후.

루드 선생님에게 그런 말을 듣고 놀랐다.

오늘 하루만 따진다면 완전히 꽝이야.

예상했던 대로 태도가 엉망이었고.

어째서 ......

네......?

메구가 다치기 전에 미리 막지 못하면 옆에 있던 의미가 없어.

설령 치료가 완벽했다고 해도.

그런데 왜 합격한 것이냐.

그건,

실력만 좋으면
환자의 비위를
맞추거나
자세히 설명할
필요는 없다.

환자가
그렇게 바라기
때문이다.

나와 길드의
방침과는
안 맞아.

그렇게 생각하는
의료종사자는 꽤 있고,
그 모든 걸
부정할 마음은 없지만

사실
이 세계에선
확실하게
치료할 수
있는 사람은
꽤 귀중하다.

알지?

!

그래서
거만하게
착각에 빠진
녀석도 많다.

나는 그런
사람들이 아주
싫었고

여기의 방침이
그렇지 않다는 걸
알기에 여기서
배우고 있다.

그런데도,

……그건
당연해.

나도
그 부분에
동정은
필요없어.

계속 너의
그 태도를
용인할 마음은
없어.

네 과거에 대해
느끼는 바는
있지만

그렇기 때문에
극복하길 바라.

……요.

그 아이에게
손을
내미는 거야.

손을?

그럼
그런 레키에게
과제를 주마.

아직
늦지
않았다고

그렇게
생각했을
뿐이다.

알았어.

땅콩이
잠든 뒤
루드 선생님은
회의실로
향했다.

이변이
생기면
알려줘.

그럼
다녀올 테니까,

기르 씨가
저 땅콩에
대한
정보를
가져왔다면서

길드의
중진이 모여
긴급회의를
연다고 한다.

하지만,

이쪽은
이쪽대로
땅콩이
있으니까
방심할 수
없다.

새근

새근..

물론
손을
내민다는 게
그런 뜻이
아니라는 건
알지만……

조금은
다가가려고
생각했다.

그뿐이다.

나 같은
유년 시절을
보내지 않기를.

이변이 일어났을 때 세 번 튕긴다.

책상에 쳐 놓은 그 실을

회의하는 중에도 루드 선생님에게 이변을 알릴 수 있도록

투명실거미 아인인 루드 선생님의 실을 받아두었다.

끼
익...

루드 선생님은 이 볼 수 없고 느낄 수 없는 실을

길드 안, 상황에 따라서는 마을에도 뻗어 놓는다고 한다.

투명해서 마음만 먹는다면 물리적으로도 마력으로도 감지할 수 없는 신기한 실.

그런 데다 무언가가 건드리면 루드 선생님에게는 전해지니까 적으로 돌리면 무척 성가시다.

그래서 루드 선생님에게는 비밀을 만들 수 없다.

루드
선생님!

철컥

끄적
끄적
끄적

핵

이건….

안

회의에
참가한
전원이
온 거야?!

…궁금하겠지만…
…그야

우글

우글

메구에 대한
긴급회의가
열리게 된 건,

이 녀석이

이 녀석이 아닌
느낌이 들었다.

꿀꺽

이게
그....

어째서인지는
모르지만

비틀

비틀

루드
선생님에게
알려야지.

종이와
펜일까......

무언가를
찾고
있나...?

두리
번

두리
번

음...?

톡

톡

톡

흔적을 타고 갈 수 있었던 건 호크레이국경 부근까지였지만

문제의 던전에 남아있던 미약한 마력의 잔해를 바탕으로 메구에게 마법을 건 것으로 추정되는 장소까지 더듬어갈 수 있었다.

그 너머 어느쪽 방면에서 메구와 보호자가 온건지는 대충 알았다.

거기까지 알았으면서 왜 그 이상 추적하진 않은 건데?

타당한 의견이군요.

호크레이는 던전이 있는 센트레이보다 훨씬 북쪽.

오르투스가 있는 릴트레이와는 상당히 멀리 떨어진 나라.

설마.

……그래.

흠칫

쾅

호크레이와 센트레이의 국경은 이 대륙에서 가장 높은 산의 기슭.

그 산을 넘는다고 해도 안전한 정규 루트라면….

건강하게
잘 지내!

기르가 가져온
정보와
제가 조사한
내용을
조합하자

...그런가.

휴

기르는 다른 장소에서 마법 그림자로 참석

터무니없는
사실이
드러났기
때문입니다.

아무것에도
관심이
없어 보였던
기르지만

메구과
관련된 건
예외.

저도
마찬가지...
아니,

멘에게
푹 빠졌네요

그래서,
메구는
어떻지?

자, 시작한다!
기르부터
파바박 말해!

메구와
만나 본
이 길드의
모두가
같은
마음이겠죠.

기르의 보고를
요약하자면

정규 루트가 아니라 우회 루트로 왔기 때문이다.

그 말은 ......

우회 루트는 잘 알려진 대로 아주 위험하죠.

기본적으로 사용하지 않습니다.

그런데도 쓸 수밖에 없는 이유로 생각할 수 있는 건 두 가지.

하나는 사정이 있는 사람.

남몰래 국경을 넘기 위해 어쩔 수 없이 사용하는 사람도 있습니다.

또 한 가지의 이유야말로 메구의 비밀.

—윽.

하지만 무사히 통과할 수 있는 사람은 거의 없어.

설령 통과한다고 해도 만신창이가 되니까 상처가 없을 리가 없다고.

거의 상처 없이 던전에 도착할 수 있었던 것도 그렇고

제가 조사한 결과를 봐도 틀림없는

그 이유는 ——.

사정이 있기는 하지.

메구는 아마도,

그 정도로 귀중한 동족을 밖에 내보내다니….

사우라의 말대로 하이 엘프는 엘프보다 더 출생률이 낮습니다.

……그런데 하이 엘프 어린아이라니 그야말로 환상종 수준이잖아.

어지간한 사태가 없는 한 말이 안 됩니다.

심지어 그런 곳에 있었다니.

하이 엘프가 지닌 지혜와 자연 마법은 완전히 재해 수준.

그게 대체 무엇인지…… 무시무시하군요.

가까스로 승리를 거둔다고 해도, 이 세계가 반 이상 사라질 테죠.

그것도 한 명 한 명이 지닌 힘입니다.

자칫 잘못하면 하이 엘프와의 전쟁이다.

그 계기가 그렇게 어린 아이라니….

세계가 휘말릴 정도로 중대한 사태입니다.

하이 엘프라면 그,
다른 종족은 전부
가차 없이 배제한다는
무시무시한 종족이지?

하지만
실제로
존재하고

……우회 루트
너머에는

그게
메구라고?

하이 엘프들이
사는 마을도
그곳에
있다는 걸
엘프인
저는 압니다.

아무도
찾아간 적이 없어
존재조차
동화책 속
이야기가 아니냐는
말이 나오는
하이 엘프의
비경.

그렇습니다.
하이 엘프는
긍지 높은
종족.

도가
지나칠
정도로.

도저히
그렇게
보이진
않는데.

그렇게
착한 아이가
그런
종족이라니
…….

특히
엘프를 혐오하며
같은 종족이라고는
절대 인정하지
않습니다.

결코 서로를
이해할 수 없는
상대.

그들은
엘프를
증오합니다.

그 아이의
운명은

태어난
순간부터

가혹했던 건지도
모릅니다.

특급 길드에 어서 오세요! 8 ~사랑받는 마스코트 엘프는 모두의 마음을 치유한다~

2024년 02월 15일 1판 1쇄 발행

저　　　　　자	아이 리이아
일 러 스 트	니모시
옮 긴 이	현노을
발 행 인	유재옥
총 괄 이 사	조병권
출판본부장	박광운
담 당 편 집	정지원
편 집 1 팀	박광운 최서영
편 집 2 팀	정영길 조찬희 박치우 정지원
편 집 3 팀	오준영 이해빈 이소의
디자인랩팀	김보라 박민솔
디지털사업팀	박상섭 김지연 윤희진
라이츠사업팀	김정미 맹미영 이윤서
영업마케팅팀	최원석 박수진
인쇄제작처	코리아피앤피
물　　　　류	허석용 백철기
경영지원팀	최정연
발 행 처	(주)소미미디어
인쇄제작처	제2015-000008호
주　　　　소	서울시 마포구 토정로 222, 403호(신수동, 한국출판콘텐츠센터)
판　　　　매	(주)소미미디어
전　　　　화	(02)567-3388, Fax (02)322-7665

ISBN 979-11-384-8191-5 (04830)
ISBN 979-11-6611-270-6 (세트)